3º grau

JAMES PATTERSON

e Andrew Gross

3º grau

Tradução de Alyda Sauer

Rocco

Título original
3rd DEGREE

Edição brasileira publicada mediante acordo com
Linda Michaels Limited, International Literary Agents.

Direitos para a língua portuguesa reservados
com exclusividade para o Brasil à
EDITORA ROCCO LTDA.
Av. Presidente Wilson, 231 – 8º andar
20030-021 – Rio de Janeiro, RJ
Tel.: (21) 3525-2000 – Fax (21) 3525-2001
rocco@rocco.com.br
www.rocco.com.br

Printed in Brazil/Impresso no Brasil

CIP-Brasil. Catalogação na fonte.
Sindicato Nacional dos Editores de Livros, RJ.

P597t Patterson, James, 1947-
3º grau/James Patterson, Andrew Gross; tradução de Alyda Sauer. – Rio de Janeiro: Rocco, 2010.

Tradução de: 3rd degree
ISBN 978-85-325-2540-6

1. Ficção norte-americana. I. Gross, Andrew. II. Sauer, Alyda. III. Título: Terceiro grau.

10-2436 CDD – 813
CDU – 821.111(73)-3

COMO SEMPRE, NOSSO MUITO OBRIGADO E NOSSO APREÇO À inspetora da Homicídios, Holly Pera, e ao seu parceiro, Joe Toomey, da polícia de San Francisco, por enfrentar todos os dias isso de que nós apenas escrevemos a respeito. E por nos apresentar a Dino Zografos do Grupo de Armas e Táticas Especiais, que tornou real e administrável o pavor de uma bomba armada. E ao sargento Joe Sanchez e inspetor Steve Engler da polícia de Berkeley, que vivenciaram a loucura dos anos 1960 e trouxeram a República do Povo de Berkeley de volta à vida para nós por algumas horas, com sua devastação e seu sonho.

E para Chuck Zion, pessoa de raro valor, que morreu no World Trade Center em 11 de setembro de 2001.

PARTE 1

Capítulo 1

Uma manhã límpida, calma e preguiçosa de abril foi como começou o primeiro dia da pior semana da minha vida.

Eu estava correndo no contorno da baía com a minha border collie, Martha. É o que faço nas manhãs de domingo. Levanto cedo e ponho minha querida companheira no banco da frente da minha Explorer. Procuro correr cinco quilômetros, ida e volta de Fort Mason até a ponte. O suficiente para me convencer de que estou tangenciando o que chamam de *boa forma*, aos trinta e seis anos de idade.

Aquela manhã, minha amiga Jill foi comigo. Para exercitar seu filhote de labrador, o Otis, pelo menos foi isso que ela disse. O mais provável era que quisesse fazer um aquecimento para um percurso de bicicleta, subindo o monte Tamalpais, ou o que quer que Jill estivesse planejando fazer de exercício *de verdade* mais tarde naquele dia.

Era difícil acreditar que havia passado apenas cinco meses desde que ela perdera o bebê. Agora lá estava Jill, com seu corpo em forma e elegante de novo.

– E aí, como foi a noite passada? – perguntou ela trotando ao meu lado. – As más línguas andam dizendo que Lindsay arrumou um encontro romântico.

– Podem chamar de encontro romântico... – disse eu, concentrada no topo do morro de Fort Mason, que não estava chegando com a velocidade que eu desejava. – Como também podem chamar Bagdá de um paraíso de férias.

Ela fez uma careta.

– Desculpe ter entrado nesse assunto.

Durante todo o tempo da corrida, minha cabeça ficou tomada pela incômoda lembrança de Franklin Fratelli, magnata da "retomada de propriedades" (forma delicada de nomear sua atividade de mandar capangas atrás dos falidos.com que não conseguiam mais pagar as prestações de seus carrões e seus relógios Franck Muller).

Fratelli passou dois meses enfiando a cara na porta entreaberta da minha sala toda vez que ia à prefeitura, até me cansar tanto a ponto de combinar um jantar sábado à noite (as costeletas com molho de vinho do Porto eu tive de reacondicionar na geladeira depois que ele me deu o cano no último minuto).

– Levei um bolo – disse eu entre passadas. – Não pergunte nada, porque não vou contar detalhe nenhum.

Paramos no fim do Marina Green, bufei e zurrei para aliviar os pulmões, enquanto a atleta Mary Decker ali saltitava na ponta dos pés, como se fosse capaz de correr tudo de novo.

– Não sei como você faz isso – disse eu com as mãos na cintura, tentando recuperar o fôlego.

– Minha avó – disse ela, sacudindo os ombros e alongando a batata da perna. – Ela começou andando mais de oito quilômetros todos os dias quando tinha sessenta anos. Agora tem noventa. E não temos idcia de onde ela está.

Nós duas começamos a rir. Era bom ver a velha Jill querendo vencer os obstáculos. Era muito bom ouvir de novo aquela risada.

– Está a fim de um mocaccino? – perguntei. – A Martha está pagando.

– Não posso. Steve chega hoje de Chicago. Quer pedalar e ver a exposição de Dean Friedlich na Legião de Honra assim que aterrissar e trocar de roupa. Você sabe como fica o cachorrinho quando não faz seu exercício.

Franzi a testa.

– Não sei por quê, mas é difícil imaginar Steve como um cachorrinho.

Jill balançou a cabeça, concordando, e levantou os braços para tirar o blusão.

– Jill, que merda é *essa*?

Aparecendo por baixo do top de ginástica, havia duas manchas pequenas e escuras, como marcas de dedos.

Ela jogou o blusão sobre o ombro e deu a impressão de ter sido pega desprevenida.

– Bati quando saía do chuveiro. Você devia examinar com muita atenção. – Ela piscou para mim.

Fiz que sim com a cabeça, mas alguma coisa naquelas manchas não me convencia.

– Tem certeza de que não quer aquele café? – perguntei.

– Sinto muito... Você conhece El Exigente, se eu me atrasar cinco minutos, ele começa a achar que é padrão.

Jill assobiou para chamar Otis e foi trotando de volta para o seu carro. Acenou para mim.

– A gente se vê no trabalho.

– E você? – Eu me ajoelhei ao lado de Martha. – Está parecendo que um mocaccino iria cair bem.

Prendi a guia na coleira e parti para a Starbucks, na Chestnut.

A Marina sempre foi um dos meus bairros preferidos. Ruas sinuosas de casas reformadas e coloridas. Famílias, os gritos das gaivotas, a maresia da baía.

Atravessei a Alhambra com o olhar atraído por uma bela casa de três andares pela qual sempre passava e admirava. Janelas de madeira feitas à mão e o telhado de terracota, como os do Grand Canal. Segurei Martha quando um carro passou.

Era isso que eu me lembrava daquele momento. O bairro acabando de acordar. Um garoto ruivo com blusão marca FUBU treinando manobras com sua patinete. Uma mulher de macacão, dobrando apressada uma esquina, carregando um monte de roupas.

– Venha, Martha. – Puxei a guia. – Já sinto o gosto daquele mocaccino.

Então a casa com as telhas de barro explodiu em chamas. E foi como se, de repente, San Francisco tivesse virado Beirute.

Capítulo 2

– Ó, MEU DEUS!

Eu gritei atordoada quando uma onda de calor e de escombros quase me derrubou.

Virei de costas para a casa e me abaixei para proteger Martha enquanto as ondas de choque da explosão, como as de um forno, passavam sobre nós. Poucos segundos depois virei para me levantar. Mãe de Deus... Eu não podia acreditar no que estava vendo. A casa que tinha acabado de admirar agora era apenas uma casca. O fogo lambia o segundo andar.

Naquele instante lembrei que ainda podia ter gente lá dentro.

Amarrei Martha a um poste de luz. As chamas explodiam apenas a uns cento e cinquenta metros de onde eu estava. Atravessei a rua correndo e fui em direção à casa incendiada. O segundo andar não existia mais. Qualquer um que estivesse ali não teria a mínima chance.

Tirei meu celular da pochete. Digitei 911 freneticamente.

– Aqui é a tenente Lindsay Boxer, do Departamento de Polícia de San Francisco, distintivo dois, sete, dois, um. Houve uma explosão na esquina da Alhambra com a Pierce. Uma casa particular. Deve haver mortos e feridos. Preciso de socorro completo, médico e dos bombeiros. Mande-os para cá!

Desliguei na cara do despachante. De acordo com os procedimentos padrão, eu deveria esperar o socorro, mas, se houvesse alguém lá dentro da casa, não teria mais tempo. Tirei meu blusão e enrolei frouxo em volta do rosto.

– Ah, meu Deus, Lindsay – disse eu, e prendi a respiração.

E então entrei na casa em chamas.

– Tem alguém aí? – gritei e na mesma hora engasguei com a fumaça cinza e ardida.

O calor intenso machucava meus olhos e meu rosto, doía só de espiar de dentro da proteção do blusão. Uma parede de pedra laminada e gesso pendia sobre mim.

– Polícia! – gritei novamente. – Tem alguém aí?

A fumaça agia como lâminas afiadas de giletes, cortando meus pulmões. Era impossível ouvir qualquer coisa com o rugido das labaredas. De repente entendi por que as pessoas que ficam presas em andares altos nos incêndios preferem pular para a morte a se sujeitar ao calor insuportável.

Protegi os olhos com as mãos e fui avançando no meio daquela fumaça toda. Berrei pela última vez.

– Tem alguém vivo aqui dentro?

Não podia avançar mais. Minhas sobrancelhas estavam chamuscadas. Compreendi que iria morrer se ficasse ali.

Dei meia-volta e fui andando na direção da luz e do ar fresco que sabia que estavam atrás de mim. De repente avistei duas formas, os corpos de uma mulher e de um homem. Estavam evidentemente mortos, as roupas pegavam fogo.

Parei e senti meu estômago dar uma cambalhota. Mas não havia nada que eu pudesse fazer por eles.

Então ouvi uma voz abafada. Não deu para saber se era real. Parei de novo, procurei ouvir alguma coisa em meio ao ronco do fogo. Mal suportava a dor no rosto, provocada pelo calor alucinante.

E ouvi outra vez. Era real, sim.

Era alguém chorando.

Capítulo 3

ENGOLI UM POUCO DE AR E ME EMBRENHEI MAIS NA CASA QUE desmoronava.

– Onde é que você está? – gritei.

Tropecei nos escombros incandescentes. Agora eu estava com medo, não só por quem tinha se manifestado ali, mas por mim também.

Ouvi mais uma vez a voz. Um gemido baixo vindo de algum lugar nos fundos da casa. Fui direto para aquele lado.

– Estou indo – gritei.

À minha esquerda, uma viga de madeira despencou no chão. Quanto mais eu avançava, pior era. Avistei um corredor de onde supus que viessem os sons, com o teto oscilando onde o segundo andar tinha existido.

– Polícia! – berrei. – Onde você está?

Nada.

Então ouvi o choro de novo. Mais perto dessa vez. Segui cambaleando pelo corredor, protegendo o rosto. *Vamos lá, Lindsay... Só mais alguns metros.*

Empurrei uma porta fumegante para passar. *Meu Deus, era um quarto de criança.* Ou o que restava dele.

Havia uma cama virada de lado e encostada na parede. Coberta de poeira grossa. Gritei e ouvi o barulho de novo. Um som de tosse, abafado.

A cama estava muito quente para segurar, mas consegui empurrá-la um pouco para longe da parede. *Ó, meu Deus...* Vi a silhueta escura de um rosto de criança.

Era um menininho. Devia ter uns dez anos de idade.

A criança chorava e tossia. Mal conseguia falar. O quarto do menino estava enterrado sob uma avalanche de escombros. Eu não podia esperar. A qualquer momento aquela fumaça bastaria para matar nós dois.

– Vou tirar você daqui – prometi.

Enfiei-me entre a parede e a cama, então, com toda a força que tinha, empurrei-a para longe da parede. Agarrei o menino pelos ombros, rezando para não estar fazendo-lhe nenhum mal.

Saí aos tropeços pelo meio das chamas, carregando o garoto. Havia fumaça por toda parte, queimava e envenenava. Vi uma luz no ponto pelo qual pensava ter entrado na casa, mas não tinha certeza.

Eu tossia com o menino agarrado em mim, petrificado.

– Mamãe, mamãe – chorava ele.

Retribuí o aperto, para ele saber que eu não ia deixar que morresse.

Gritei para a saída, rezando para que alguém respondesse.

– Socorro, tem alguém aí?

– Aqui. – Ouvi uma voz no negrume de fumaça.

Tropecei nos escombros, evitando novos focos onde surgiam chamas. Agora eu via a porta de entrada. E também sirenes e vozes. Vi a forma de um homem. Um bombeiro. Ele pegou gentilmente o menino dos meus braços. Um outro bombeiro me abraçou, e seguimos lá para fora.

E me vi na rua, caí de joelhos, sugando o ar precioso. Com todo o cuidado, um paramédico enrolou um cobertor em mim. Todos estavam sendo muito delicados e profissionais. Despenquei contra um carro de bombeiro que estava sobre a calçada. Ameacei vomitar e, logo depois, vomitei mesmo.

Alguém botou uma máscara de oxigênio na minha boca e consegui, então, respirar profundamente algumas vezes. Um bombeiro se debruçou sobre mim.

– Você estava lá dentro quando explodiu?

– Não. – Balancei a cabeça. – Entrei apenas para ajudar.

Eu mal conseguia falar, ou pensar. Abri minha pochete e mostrei-lhe meu distintivo.

– Tenente Boxer. Da Homicídios.

Capítulo 4

– Eu estou bem – disse eu e fiz força para me livrar do abraço do paramédico.

Fui até onde estava o menino, já amarrado numa maca, sendo levado para uma van. O único movimento em seu rosto era um leve tremor nos olhos. Mas estava vivo. Meu Deus, eu salvei a vida dele.

Na rua, os transeuntes curiosos eram afastados pela polícia. Vi o garoto ruivo que patinava quando cheguei. Outros rostos horrorizados se amontoavam em volta.

Subitamente tomei consciência dos latidos. Meu Deus, era Martha, ainda presa ao poste. Corri até ela e a abracei com força, enquanto a cadelinha lambia meu rosto.

Um bombeiro se aproximou de mim, com penacho de capitão de divisão no capacete.

– Sou o capitão Ed Noroski. Você está bem?

– Acho que sim – respondi, sem saber direito.

– Vocês da polícia não se contentam em ser heróis no próprio turno, tenente? – disse o capitão Noroski.

– Eu estava correndo por aqui. Vi quando a casa explodiu. Parecia uma explosão de gás. Só fiz o que achei certo.

– Ora, fez bem, tenente.

O capitão dos bombeiros olhou para o estrago.

– Mas isso não foi explosão de gás.

– Vi dois corpos lá dentro.

– É – disse Noroski, meneando a cabeça. – Um homem e uma mulher. Tem outro adulto num quarto dos fundos no primeiro andar. Aquele garoto teve sorte de você tê-lo tirado de lá.

– É – confirmei.

Meu coração ficou apertado de medo. Se aquilo não tinha sido uma explosão de gás...

Então, avistei Warren Jacobi, meu inspetor número um, saindo do meio da multidão, abrindo caminho com o distintivo, para vir ao meu encontro. Warren estava nas "nove do front", que era como chamávamos o turno matinal de domingo, quando o tempo esquenta.

Jacobi tinha uma cara gorda e vermelha que parecia não sorrir nunca, nem quando contava uma piada, e olhos fundos, que nunca se iluminavam com qualquer surpresa. Mas quando ele olhou para o buraco onde a casa tinha existido, na rua Alhambra, 210, e depois me viu toda suja, carbonizada, ali sentada, tentando recuperar o fôlego... ele realmente se espantou.

– Tenente? Está tudo bem com você?

– Acho que está.

Tentei ficar de pé.

Ele olhou para a casa e depois para mim outra vez.

– Parece meio caída demais, até para o seu ânimo para obras, tenente, mas estou certo de que faria maravilhas com ela.

Ele deu um sorriso largo.

– Será que temos alguma delegação palestina na cidade e não estou sabendo de nada?

Contei a ele o que tinha visto. Nenhuma fumaça, nem fogo, e a repentina explosão do segundo andar.

– Meus vinte e sete anos na função me dão a premonição de que não estamos falando de um boiler que explodiu aqui – disse Jacobi.

– Você conhece alguém que more num lugar como esse e que tenha um boiler no segundo andar?

– Não conheço ninguém que more num lugar como esse. Tem certeza de que não quer ir para o hospital?

Jacobi se debruçou em cima de mim. Desde o dia em que levei um tiro no caso Coombs, Jacobi passou a ser uma espécie de tio protetor comigo. Chegou a reduzir suas idiotas piadas sexistas.

– Não, Warren, estou bem.

Nem sei o que me fez notar aquilo. Estava simplesmente ali, jogada na calçada, e eu pensei, *merda, Lindsay, isso não devia estar aí.*

Não depois de tudo que acabara de acontecer.

Era uma mochila escolar vermelha. Um milhão de estudantes carrega uma dessas. Ali jogada, sem mais nem menos.

Comecei a entrar em pânico de novo.

Tinha ouvido falar das explosões secundárias no Oriente Médio. Se o que explodiu na casa foi uma bomba, quem iria saber? Arregalei os olhos. Olhei fixo para a mochila vermelha.

Agarrei Jacobi.

– Warren, quero todo mundo longe daqui, *agora*. Afaste todo mundo, já!

Capítulo 5

Do fundo de um armário no porão, Claire Washburn tirou uma caixa velha e muito conhecida, que não via fazia anos.

– Ah, meu Deus...

Tinha acordado cedo aquela manhã e depois de tomar uma xícara de café no deque, ouvindo o pio áspero dos gaios azuis que reapareciam pela primeira vez naquela temporada, ela vestiu uma camisa de brim com a calça jeans e enfrentou a temida tarefa de limpar o armário do porão.

Livrou-se primeiro das pilhas de antigos jogos de tabuleiro sem uso havia anos. Depois foram as velhas luvas e protetores de futebol americano dos anos de Liga Infantil e do programa Pop Warner de futebol juvenil. Um *kilt* dobrado que tinha virado apenas uma convenção de poeira.

Então deparou-se com a velha caixa de alumínio, escondida sob um cobertor embolorado. *Meu Deus.*

Seu velho violoncelo. Claire sorriu com a lembrança. Deus do céu, fazia anos que não punha as mãos naquele instrumento.

Tirou o violoncelo do fundo do armário. Só de vê-lo afloraram inúmeras recordações, horas e horas aprendendo as escalas, praticando. Uma casa sem música, costumava dizer sua mãe, é uma casa sem vida. A última vez que Claire tocou foi no aniversário de quarenta anos do marido Edmund, quando encarou o primeiro movimento do *Concerto em fá* de Haydn.

Claire destravou os clips da tampa da caixa do violoncelo e ficou olhando para os veios da madeira do instrumento. Continuava lindo. Fora presente da bolsa do departamento de música da escola de Hampton. Antes de descobrir que jamais seria uma mãe ioiô e que iria para a faculdade de medicina, aquele era seu bem mais precioso.

Uma melodia despontou em sua cabeça. Aquela mesma passagem difícil que sempre foi um desafio. O primeiro movimento do *Concerto em fá* de Haydn. Claire olhou em volta, como se estivesse envergonhada. Que diabo, Edmund ainda estava dormindo. Ninguém ia ouvir.

Claire tirou o violoncelo do molde de feltro. Tirou o arco, segurou-o nas mãos. *Nossa...*

Passou um longo minuto afinando, as velhas cordas sendo esticadas de volta para a posição das notas correspondentes. Uma única passada do arco pelas cordas trouxe de volta milhões de sensações. E um arrepio. Ela tocou os primeiros compassos do concerto. Soaram meio deslocados, mas a sensibilidade voltou.

– Ha! A velhota não perdeu o jeito – disse ela, dando risada.

Fechou os olhos e tocou mais um pouco.

Então notou Edmund, ainda de pijama, olhando para ela do pé da escada.

– Eu sei que saí da cama. – Ele coçou a cabeça. – Lembro de ter posto os óculos, até de ter escovado os dentes. Mas não pode ser, porque devo estar sonhando.

Edmund cantarolou os primeiros compassos que Claire tinha acabado de tocar.

– E aí, acha que consegue terminar a próxima passagem? É a parte complicada.

– Isso é um desafio, maestro Washburn?

Edmund deu um sorrisinho diabólico.

Foi nessa hora que o telefone tocou. Edmund atendeu num aparelho sem fio.

– Salva pelo gongo – resmungou ele. – É do instituto. Num domingo, Claire. Será que *nunca* vão te dar uma folga?

Claire pegou o telefone. Era Freddie Rodriguez, funcionário do IML. Claire ficou ouvindo e depois largou o telefone.

– Meu Deus, Edmund... Houve uma explosão no centro! Lindsay está ferida.

Capítulo 6

Não sei o que deu em mim. Talvez fosse a ideia daquelas três pessoas mortas na casa, ou todos os policiais e bombeiros chegando à cena do acidente. Olhei fixo para a mochila e meu cérebro começou a berrar que estava errado... Completamente errado.

– Todos para trás! – berrei de novo.

Fui andando até a mochila. Ainda não sabia o que ia fazer, mas a área tinha de ser evacuada.

– De jeito nenhum, tenente – disse Jacobi, e segurou meu braço. – Você não vai fazer isso, Lindsay.

Puxei o braço da mão dele.

– Tire todo mundo daqui, Warren.

– Minha patente pode ser menor do que a sua, tenente – disse Jacobi, mais enfático dessa vez –, mas tenho catorze anos a mais do que você na força policial. Estou avisando: não chegue perto daquela mochila.

O capitão dos bombeiros chegou correndo, gritando no seu rádio portátil.

– Possível artefato explosivo. Afastem todo mundo. Chamem Magitakos, do Esquadrão Antibomba, para cá.

Menos de um minuto depois, Niko Magitakos, chefe do esquadrão antibomba da prefeitura, e mais dois profissionais cobertos com todo o equipamento de proteção passaram por mim e foram para a bolsa vermelha. Niko empurrava um instrumento com rodinhas que tinha a forma de uma caixa. Era um scanner de raios X. Um veículo blindado e quadrado que parecia uma enorme geladeira chegou de marcha a ré onde estava a mochila.

O técnico com o scanner de raios X fez uma leitura da mochila a um metro, um metro e meio de distância. Eu tinha certeza de que era uma bomba... Ou pelo menos algo que deixaram para trás. Eu só rezava, *não deixe que isso estoure.*

– Traga o caminhão para cá. – Niko virou para nós de cenho franzido. – Está parecendo um explosivo mesmo.

Nos minutos seguintes, tiraram folhas de aço reforçadas do caminhão e montaram uma barreira protetora. Um técnico empurrou uma garra sobre rodas e se aproximou devagar da mochila. Se fosse uma bomba, poderia explodir a qualquer momento.

Eu me vi em terra de ninguém, e não queria me mexer. Uma gota de suor escorreu pelo meu rosto.

O homem que manobrava a garra levantou a mochila para transportá-la para o caminhão.

Nada aconteceu.

– Não estou captando nada – disse o técnico que segurava o sensor eletrônico. – Vamos manipular.

Puseram a mochila no caminhão protegido e Niko se ajoelhou diante dela. Com muita habilidade manual, ele abriu o zíper.

– Não há carga – afirmou Niko. – É uma porra de um rádio a pilha.

Ouvi um suspiro coletivo. Saí do meio da multidão e corri para a mochila. Havia uma etiqueta de identificação na alça, um daqueles invólucros de plástico. Levantei a alça e li.

BUM! OTÁRIOS.

Eu estava certa. Era uma maldita isca para nos retardar. Dentro da mochila, ao lado do radiorrelógio comum, havia uma foto num porta-retratos. Uma foto de computador, impressa em papel, de uma câmera digital. Era o rosto de um homem bonito, que devia ter quarenta anos.

Um dos corpos carbonizados dentro da casa, eu tinha certeza disso.

MORTON LIGHTOWER, dizia a inscrição, INIMIGO DO POVO.

QUE A VOZ DO POVO SEJA OUVIDA.

Havia um nome na parte de baixo. AUGUST SPIES.

Meu Deus, aquilo tinha sido uma execução!

Meu estômago se revirou.

Capítulo 7

Identificamos a casa bem rapidamente. De fato, pertencia ao homem da foto, Morton Lightower, e à família dele. Jacobi lembrou o nome dele.

– Não é aquele cara que era dono da X/L Systems?

– Não faço ideia – respondi, balançando a cabeça.

– Você sabe. Aquele chefão da internet que se mandou com uns seiscentos milhões enquanto a firma afundava feito um terno de cimento. As ações costumavam valer sessenta dólares, agora valem por volta de sessenta centavos.

De repente me lembrei de ter visto no noticiário.

– O cara do Credo da Ganância.

Ele estava tentando comprar times de beisebol, arrebanhando casas luxuosas, instalando um portão de segurança de cinquenta mil dólares na sua casa em Aspen, ao mesmo tempo vendendo suas ações a preço de banana e demitindo a metade dos seus funcionários.

– Já ouvi falar de efeito contrário em investimentos – disse Jacobi, balançando a cabeça –, mas isso é um pouco demais.

Atrás de mim, ouvi uma mulher na multidão berrando para que a deixassem passar. O inspetor Paul Chin a acompanhou, pelo emaranhado de vans de reportagem e dos câmeras com suas equipes. Ela parou na frente da casa explodida.

– Ó, meu Deus! – exclamou, e cobriu a boca com a mão.

Chin trouxe a mulher para falar comigo.

– É a irmã do Lightower – disse ele.

A mulher estava com o cabelo todo puxado para trás, usava um suéter de cashmere sobre uma calça jeans e uma sapatilha bico fino de Manolo Blahnik, que eu tinha namorado uns dez minutos na vitrine da Neiman Marcus.

– Venha comigo, por favor – disse eu, levando a mulher meio cambaleante para uma radiopatrulha que estava aberta. – Sou a tenente Boxer, da Homicídios.

– Dianne Aronoff – balbuciou ela com olhar distante. – Soube pelo noticiário. Mort? Charlotte? As crianças... Alguém sobreviveu?

– Conseguimos salvar um menino, de uns onze anos.

– Eric. Ele está bem?

– Está na unidade de queimados do Centro Médico California Pacific. Acho que vai ficar bom.

– Graças a Deus! – exclamou ela e então cobriu o rosto de novo. – Como pôde acontecer uma coisa dessas?

Eu me ajoelhei na frente de Dianne Aronoff e segurei a mão dela. Apertei com delicadeza.

– Sra. Aronoff, preciso fazer algumas perguntas. Isso não foi acidente. Tem alguma ideia de quem poderia querer matar seu irmão?

– Não foi acidente... – repetiu ela. – Mortie dizia, a mídia me trata como Bin Laden. Ninguém entende. O que eu faço deve ser *considerado* ganhar dinheiro.

Jacobi mudou a marcha.

– Sra. Aronoff, parece que a explosão teve origem no segundo andar. Tem alguma ideia de quem tinha acesso a casa?

– Eles tinham uma doméstica – disse ela, secando os olhos. – Viola.

Jacobi suspirou.

– Infelizmente deve ser o terceiro corpo que encontramos. Enterrada nos entulhos.

– Oh... – Dianne Aronoff engasgou com um soluço.

Apertei a mão dela.

– Olha, sra. Aronoff, eu vi a explosão. Aquela bomba foi plantada por alguém de dentro. Alguém que deixaram entrar, ou que tinha acesso a casa. Preciso que a senhora pense quem poderia ser.

– Havia uma babá – disse ela, pensativa. – Acho que às vezes dormia na casa.

– Sorte dela. – Jacobi rolou os olhos nas órbitas. – Se estivesse lá dentro junto com o seu sobrinho...

– Não era babá de Eric. – Dianne Aronoff balançou a cabeça. – Era de Caitlin.

Jacobi e eu nos entreolhamos.

– Quem?

– Caitlin, tenente. Minha sobrinha.

Quando ela viu que não sabíamos da existência da menina, ficou paralisada.

– Quando disseram que Eric foi o único que conseguiram tirar de lá com vida, imaginei que...

Continuamos a olhar um para o outro. Não tinham encontrado mais ninguém na casa.

– Ó, meu Deus, detetives, ela só tem seis meses de idade!

Capítulo 8

AQUILO AINDA NÃO TINHA ACABADO.

Corri para o capitão Noroski, o chefe dos bombeiros, que rosnava ordens para seus homens na busca da casa.

– A irmã de Lightower diz que havia um bebê de seis meses lá dentro.

– Não há ninguém lá dentro, tenente. Meus homens estão acabando de verificar o último andar. A não ser que queira entrar de novo e dar uma espiada pessoalmente.

De repente a planta da casa incendiada surgiu na minha lembrança. Podia vê-la agora. Mais adiante, no longo corredor em que ficava o quarto onde encontrei o menino. Meu coração deu um pulo.

– Não nos andares superiores, capitão, no primeiro.

Podia haver um quarto de bebê ali embaixo também.

Noroski chamou alguém dentro da casa pelo rádio. Instruiu para que examinasse o corredor da frente até o fim.

Ficamos diante da casa fumegante, e uma sensação de náusea tomou conta do meu estômago. A ideia de que ainda havia um bebê lá dentro... Alguém que eu poderia ter salvado. Esperamos enquanto os homens do capitão Noroski vasculhavam os escombros.

Finalmente um bombeiro saiu da destruição no andar térreo.

– Nada. Encontramos um quarto de bebê. Havia um berço e uma banheirinha embaixo de um monte de entulhos. Mas nenhum bebê.

Dianne Aronoff soltou um grito de alegria. A sobrinha não estava lá. Então adotou uma expressão de pânico, o rosto registrou um terror completamente novo. *Se Caitlin não estava lá, onde estaria?*

Capítulo 9

CHARLES DANKO ESTAVA PARADO AO LADO DA MULTIDÃO, OBSERVANDO. Usava roupa de ciclista de última geração e segurava uma bicicleta de corrida mais antiga. O capacete e os óculos serviam para cobrir seu rosto, caso a polícia estivesse filmando os curiosos, como às vezes fazia.

Isso não podia ser melhor, Danko pensava enquanto observava a cena de homicídio. Os Lightower estavam mortos, feitos em pedaços. Torcia para que tivessem sofrido muito enquanto queimavam, mesmo as crianças. Aquilo era um sonho dele, ou talvez um pesadelo, só que agora se tornara realidade. E essa realidade ia aterrorizar a boa gente de San Francisco. O ato incendiário exigiu sangue-frio dele, mas finalmente tinha feito alguma coisa. Olhem só os bombeiros, o socorro médico, a polícia da cidade. Estavam todos lá, homenageando sua obra, ou melhor, apenas o início humilde da sua obra.

Um deles o encarou, uma mulher loura. Era óbvio que devia ser da polícia e tinha alguma autoridade. Parecia corajosa também. Ele a examinou e ficou pensando se seria sua adversária, se estaria à altura dele.

Obteve informação sobre a policial com um patrulheiro na barricada.

– A mulher que entrou na casa é a inspetora Murphy, não é? Acho que a conheço.

O policial nem se deu ao trabalho de olhar para ele, com a típica insolência da polícia.

– Não – retrucou ele –, aquela é a tenente Boxer. Da Homicídios. Ouvi dizer que é uma verdadeira fera.

Capítulo 10

A SALA APERTADA QUE ABRIGAVA A DELEGACIA DE HOMICÍDIOS fervilhava, mais do que em qualquer manhã de domingo que eu lembrasse.

Obtive alta do hospital e quando cheguei à delegacia notei que a equipe toda estava lá. Tínhamos duas pistas para seguir, antes mesmo que chegassem os resultados da cena da explosão. Bombas não costumavam envolver sequestros. Tudo dizia para eu *encontrar aquele bebê, que assim descobriria quem cometera aquele crime horrível.*

Havia uma televisão ligada. O prefeito Fiske e o comissário da polícia, Tracchio, apareciam ao vivo na cena da explosão.

– Esta é uma tragédia horrível, movida por vingança – dizia o prefeito, recém-chegado da primeira tacada no clube de golfe Olympic. – Morton e Charlotte Lightower estavam entre os cidadãos mais generosos e solidários da nossa cidade. Também eram amigos.

– Não esquecer que são contribuintes – disse Cappy Thomas, parceiro de Jacobi.

– Quero que todos saibam que a nossa polícia já está empenhada em seguir pistas concretas – continuou o prefeito. – Quero tranquilizar o povo desta cidade, porque este foi um incidente isolado.

– X/L... – Warren Jacobi coçou a cabeça. – Acho que tenho algumas ações dessa merda que chamam de fundo de aposentadoria.

– Eu também – disse Cappy. – Qual é o seu fundo?

– Acho que chamam de Crescimento a Longo Prazo, mas quem o batizou certamente deve ter um senso de humor perverso. Dois anos atrás eu tinha...

– Se os magnatas puderem conceder um minuto... – interrompi. – Hoje é domingo e as bolsas estão fechadas. Nós temos três mortos, um bebê desaparecido e uma casa inteira que virou cinza, possivelmente por causa de uma bomba.

– Definitivamente uma bomba – afirmou Steve Fiori, o assessor de imprensa da polícia.

Ele fazia malabarismo com uma centena de empresas e serviços de notícias, com seus Topsiders e calça jeans.

– O chefe acabou de receber confirmação do esquadrão antibombas. Encontraram um dispositivo de relógio e um de explosivo C-4 enfiados nas paredes.

A notícia não nos surpreendeu. Mas saber que uma bomba havia explodido na nossa cidade, que tínhamos assassinos circulando com C-4, que um bebê de seis meses continuava desaparecido impôs um silêncio atônito a todos na sala.

– Merda – suspirou Jacobi dramaticamente –, lá se foi a nossa tarde.

Capítulo 11

— Tenente! – gritou alguém do outro lado da sala. – Chefe Tracchio, no telefone.

– Eu disse – comentou Cappy, com um largo sorriso.

Atendi preparada para ser triturada por ter saído da cena do crime mais cedo. Tracchio era um exímio burocrata. Não chegava tão perto assim de uma investigação desde os casos que tinha lido na academia, vinte e cinco anos atrás.

– Lindsay, é Cindy.

Eu estava esperando ouvir o chefe. A voz dela me surpreendeu.

– Não se irrite. Foi o único jeito de conseguir falar com você.

– Não é exatamente uma boa hora – disse eu. – Pensei que você era aquele babaca do Tracchio, prestes a me crucificar.

– Muita gente pensa que eu *sou* uma babaca que está sempre querendo crucificar alguém.

– Só que esse babaca assina meus cheques – disse eu, respirando mais calma pela primeira vez aquele dia inteiro.

Cindy Thomas fazia parte do meu círculo íntimo de amigas, junto com Claire e Jill. E ocorre que também trabalhava no *Chronicle* e era uma das principais repórteres policiais da cidade.

– Meu Deus, Linds, acabei de saber. Estou numa clínica de ioga onde vim passar o dia. No meio de um "cachorro deitado", quando meu telefone toca. Ora, eu me afasto sorrateiramente por umas duas horas e você resolve que justamente agora é hora de bancar a heroína? Você está bem?

– Fora a sensação de que meus pulmões parecem cheios de fluido de isqueiro... Não, eu estou bem – disse eu. – Não há muito que eu possa dizer sobre isso agora.

– Não liguei por causa da cena do crime, Lindsay. Quero saber de *você*.

– Estou bem – repeti.

Não sabia se estava dizendo a verdade. Notei que minhas mãos ainda tremiam. E tinha o gosto amargo da explosão na boca.

– Quer se encontrar comigo?

– Você não chegaria a mais de dois quarteirões daqui. Tracchio bloqueou todos os informes até descobrirmos o que está acontecendo.

– Está me desafiando? – brincou Cindy.

Isso me fez rir. Quando a conheci, Cindy tinha conseguido se infiltrar numa suíte de cobertura do Grand Hyatt, a cena de assassinato mais bem guardada que eu podia lembrar. A carreira dela deslanchou a partir desse feito.

– Não, não é um desafio, Cindy. Mas eu estou bem, eu juro.

– Bom, então se toda essa preocupação afetuosa está sendo um desperdício, que tal a cena do crime? Estamos falando de uma cena de crime, não estamos, Lindsay?

– Se está se referindo à churrasqueira do quintal ter pegado fogo às nove da manhã de domingo... É, acho que dá para me citar dizendo isso. Pensei que estava desinformada sobre isso, Cindy.

A rapidez com que ela recuperava o embalo sempre me espantava.

– Fiquei sabendo agora – disse ela. – Aliás, dizem que você salvou um garoto hoje. Você deveria ir para casa. Já fez o bastante por um dia.

– Não posso. Temos algumas pistas. Gostaria de poder falar delas, mas não posso.

– Soube também que levaram um bebê da casa. Foi uma espécie tortuosa de sequestro?

– Se foi, inventaram uma nova maneira de tratar os potenciais pagadores do resgate.

Cappy Thomas me interrompeu:

– Tenente, a médica legista quer vê-la. No necrotério. Agora.

Capítulo 12

PODIA CONTAR COM A CLAIRE, A MAIOR PERITA LEGISTA DE SAN Francisco, minha melhor amiga há doze anos, para revelar a única coisa no meio daquela loucura toda que me faria chorar.

– Charlotte Lightower estava grávida.

Claire parecia cansada e impotente em seu jaleco cirúrgico cor de laranja.

– De dois meses. A pobre mulher talvez nem soubesse ainda.

Não sei por que achei isso triste demais, só sei que achei. Talvez fizesse os Lightower serem mais uma família para mim, mais humanos.

– Eu ia procurá-la alguma hora hoje – deu ela um sorriso triste –, só que não imaginei que seria nessas circunstâncias.

– É. – Sorri e sequei uma lágrima do canto do olho.

– Soube do que você fez – disse Claire.

Ela se aproximou e me abraçou.

– Precisou de muita coragem, querida. Além disso, você é muito boba, sabia?

– Houve um momento em que pensei que não iria conseguir sair de lá, Claire. Havia muita fumaça. Por toda parte. Nos meus olhos, nos meus pulmões. Não enxergava nada. Só me agarrei àquele menino e rezei.

– Você viu a luz. Foi ela que guiou você? – Claire sorriu.

– Não. Foi pensar que todos vocês iriam achar que eu era muito burra se acabasse esturricada naquela casa.

– Teria mesmo estragado um pouco suas noites de margaritas – disse ela, meneando a cabeça.

Levantei a cabeça e sorri.

– Já disse alguma vez que você tem muito jeito para pôr as coisas em seus devidos lugares?

Os restos dos Lightower estavam lado a lado em duas macas. Mesmo no Natal, o necrotério era um lugar solitário, mas, naquela tarde de domingo, sem os técnicos que estavam de folga, com as fotos nuas e cruas de autópsias e alertas médicos pregados nas paredes assépticas e um cheiro horrível no ar, estava mais sinistro do que nunca.

Cheguei perto dos corpos.

– Pois é, você pediu que eu viesse – disse eu. – O que quer que eu veja?

– Chamei você aqui porque achei que precisava de um abraço forte.

– Precisava mesmo – disse eu –, mas uma revelação chave da legista não faria mal nenhum.

Claire foi até uma mesa e começou a tirar as luvas cirúrgicas.

– Revelação chave da legista? – Rolou os olhos nas órbitas. – O que eu poderia ter para você, Lindsay? Essas três pessoas explodiram.

Capítulo 13

UMA HORA DEPOIS, TRACCHIO E EU FIZEMOS UMA DECLARAÇÃO tensa e emocionada para os repórteres nos degraus da prefeitura. Cindy estava lá, junto com metade da tropa de jornalistas da cidade.

De volta à delegacia, Jacobi passou o nome da foto, August Spies, pelo banco de dados do CCI, Índice Confidencial de Consumidores, e do FBI. Não deu nada. Não encontrou nenhum nome, ou grupo, correspondente. Cappy estava investigando de todas as maneiras possíveis a babá desaparecida. Tínhamos a descrição da irmã de Lightower, mas nenhuma ideia de como encontrá-la. A irmã nem sabia o sobrenome da moça.

Tirei uma lista telefônica pesada da estante e joguei *ruidosamente* na mesa de Cappy.

– Toma. Comece com a letra b, de babás.

Eram quase seis horas da tarde de domingo. Tínhamos uma equipe no gabinete do prefeito, mas o melhor que conseguimos foi um agente de relações públicas que disse que podíamos falar com eles no dia seguinte, às oito horas. Domingos eram dias péssimos para solução de crimes.

Jacobi e Cappy bateram à minha porta.

– Por que não vai para casa? – perguntou Cappy. – Nós cuidamos disso por aqui.

– Eu já ia interfonar para Charlie Clapper.

A equipe dele da Unidade de Cena de Crime ainda estava investigando a casa.

– Estou falando sério, Lindsay. Nós damos cobertura. De qualquer modo, você está um bagaço – disse Jacobi.

De repente percebi o quanto estava exausta. Tinham se passado nove horas desde a explosão da casa. Eu ainda estava de blusão e trajes de corrida. Coberta de fuligem da explosão.

– Ei, tenente. – Cappy virou de novo para mim. – Só mais uma coisa. Como foi a noite passada com Franklin Fratelli? Seu programa especial?

Eles ficaram lá parados, mascando largos sorrisos, feito adolescentes grandes demais.

– Não foi – respondi. – Será que vocês estão querendo saber se o seu maldito superior por acaso é homem?

– Isso mesmo, estou querendo saber – disse Cappy. – E devo acrescentar que, para o meu maldito superior – o detetive grandalhão jogou a cabeça para trás –, você está maravilhosa com esse legging. Aquele irmãozinho Fratelli deve ser um perfeito idiota.

– Registrado.

Sorri para ele. Eu tinha levado muito tempo para sentir que comandava aqueles caras. Os dois tinham o dobro do meu tempo na polícia. Sabia que precisavam se adaptar ao fato de a Homicídios ser liderada por uma mulher pela primeira vez.

– Quer acrescentar alguma coisa a isso, Warren? – perguntei.

– Não.

Ele balançou nos calcanhares.

– Só que... vamos ter de usar terno e gravata amanhã, ou posso vir com meu short e meu Nike?

Passei por ele, balançando a cabeça. Então ouvi meu nome mais uma vez.

– Tenente?

Dei meia-volta, animada.

– Warren?

– Você foi ótima hoje. – Meneou ele a cabeça. – Os que importam sabem disso.

Capítulo 14

De carro, eu levava só dez minutos até Potrero, onde moro num apartamento de dois quartos. Quando entrei, Martha veio me receber abanando a cauda. Um dos patrulheiros que estava na explosão a tinha levado para casa para mim.

A luz da secretária eletrônica estava piscando. O primeiro recado era de Jill.

– Lindsay, tentei falar com você na sua sala. Acabei de saber...

O segundo de Fratelli.

– Olha, Lindsay, se não tiver nenhum compromisso hoje...

Apaguei sem ouvir sequer as desculpas dele.

Fui para o meu quarto, tirei o legging e o blusão. Não queria falar com ninguém naquela noite. Botei um CD para tocar. Do reverendo Al Green. Entrei no chuveiro e bebi um gole de cerveja que tinha levado. Inclinei-me para trás sob a água quente, a sujeira, a fuligem e o cheiro de cinza escorreram pelo meu corpo e rodopiaram aos meus pés. Alguma coisa me fez sentir vontade de chorar.

Estava tão sozinha...

Eu podia ter morrido hoje.

Desejei ter os braços de alguém para me aninhar.

Claire tinha Edmund para consolá-la numa noite como aquela, depois de ter juntado os pedaços de três corpos carbonizados. Jill tinha Steve, bem ou mal... Até Martha tinha alguém: eu!

Meu pensamento foi para Chris, pela primeira vez em muito tempo. Seria bom se ele estivesse ali comigo hoje. Fazia um ano e meio desde a sua morte. Eu estava pronta para esquecer, para me abrir para alguém, se houvesse alguém na minha vida. Sem rufar de tambores. Sem "Senhoras e senhores, o envelope, por favor...". Era só uma vozinha no meu coração, a minha voz, dizendo que era hora.

Então voltei para a cena na Marina. Eu me vi na rua, segurando Martha. A bela e calma manhã. A casa de alvenaria. O garoto ruivo rodopiando com sua patinete Razor. O clarão cor de laranja.

Passei esse filme na cabeça muitas vezes, e terminava sempre no mesmo ponto.

Tem alguma coisa que você não está vendo. Algo que eu tinha cortado.

A mulher dobrando a esquina logo antes do clarão. Eu a vi de costas, só de relance. Loura, rabo de cavalo. Tinha alguma coisa nos braços. Mas não era isso que me incomodava.

O estranho foi que ela não voltou.

Não tinha pensado nisso antes. Depois da explosão... O garoto com a patinete estava lá. E muitas outras pessoas. Mas a mulher loura, não. Ninguém a entrevistou. Ela não voltou... Por quê?

Porque a maldita estava fugindo.

Aquele momento apareceu repetidamente na minha cabeça. A mulher carregava alguma coisa. Estava fugindo.

Era a babá.

E o que tinha nos braços?

O bebê dos Lightower!

Capítulo 15

O CABELO CAÍA EM TUFOS ESPESSOS, LOUROS, NO CHÃO DO banheiro. Ela pegou a tesoura e cortou mais. Tinha de recomeçar tudo agora. Wendy já era, para sempre. Um rosto diferente começou a aparecer no espelho. Ela disse adeus à babá que tinha sido nos últimos cinco meses.

Cortar o passado. Wendy era nome para Peter Pan, não para a vida real.

O bebê chorava no quarto.

– Psiu, Caitlin. Por favor, querida.

Precisava resolver o que ia fazer com ela. Só sabia que não podia deixar a bebezinha morrer. Tinha ouvido as reportagens a tarde inteira. O mundo todo a procurava. Chamavam-na de assassina fria. De monstro. Mas ela não podia ser aquele monstro... Podia? Não se ela salvara o bebê.

– Você não acha que sou esse monstro, não é, Caitlin? – perguntou à menina, que chorava.

Michelle enfiou a cabeça na pia e derramou um tubo de tintura vermelho pôr do sol da L'Oréal, massageando todo o cabelo curto.

Wendy, a babá, desapareceu.

Malcolm chegaria a qualquer momento. Tinham combinado de não se encontrar até terem certeza de que não a tinham seguido. Ela precisava dele. Agora que tinha provado que era uma mulher de fibra.

Ouviu o barulho de alguém tentando abrir a porta da frente. Seu coração pulou de susto.

E se tivesse se descuidado? E se alguém a tivesse visto chegar com a menina? E se estivessem arrombando a porta naquele momento?

Então Malcolm entrou na sala.

– Você estava esperando a polícia, não estava? Eu *disse* que você era burra! – exclamou ele.

Michelle correu para ele e pulou em seus braços.

– Ah, Mal, nós conseguimos. Nós conseguimos.

Ela beijou o rosto dele umas cem vezes.

– Fiz tudo certo, não fiz? – perguntou Michelle. – Porque na televisão estão dizendo que quem fez isso é um monstro.

– Eu avisei, você tem de ser forte, Michelle. – Mal alisou o cabelo dela. – Na TV, eles estão com a vida ganha, como todo o resto. Mas olhe só para você... Está muito diferente.

De repente eles ouviram um grito vindo do quarto. Mal tirou um revólver do cinto.

– Que porra é essa?

Michelle estava atrás dele quando Mal correu para o quarto. Ele parou e ficou olhando para Caitlin, horrorizado.

– Mal, nós podemos ficar com ela, só um pouquinho. Eu cuido dela. Ela não fez nada de errado.

– Sua tapada retardada – disse ele e jogou Michelle na cama. – Toda a polícia da cidade deve estar procurando essa criança.

Ela começou a fungar. Como sempre acontecia quando Malcolm gritava com ela. Procurou a bombinha na bolsa. Ficava sempre lá. Não ia a lugar nenhum sem ela. Usara na noite anterior. *Onde é que estava?*

– Eu gostava dela, Malcolm – disse Michelle outra vez. – Achei que você ia entender...

Malcolm empurrou o rosto dela para perto do bebê.

– É, mas entenda *isso*... Essa garota vai sumir, *amanhã*. E faça ela parar de chorar. Enfie o peito na boca dela, ponha uma porra de um travesseiro na cara dela. De manhã, esse bebê vai desaparecer.

Capítulo 16

Charles Danko não acreditava em correr riscos desnecessários. E acreditava com a mesma convicção que todos os soldados eram descartáveis, até ele mesmo. Ele sempre repetia o evangelho: *há sempre um outro soldado.*

Por isso fez a ligação de um telefone público no bairro Mission. Se a chamada fosse interceptada, se fosse descoberta, bem, azar.

O telefone tocou várias vezes antes que alguém atendesse no apartamento. Ele reconheceu a voz de Michelle, a babá maravilhosamente fria. Que desempenho, o dela!

– Estou orgulhoso de você, Michelle. Por favor, não diga nada. Apenas ponha Malcolm na linha. Mas você é uma heroína.

Michelle largou o fone e Danko teve de conter uma risada ao notar como os dois obedeciam suas ordens.

Aquilo não tinha preço e revelava muito da condição humana. Porra, podia até explicar Hitler em Munique. Aquelas pessoas eram muito inteligentes, a maioria tinha diploma, mas raramente questionavam qualquer coisa que ele dissesse.

– Oi. Sou eu.

Danko ouviu a voz sem alegria de Malcolm. Esse menino era brilhante, mas realmente um assassino, provavelmente um psicopata. Às vezes até Danko se assustava com ele.

– Preste atenção. Não quero ficar muito tempo no telefone. Só queria deixá-los atualizados. Está tudo correndo maravilhosamente bem. Não podia ser melhor.

Danko parou de falar alguns segundos.

– Faça de novo – disse ele.

Capítulo 17

HAVIA UM LOGOTIPO GIGANTESCO COM A FORMA DE UM X E UM L entrelaçados em cima do prédio de tijolos e vidro no promontório que avançava sobre a baía. Uma recepcionista bem-vestida levou-nos, Jacobi e eu, até a sala de conferências. Nas paredes forradas de madeira, artigos e capas de revistas com a cara sorridente de Morton Lightower cobriam toda a extensão da sala. Em uma capa da *Forbes*, a pergunta: ALGUÉM NO VALE DO SILÍCIO CONSEGUE FAZER ESSE HOMEM PARAR?

– O que, exatamente, faz essa empresa? – perguntei a Jacobi.

– Trocas em alta velocidade, ou alguma coisa assim. Eles movimentam dados pela internet. Era isso antes de todos descobrirem que não tinham dados para movimentar na rede.

A porta da sala de reuniões abriu e dois homens entraram. Um deles tinha cabelo grisalho, rosto corado e um terno bem cortado. Advogado. O outro era pesadão, meio careca, de camisa xadrez aberta no pescoço. Técnico.

– Chuck Zinn – apresentou-se o de terno, entregando um cartão para Jacobi. – Sou o CDJ da empresa. O senhor é o tenente Boxer?

– *Eu* sou a tenente Boxer. – Fiquei olhando para o cartão e funguei. – O que é CDJ?

– Chefe do Departamento Jurídico. – Ele fez uma mesura para se desculpar. – Este é Gerry Cates, que ajudou a fundar a empresa com Mort.

– Nem é preciso dizer que estamos todos horrorizados aqui.

Os dois homens sentaram, nós também, à mesa de reunião.

– A maioria de nós conhece Mort desde o início. Gerry estudou em Berkeley com ele. Quero começar prometendo toda a cooperação da firma.

– Vocês têm alguma pista? – perguntou Cates. – Soubemos que Caitlin desapareceu.

– Estamos fazendo todo o possível para encontrar o bebê. Disseram que a família tinha uma babá, que também desapareceu. Vocês podem nos ajudar a encontrá-la?

– Talvez Helene possa ajudá-los nisso. É a secretária de Mort.

Cates olhou para o advogado.

– Acho que isso é factível.

Zinn rabiscou uma anotação.

Começamos com as perguntas habituais. Se Lightower tinha sofrido alguma ameaça, se sabiam de alguém que quisesse prejudicá-lo.

– Não – Gerry Cates balançou a cabeça e olhou para o advogado. – Mas é claro que a situação financeira de Mort era alardeada em toda a mídia – continuou ele. – Estão sempre aparecendo pessoas nas reuniões de acionistas. Vigilantes de finanças. Ora, você quer reformar sua cozinha e eles o acusam de estar descapitalizando a empresa.

Jacobi fungou.

– Vocês acham que alguém pode se enfurecer se ele estiver vendendo seiscentos milhões de dólares em ações, enquanto percorre o país dizendo que está comprando por dez?

– Não podemos controlar o preço das nossas ações, inspetor – respondeu Cates, visivelmente irritado com a pergunta.

Fez-se um silêncio tenso na sala.

– Vocês nos darão uma lista de todos os seus clientes – disse eu.

– Feito. – O advogado rabiscou de novo.

– E vamos precisar de acesso aos computadores pessoais dele, aos e-mails e toda a correspondência. – Joguei a granada no CDJ.

A caneta do advogado não encostou no papel.

– Esses arquivos são privados, tenente. Acho que é melhor eu verificar as bases legais antes de concordar com isso.

– Pensei que o senhor fosse a base legal – disse Jacobi, com um sorriso de orelha a orelha.

– O seu patrão foi assassinado, sr. Zinn. Temo que esses arquivos sejam assuntos nossos agora. Havia um bilhete no local da explosão – disse eu, e empurrei para ele uma cópia da fotografia. – Referia-se a Morton Lightower como "inimigo do povo". Há um nome na parte de baixo, August Spies. Significa alguma coisa para algum de vocês?

Zinn piscou. Cates respirou fundo e seus olhos ficaram vazios de repente.

– Não preciso lembrar que isso é uma investigação de assassinato – disse eu. – Se alguém estiver omitindo alguma coisa, agora é a hora de...

– Ninguém está omitindo nada – disse Gerry Cates, muito tenso.

– Vocês devem querer falar com Helene agora.

O CDJ fechou o bloco de notas, como se a reunião tivesse terminado.

– O que eu *quero* é a sala de Lightower lacrada, agora. E quero acesso a toda a correspondência. Arquivos de computador também. E e-mails.

– Não tenho certeza se isso é factível, tenente. – Chuck Zinn recostou na cadeira.

– Eu vou dizer o que é factível, sr. Zinn. – Fixei o olhar no seu sorriso falso e dócil. – O que é factível é que estaremos aqui de volta em duas horas com um mandado, e qualquer coisa que tenha sido apagada desses arquivos nas últimas vinte e quatro horas será caracterizada como obstrução à investigação de assassinato. O que também é factível é que qualquer coisa que encontrarmos, que talvez não seja muito lisonjeiro para a X/L, será passada para aqueles tubarões famintos do escritório do promotor público. Isso lhe parece *factível*, sr. Zinn?

Gerry Cates virou para o seu advogado.

– Chuck, acho que podemos dar um jeito.

– É claro que podemos dar um jeito. – Zinn fez que sim com a cabeça. – Mas temo que só teremos tempo para isso hoje. E vocês também devem estar muito ocupados. Então, se isso é tudo... – Ele se levantou e sorriu. – Tenho certeza de que querem falar logo com Helene.

Capítulo 18

Levei um total de seis segundos para fazer uma ligação urgente para Jill depois de sair furiosa da X/L. Contei para ela toda a conversa frustrante que acabara de ter.

– Você está querendo um mandado de busca – interrompeu Jill – para ver os arquivos de Lightower?

– É óbvio, Jill, e rápido, antes que eles chamem os garotos da Arthur Andersen para fazer uma limpezinha no escritório.

– Tem alguma prova de que existe alguma coisa no computador de Lightower para justificar isso?

– Pode me chamar de desconfiada, Jill, mas quando um cara que estou entrevistando começa a se remexer feito lombriga em água de azeite, aquelas anteninhas de policial atrás das minhas orelhas sempre fazem *tóim*.

– Como é que elas fazem, Lindsay? – Jill deu risada.

– *Tóim* – disse eu, com mais firmeza. – Vamos lá, Jill, eu não estou brincando.

– Alguma coisa, além de partes do corpo excitadas, para sugerir que estão escondendo alguma coisa?

O sangue começou a borbulhar no meu peito.

– Você não vai fazer isso por mim, não é?

– Eu *não posso* fazer isso por você, Lindsay. E se fizesse, qualquer coisa que encontrasse não iria passar nem da citação. Olha aqui, eu posso tentar fazer um acordo com eles.

– Jill, eu tenho uma investigação de assassinato múltiplo.

– Então, se eu fosse você, tentaria aplicar uma pressão paralegal.

– Quer desenhar isso para mim?

Jill bufou.

– Da última vez que eu soube, você ainda tinha alguns amigos na mídia...

– Está querendo dizer que eles talvez colaborem mais se a empresa for desvalorizada na primeira página do *Chronicle*?

– É óbvio, Linds...

Ouvi a risada de Jill.

De repente um bip soou no meu celular.

Era Cappy Thomas na delegacia.

– Tenente, preciso que venha para cá, ontem. Temos uma pista da babá.

Capítulo 19

VI DUAS MULHERES SENTADAS NA SALA DE INTERROGATÓRIO quando voltei. Eram donas de um pequeno negócio que oferecia recrutamento de babás, informou Cappy.

– Babá é Amor!

– Nós viemos quando soubemos do que aconteceu – explicou para mim Linda Cliborne, com um suéter de cashmere cor-de-rosa. – Nós indicamos Wendy Raymore para aquele emprego.

– Ela parecia perfeita – apressou-se em dizer a sócia, Judith Hertan.

Judith pegou uma pasta amarela e botou em cima da mesa. Dentro havia um formulário de inscrição da Babá é Amor!, duas cartas de recomendação e uma identidade de aluna da Berkeley – Califórnia, com uma foto.

– Os Lightower adoraram a Wendy – disse Linda.

Fiquei olhando um tempo para a pequena foto laminada do rosto de Wendy Raymore. Era loura, maçã do rosto saliente, um sorriso largo e bonito. Recuperei a imagem mental que tinha de antes da explosão, da menina de macacão se afastando da cena. Podia ser ela.

– Nós investigamos cuidadosamente todas as nossas meninas. Wendy parecia uma preciosidade. Era alegre, atraente, uma garota adorável – explicou Linda.

– E os Lightower disseram que a bebê tinha se apegado demais a ela – acrescentou a sócia. – Nós verificamos sempre.

– E essas recomendações, vocês verificaram também?

Judith Hertan hesitou um pouco.

– Podemos não ter conferido todas elas. Eu confirmei com a escola, para ter certeza de que ela tinha boa índole. E tínhamos a identidade da faculdade, claro.

Fixei minha atenção no endereço: Pelican Drive, 17. Do outro lado da baía, em Berkeley.

– Acho que ela disse que vivia fora do campus – disse Linda Cliborne. – Mandamos confirmação para ela pelo correio, para uma caixa postal.

Levei Cappy e Jacobi para fora da sala.

– Vou alertar a polícia de Berkeley. E Tracchio.

– Como quer cuidar disso? – perguntou Cappy.

O que ele queria dizer era, *que tipo de força devemos usar para prendê-la*?

Olhei para a foto.

– Usem tudo – disse eu.

Capítulo 20

QUARENTA MINUTOS DEPOIS, CHEGAMOS AO QUARTEIRÃO ONDE ficava o número 17 da Pelican Drive, em Berkeley. A casa era vitoriana, azul e maltratada, numa rua com outras semelhantes enfileiradas, a alguns quarteirões do campus. Duas radiopatrulhas bloqueavam a rua. Uma van da SWAT parou ao nosso lado. Eu não sabia o que esperar, mas não ia correr risco nenhum.

Todos nós vestimos coletes à prova de bala por baixo das jaquetas da polícia. Eram onze horas e quarenta e cinco minutos. A polícia de Berkeley vigiava a casa. Disseram que ninguém tinha saído, mas que uma menina negra tinha entrado meia hora antes, carregando uma sacola da Cal-Berkeley.

– Vamos encontrar o bebê desaparecido – disse eu para os rapazes.

Jacobi, Cappy e eu fomos até uma fila de carros estacionados, perto da entrada da casa. Nenhum sinal de atividade lá dentro. Sabíamos que podia haver uma bomba no lugar.

Dois inspetores foram para a varanda da frente. Um cara da equipe da SWAT aguardava com um aríete, para o caso de precisarmos arrombar a porta. O silêncio era assustador.

Fiz sinal com a cabeça. *Vamos entrar.*

– Abram a porta! Polícia de San Francisco! – anunciou Cappy batendo com força à porta.

Examinei as janelas laterais para ver se havia algum sinal de atividade dentro da casa. Eles já tinham usado uma bomba. Eu tinha certeza de que não hesitariam em abrir fogo contra nós. Mas nada aconteceu.

De repente ouvi passos vindos lá de dentro e o barulho da chave na fechadura. Quando abriram a porta, apontamos nossas armas para quem aparecesse.

Era a menina negra com blusão da Cal-Berkeley que os policiais tinham visto entrar. Bastou avistar a equipe da SWAT para ela gritar assustada.

– Wendy Raymore? – rosnou Cappy, puxando a menina para fora.

A garota, chocada, mal conseguia falar. Cappy jogou-a nos braços de um membro da SWAT que estava ao seu lado. Tremendo, ela apontou para a escada.

– Acho que ela está lá em cima.

Nós três entramos. Dois quartos no segundo andar estavam abertos e vazios. Não havia ninguém. No fundo do corredor, vimos uma porta fechada.

Cappy bateu.

– Wendy Raymore? Polícia de San Francisco!

Nenhuma resposta.

A adrenalina queimava em minhas veias. Cappy olhou para mim e verificou sua arma. Jacobi se preparou. Meneei a cabeça.

Cappy abriu a porta com um chute. Entramos com as armas em riste, cobrindo o quarto todo.

Uma menina de camiseta ergueu-se da cama. Ela parecia atônita, piscava os olhos, cheia de sono. E começou a berrar.

– Ó, meu Deus, o que está acontecendo?

– Wendy Raymore? – Cappy continuou apontando a arma para ela.

O rosto da menina estava branco de pavor, olhava para um lado e para outro.

– Onde está o bebê? – berrou Cappy.

Isso está errado! Está tudo errado, eu pensava.

A menina tinha cabelo preto, comprido, e pele bem morena. Não combinava nada com a descrição que Dianne Aronoff tinha nos dado. Nem com a foto da carteira de estudante de Wendy Raymore. Tampouco com a garota que vi fugindo da explosão na casa. Acho que eu sabia o que tinha acontecido. Essa menina devia ter perdido a carteira, ou então alguém roubara dela. Mas quem estava usando aquela identidade agora?

Abaixei a arma. Estávamos olhando para outra menina.

– Essa não é a babá – disse eu.

Capítulo 21

Lucille Cleamons tinha exatamente dezessete minutos da sua hora do almoço para limpar a mancha de ketchup no rosto de Marcus, levar os gêmeos para a creche e pegar o ônibus 27 para voltar ao trabalho, antes que o sr. Darmon começasse a descontar sete dólares e oitenta e cinco por hora (ou treze centavos por minuto).

– *Vamos*, Marcus – pediu ela, suspirando para o filho de cinco anos que exibia o rosto todo lambuzado de ketchup. – Não tenho tempo para isso hoje.

Lucille tentava secar a camisa branca, que estava parecendo uma de suas pinturas de dedo mais caóticas e... droga! Nenhuma das manchas saía.

Cherisse, sentada à mesa, apontou.

– Posso tomar sorvete, mamãe?

– Não, filha, não pode. Mamãe está atrasada.

Ela olhou para o relógio e sentiu o coração pular. *Ai, meu Deus...*

– Vem, filho. – Lucille empilhou as caixas de Happy Meal. – Tenho de limpar você, rápido.

– Por favor, mamãe, é um McSundae – protestou Cherisse.

– Você pode comprar o seu McSundae, ou o que quiser, quando seu dólar e sessenta e cinco estiver na mesa. Agora vocês dois, venham se limpar. Mamãe tem de ir.

– Mas eu estou limpa – reclamou Cherisse.

Lucille arrastou os dois para fora do cubículo da lanchonete e correu com eles para o banheiro.

– É, mas seu irmão parece que saiu de uma guerra.

Lucille puxou os filhos pelo corredor dos fundos que dava nos banheiros. Abriu a porta do banheiro feminino. Era o

McDonald's, ninguém ia se importar. Botou Marcus sentado na bancada da pia, molhou um pedaço de papel toalha e começou a esfregar no colarinho todo sujo.

O menino se encolheu.

– Que droga, filho, se quer se emporcalhar todo, tem de aguentar a limpeza. Cherisse, você vai fazer xixi?

– Vou, mamãe – respondeu a menina.

Ela era a mais asseada dos dois. Ambos tinham cinco anos de idade, mas Marcus mal sabia abrir o zíper da calça. Uma parte do ketchup estava começando a sair.

– Cherisse – rosnou Lucille –, você vai sentar nessa privada, ou não vai?

– Não posso, mamãe – respondeu a menina.

– *Não pode?* Quem é que tem tempo para isso, mocinha? Abaixe essa meia e faça seu xixi.

– Não posso, mamãe. Vem aqui ver.

Lucille suspirou. Quem disse que o tempo está do nosso lado certamente nunca teve gêmeos. Ela deu uma espiada rápida no espelho e suspirou de novo, pois não tinha um segundo só para ela. Ajudou Marcus a descer da pia e foi abrir a porta do cubículo em que estava Cherisse.

E disse, sem paciência nenhuma:

– E então, o que está resmungando aí, filha?

A menina olhava fixamente para a privada.

– Meu Deus! – exclamou Lucille.

Sobre a tampa do sanitário, embrulhado em um cobertor, dentro de um moisés, lá estava um bebê.

Capítulo 22

De vez em quando há momentos nesse trabalho em que tudo fica a nosso favor. Encontrar a bebê Lightower num McDonald's foi um desses momentos. O departamento inteiro deu um suspiro profundo e grato de alívio.

Liguei para Cindy para pedir um favor. Ela disse que ficaria encantada de pressionar um pouco a X/L.

Assim que desliguei, Charlie Clapper bateu à porta.

– Mandou bem, Boxer. Não precisa estufar que são lindos assim mesmo.

– Isso é um pouco sexista, mesmo vindo de você – disse eu, sorrindo.

Clapper deu risada. Sua equipe tinha passado quase o dia inteiro investigando a cena do crime. Charlie parecia exausto.

– PSOP, querida – disse ele, fazendo sinal com a cabeça para eu ir com ele. – Para seus olhos, primeiro. São muito mais bonitos do que os de Tracchio.

– Eu sabia que tinha alguma coisa para merecer esse distintivo.

Charlie me levou até a sua sala, no fim do corredor. Niko, do Esquadrão Antibomba, estava lá, recostado na velha cadeira de Charlie, servindo-se de alguma coisa dentro de uma caixa de comida chinesa.

– Muito bem, nós formamos uma ideia de como era a bomba que usaram.

Charlie puxou uma cadeira para mim. Alguém tinha desenhado uma planta da casa dos Lightower e pregado num mural de parede.

– Havia vestígios de C-4 por toda parte. Duzentos e cinquenta gramas bastam para explodir um jato no ar, portanto, pelo tamanho da explosão, imagino que essa devia ter cinco vezes isso. Quem fez essa bomba botou dentro de uma sacola como essa – ele mostrou uma da Nike – e deixou em um dos quartos.

– Como sabemos isso? – perguntei.

– É fácil – disse Clapper, sorrindo.

Ele pegou um fragmento de náilon preto com o símbolo da Nike nele.

– Achamos isso grudado na parede.

– Existe alguma chance de tirar algumas impressões digitais da sacola? – perguntei, esperançosa.

– Sinto muito, querida – zombou Clapper –, isso aqui *é* a sacola inteira.

– Foi detonada por um artefato bastante sofisticado – explicou Niko. – Por controle remoto. O detonador estava ligado a um telefone celular.

– Existe um mercado de C-4, Lindsay. Podemos pesquisar furtos de canteiros de obras, explosivos que faltam no inventário do exército – continuou Charlie Clapper.

– Como se dá com bebês, Charlie?

– Se tiverem dezoito anos ou mais... – disse o homem da UCC, sorrindo de orelha a orelha. – Por quê? Você finalmente sentiu a pressão do relógio biológico?

Se Clapper tivesse mais trinta centímetros de altura, menos vinte e cinco quilos de peso e não fosse casado há trinta anos, eu até poderia aceitar seus pequenos flertes um dia.

– Sinto muito, essa é um pouco mais nova.

– Está falando do bebê dos Lightower? – Charlie fez uma careta.

Fiz que sim com a cabeça.

– Quero que ela seja examinada, Charlie. A criança, o cobertor, o moisés, tudo.

– Há trinta anos eu não troco uma fralda – bufou Clapper e fez cara de nojo. – Ei, eu quase ia esquecendo... – Ele pegou um malote de provas codificadas de baixo de uma pilha de papéis sobre a mesa. – Tinha um outro quarto no fim do corredor, de frente para o quarto do bebê. Alguém passou a noite nele. Alguém que não foi incluído em relatório nenhum.

A babá, eu pensei.

– Não fique toda animada – disse Charlie, sacudindo os ombros. – Tudo virou cinza. Mas encontramos isso ao lado da cama.

Ele jogou para mim um saco plástico. Dentro havia um cilindro pequeno, todo retorcido, com uns seis centímetros de comprimento.

Segurei o saco no alto para ver melhor. Não tinha a menor ideia do que fosse.

– Tudo deve ter derretido. – Clapper deu de ombros.

Remexeu no paletó que estava atrás dele, no encosto da cadeira. E produziu um objeto parecido com a prova no saco plástico.

– É Proventil, Lindsay.

Clapper tirou a tampa da bombinha dele e ela coube, quase perfeitamente, na que estava no saco. Apertou o spray duas vezes. Dois borrifos de remédio pairaram no ar.

– Quem dormiu naquela cama tinha asma.

Capítulo 23

JILL BERNHARDT FICOU SENTADA EM SUA SALA ESCURA MUITO tempo depois que todos já tinham ido embora.

Uma minuta legal estava aberta diante dela, e Jill de repente percebeu que olhava para a mesma página havia dez minutos. Nas noites em que Steve não estava viajando ou trabalhando até tarde, costumava ficar no escritório. Fazendo qualquer coisa para evitar encontrar com ele. Mesmo quando não precisava se preparar para algum julgamento.

Jill Meyer Bernhardt. Superadvogada. Líder de todos.

Tinha medo de ir para casa.

Ela massageou lentamente a mancha roxa nas costas. O machucado mais recente. Como é que isso podia estar acontecendo? Estava acostumada a representar mulheres que se sentiam assim, não a esconder um segredo sinistro desses, ela mesma.

Uma lágrima escorreu pelo seu rosto. *Foi quando perdi o bebê*, pensou. Foi aí que tudo começou.

Mas não, o problema com Steve começara muito antes disso, e ela sabia. Assim que Jill se formou em direito e ele estava terminando o mestrado de administração. No início, era a roupa que ela usava. As que ele não gostava, ou que deixavam à mostra suas cicatrizes. Jantares em que a opinião dele, sobre política, sobre o trabalho dela, qualquer coisa, era muito mais forte, mais importante, do que a dela. Fingir que a entrada da casa deles e a do BMW tinham sido pagas com o dinheiro dele.

Você não pode fazer isso, Jill. Ela escutava isso o tempo todo, desde quando se conheceram. Meu Deus, pensou Jill enquanto secava os olhos com as mãos. Ela era a assistente da promotoria pública mais graduada da cidade. O que mais tinha de provar?

O telefone tocou. O toque repentino fez Jill pular de susto. Será que era Steve? Bastava o som da voz dele para ela ficar nauseada. Aquele tom ameaçador, oh-tão-preocupado, oh-tão-solícito: Ei, querida, o que está fazendo? Venha para casa. Vamos dar uma corrida.

Para alívio de Jill, o identificador de chamadas dizia que era um assistente do promotor público de Sacramento. Ele estava retornando uma ligação para informar sobre a liberação de uma testemunha da penitenciária estadual. Jill deixou passar para a secretária eletrônica.

Fechou a pesada minuta. E jurou que essa seria a última vez. Começaria contando para Lindsay. Era doloroso não ser sincera com ela. Lindsay achava Steve um babaca, de qualquer jeito. Não era boba.

Quando estava pondo os papéis dentro da pasta, o telefone tocou de novo. Dessa vez tinha aquele toque especial, que furava os tímpanos.

Não atenda, Jill. Já estava quase na porta. Mas alguma coisa a fez olhar para o visor digital. O número conhecido apareceu. Jill ficou com a boca seca. Pegou o fone lentamente.

– Bernhardt – disse ela baixinho e fechou os olhos.

– Trabalhando até tarde, meu bem? – A voz de Steve varou o corpo dela. – Se eu não te conhecesse – disse ele, parecendo quase magoado –, pensaria que está com medo de voltar para casa.

Capítulo 24

Aquela noite George Bengosian teve sorte.

Baixo e meio careca, com nariz largo e achatado, Bengosian descobriu muito cedo, na residência médica, que não tinha gosto nenhum por urologia e que sua verdadeira vocação era reunir pequenas seguradoras regionais que iam mal das pernas e transformá-las em megaempresas de saúde. Ele também se deu conta de que não era do tipo que conseguia seduzir uma bela mulher com suas projeções de lucro e piadas idiotas da indústria – certamente não aquela analista sexy na conferência da Seguradora de Saúde do Bank of America.

Era como se vivesse o sonho de outra pessoa. Mimi estava hipnotizada por ele, e agora estavam a caminho da suíte dele no hotel.

– É de cobertura, espere só até ver a vista de lá – provocou ele.

George delineou o sutiã dela com a ponta do dedo, rindo, excitado, quando abriu a porta do quarto no Clift. Imaginou os seios empinados balançando diante dele e aqueles olhos redondos mergulhados nos dele. Não era à toa que a foto dela estava no relatório anual.

– Só um segundinho – disse Mimi, beliscando-lhe o braço e indo para o toalete.

– Não demore muito – disse George e fez bico.

Apressado e atrapalhado, ele rasgou o embrulho de uma garrafa de Roederer que era cortesia do hotel e serviu duas taças. Seu velho pênis de cinquenta e quatro anos balançava dentro da calça feito bacalhau no cesto. Pela manhã tinha de pegar o avião para ir a uma reunião do Comitê do Senado de Saúde Pública, que sabia já ter sido convencido a fazer vista grossa quando ele apresentasse as mais baixas contas individuais e os riscos mais elevados do seu alistamento. Cento e quarenta mil famílias fora do plano, e tudo isso somado ao total dos prejuízos!

Mimi voltou do toalete mais linda do que nunca. George entregou-lhe uma taça.

– A você – disse ele. – Bem, a nós dois. A esta noite.

– À Hopewell. – Mimi deu um sorriso e eles bateram as taças.

– Ei, quer experimentar uma coisa? – Ela pôs a mão no pulso dele. – Isso garante que suas projeções fiquem *firmes feito uma rocha*. – Ela tirou um vidro da bolsa. – Estenda a língua.

George fez o que ela pediu e Mimi pingou duas gotas.

Amargo. O gosto era tão forte que quase o fez pular.

– Será que não conseguem fazer essas coisas com sabor cereja?

– Mais uma. – O sorriso dela era estonteante. – Só para ter certeza de que você vai ficar pronto para mim. Para *nós*.

George botou a língua para fora de novo. Seu coração batia descompassado.

Mimi derramou mais uma gota. Então o sorriso dela mudou. Ficou mais frio. Ela apertou as bochechas dele e virou o vidro de cabeça para baixo.

A boca de George se encheu com o líquido. Ele tentou cuspir, mas ela empurrou sua cabeça para trás, e ele acabou engolindo. Arregalou os olhos.

– Porra, o que é isso?

– É tóxico – disse Mimi, jogando o vidro vazio dentro da bolsa. – Um veneno muito especial para um cara muito especial. A primeira gota seria suficiente para matá-lo em algumas horas. Você acabou de engolir uma quantidade que mataria a população de San Francisco inteira.

A taça de champanhe de George se espatifou no chão. Ele se esforçou para cuspir o líquido que tinha engolido. Essa vaca devia ser louca. Devia estar sacaneando-o. Mas então sentiu uma dor violenta na barriga.

– Isso é por todas as pessoas que você passou a vida ferrando, sr. Bengosian. Ninguém que tenha conhecido, apenas famílias que não tinham opção na vida, que só contavam com você. Na Hopewell. Sabe a Felicia Brown? Morreu de melanoma tratável.

Sabe o Thomas Ortiz? Lembra do nome? Sua equipe de administração de riscos deve lembrar. Ele se matou com um tiro, lutando para pagar o tumor cerebral do filho. Chamamos de "limpeza do cofre". Não é isso que você diz, sr. B?

De repente, o estômago dele começou a estrangular. Uma espuma viscosa brotou na boca. Ele cuspiu, caiu tudo na camisa, mas era como se dedos com garras afiadas rasgassem suas entranhas. Ele sabia o que estava acontecendo. Edema pulmonar. Falência instantânea dos órgãos. Berre, *peça socorro*, ele pensou. *Vá para a porta*. Mas as pernas cederam, dobraram embaixo dele.

Mimi ficou lá parada, só observando, com um sorriso zombeteiro. Ele estendeu a mão para ela. Queria socá-la, apertar sua garganta, tirar a vida dela. Mas não podia se mexer.

– Por favor...

Aquilo não era brincadeira.

Ela se ajoelhou ao lado dele.

– Qual é a sensação de raspar o cofre, sr. Bengosian? Agora seja bonzinho e abra a boca mais uma vez. Abra toda!

George tentou engolir ar nos pulmões com toda a força, mas nada. Seu queixo caiu. A língua tinha inchado e estava monstruosa. Mimi segurou um papel azul na frente dele. Pelo menos ele achava que era azul, mas seus olhos não reagiam à luz, estavam vidrados e não registravam as cores muito bem. Na borda embaçada da folha, ele viu o logotipo da Hopewell.

Mimi fez uma bola com o papel amassado e enfiou na boca dele.

– Obrigada por pensar na Hopewell, mas, como diz o formulário, a cobertura foi negada!

Capítulo 25

MEU CELULAR ESTAVA TOCANDO.

No meio da noite. Sentei depressa e pisquei, olhando para o relógio. *Merda, quatro da madrugada.*

Grogue de sono, peguei o telefone e tentei ler o número no visor. Era o de Paul Chin.

– Oi, Paul, o que houve? – resmunguei.

– Desculpe, tenente, estou no Hotel Clift. Acho que talvez seja bom dar um pulo aqui.

– Descobriu alguma coisa?

Uma pergunta às quatro horas da manhã? Telefonemas às quatro da manhã só podiam significar uma coisa.

– É. Acho que a bomba dos Lightower acabou de ficar um pouco mais complicada.

Oito minutos depois, de jeans, camiseta regata e algumas boas escovadas no cabelo, eu estava no Explorer, descendo a Vermont a caminho da Sétima, com as luzes piscando vermelhas na capota, naquela noite tranquila.

Três carros da polícia e uma van do necrotério atravancavam a entrada iluminada do hotel. O Clift era um dos grandiosos hotéis antigos da cidade e tinha acabado de sofrer uma reforma para entrar na moda. Abri caminho exibindo meu distintivo para os policiais e fiquei boquiaberta com o luxuoso sofá de pele de avestruz e os chifres de touro na parede. Havia alguns empregados do hotel por ali, chocados, sem saber o que fazer. Peguei o elevador até o último andar, onde Chin me esperava.

– O nome da vítima é George Bengosian. O maioral dos seguros saúde – explicou Paul Chin enquanto me levava para a suíte de cobertura. – Prepare-se. Não estou brincando.

Vi o corpo encostado na perna de uma mesa de reunião na sala luxuosamente decorada.

A cor da pele de Bengosian tinha ficado um verde-amarelado hipóxico, com consistência de gelatina. Os olhos estavam esbugalhados e pareciam engrenagens espanadas. Muco, ou uma espécie de fluido viscoso cor de laranja, saía do nariz e tinha coagulado grotescamente no queixo.

– Que diabos ele fez? – resmunguei para o paramédico inclinado sobre ele. – Meteu-se numa disputa de sugar a vida um do outro com um alienígena?

O paramédico parecia completamente confuso.

– Não tenho a menor ideia.

– Tem certeza de que isso é um *homicídio*? – Virei para Chin.

– A recepção recebeu uma ligação às duas e quarenta e cinco da madrugada – disse ele, sacudindo os ombros –, de fora do hotel. Dizia que tinham de pegar o lixo na cobertura.

– Isso me convence – funguei.

– Isso, e *isso* – disse Chin, mostrando uma folha de papel amassada que pegou com luvas de látex. – Encontrei dentro da boca dele.

Parecia um formulário embolado.

Com um logotipo branco em alto-relevo: Hopewell Plano de Saúde.

Era uma declaração de benefícios. Com alguma coisa escrita à mão. Quando comecei a ler, meu sangue gelou.

Declaramos guerra aos agentes da ganância e da corrupção na nossa sociedade. Não podemos mais ficar parados e tolerar que a elite, cujo único direito de nascença é a arrogância, enriqueça mais à custa dos oprimidos, dos fracos e dos pobres. A era do apartheid econômico acabou. Vamos encontrá-los, por maior que seja sua casa, ou por mais poderosos que sejam seus advogados. Estamos dentro dos seus lares, no seu local de trabalho. E anunciamos que a sua guerra não será no além. É aqui mesmo. É conosco.

Ai, porra. Olhei para Chin. Aquilo não era um homicídio. Era uma execução. Uma declaração de guerra. E ele tinha razão, a explosão da casa dos Lightower estava apenas ficando muito mais complicada.

O bilhete tinha assinatura. August Spies.

PARTE 2

Capítulo 26

LIGUEI PRIMEIRO PARA CLAIRE.

Tínhamos mais ou menos uma hora. Só isso, antes daquele assassinato grotesco e aparentemente aleatório virar notícia e correr o mundo inteiro como o segundo crime de uma onda macabra de terror. Eu precisava saber como Bengosian tinha morrido, e rápido.

A segunda ligação foi para Tracchio. Ainda não eram cinco horas da manhã. O policial do turno da noite me conectou com ele.

– É Lindsay Boxer. Você disse que fazia questão de ficar sabendo assim que alguma coisa acontecesse.

– É – grunhiu ele e fez barulho, atrapalhado com o telefone.

– Estou no Hotel Clift. Acabamos de descobrir o motivo da bomba na casa do Lightower.

Consegui imaginar Tracchio de pijama, sentando como um raio e derrubando os óculos no chão.

– Um daqueles sócios da X/L finalmente resolveu abrir o jogo? Foi por dinheiro, não foi?

– Não – disse eu, balançando a cabeça –, é uma *guerra*.

Depois que terminei minha conversa com o chefe, fui dar uma olhada no quarto de Bengosian. Nada de sangue, nenhum sinal de luta. Havia uma taça de champanhe pela metade em cima da mesa de reunião. Outra quebrada, aos pés de Bengosian. O paletó dele estava jogado em cima do sofá. Vi uma garrafa de Roederer aberta.

– Pegue a descrição de quem subiu com ele – pedi a Lorraine Stafford, uma das minhas inspetoras da Homicídios. – Talvez eles tenham câmeras de segurança no saguão, se dermos sorte. E vamos procurar saber como Bengosian passou o início da noite.

Nós declaramos guerra, dizia o bilhete, *aos agentes da ganância e da corrupção...*

Senti um calafrio. *Ia acontecer tudo de novo.*

Eu sabia que nas próximas horas precisava descobrir tudo que pudesse sobre Bengosian e a Hopewell Plano de Saúde. Não fazia ideia do que ele tinha feito para ser assassinado daquele jeito.

Peguei o bilhete amassado.

Vamos encontrá-los, por maior que seja sua casa, por mais poderosos que sejam seus advogados. Estamos dentro dos seus lares, no seu local de trabalho... Sua guerra não será no além. É aqui mesmo. É conosco.

Quem é você, August Spies?

Capítulo 27

NA HORA EM QUE A MAIORIA DAS PESSOAS ASSISTIA OU OUVIA O noticiário matinal, nós tínhamos descrições de uma "bonita morena de terninho" (do porteiro da noite) que "parecia estar totalmente caída por ele" (o garçom no restaurante Masa's) e que acompanhara Bengosian até o quarto dele na noite anterior.

Ela era a assassina, ou cúmplice, que tinha deixado o/a assassino/a entrar. Outra mulher, diferente da babá que procurávamos.

Levantei a cabeça dos jornais sobre minha mesa e vi Claire.

– Tem um segundo, Lindsay?

Claire sempre mantinha uma visão positiva, mesmo nos casos mais soturnos, mas era óbvio, pela sua expressão, que não tinha gostado do que havia descoberto.

Eu lhe devo umas duas horas de sono – disse eu.

Os olhos preocupados de Claire disseram: *Não, não deve nada.*

– Faço esse trabalho há dez anos. – Claire afundou na cadeira à minha frente e balançou a cabeça. – Nunca vi a parte interna de um corpo desse jeito.

– Estou ouvindo – disse eu, e me inclinei para a frente.

– Nem sei que nome dar a isso – disse ela. – Parecia tudo gelatina, lá dentro. Colapso total, vascular e pulmonar. Hemorragia por todo o aparelho gastrintestinal. Necrose maciça dos rins e do baço... *Deterioração*, Lindsay – acrescentou ela, ao ver meus olhos ficarem opacos.

Sacudi os ombros.

– Estamos falando de algum tipo de veneno, Claire?

– Estamos, mas com uma toxicidade que ultrapassa muito qualquer coisa que eu tenha visto antes. Pesquisei em algumas publicações. Uma vez trabalhei numa criança que teve colapso vascular semelhante e edema. Associamos a uma rara reação adversa a... veja só, óleo de rícino. Por isso estou pensando em caroço de mamona. Não é o caso. É *rícino*, Lindsay! Relativamente fácil de fazer em grandes quantidades. A proteína derivada da mamoneira.

– É óbvio que é venenosa, certo?

– *Altamente* tóxica. Veneno duas mil vezes mais poderoso do que cianureto – disse Claire meneando a cabeça. – Facilmente secretado. Uma gotinha numa ponta de alfinete poderia fazer parar o seu coração. Também pode ser solto no ar, Lindsay. Mas eu estava pensando que o rícino sozinho não deixaria alguém daquele jeito, a menos que fosse administrado...

– A menos que fosse administrado como?

– A não ser que fosse administrado em quantidade tão imensa que acelerasse o ciclo destrutivo em fatoração de dez... cinquenta, Lindsay. Esse Bengosian já estava morto antes da taça de champanhe cair. O rícino mata em um período de horas, chega até a um dia. A pessoa tem avisos sérios, que se assemelham a uma gripe, dores abdominais, e os pulmões se enchem de líquido. Esse cara voltou para o hotel às onze e meia, e estão determinando que a hora da morte foi três horas da madrugada. Três horas.

– Encontramos uma taça de champanhe espatifada no chão. Mandamos para o laboratório. Podem descobrir se tinha isso na bebida, não é?

– Fazer o teste para saber a substância não é o que me preocupa, Lindsay. Por que matá-lo desse modo, se um *décimo* da dose teria funcionado do mesmo jeito?

Vi aonde Claire queria chegar. Quem matou os dois estudou bem as duas vítimas. Os dois assassinatos foram planejados, elaborados. E o assassino possuía armas de terror em massa.

Estamos dentro dos seus lares, seu local de trabalho... Eles diziam, Nós temos isso. Podemos aplicar rícino em quantidades maciças, se quisermos.

– Meu Deus, estão nos dando um aviso, Claire. Estão declarando guerra.

Capítulo 28

Reunimos todo mundo. A Força-tarefa Médica Metropolitana, o Bureau de Segurança Pública, a filial do FBI na cidade. Não estávamos mais falando de assassinato. Aquilo era terrorismo.

A trilha da babá que desaparecera esfriou. Jacobi e Cappy voltaram sem nada depois de mostrar a foto dela em todos os bares em volta do campus do outro lado da baía. Mas uma coisa funcionou: o artigo que Cindy publicou no *Chronicle* sobre a X/L. Com equipes de reportagem em todas as salas da empresa e a ameaça de uma intimação judicial, recebi recado de Chuck Zinn que queria fazer um acordo. Uma hora depois, Zinn estava na minha sala.

– Tem seu acesso, tenente. Na verdade, vou poupar-lhe o trabalho. Mort realmente recebeu uma série de e-mails nas últimas semanas. A diretoria toda recebeu. Nenhum de nós levou isso muito a sério, mas pusemos nossa equipe interna de segurança para cuidar disso.

Zinn abriu sua elegante pasta de executivo de couro, botou uma pasta de arquivo cor de laranja sobre a mesa e empurrou para mim.

– Estão todos aí, tenente. Ordenados por data de recebimento.

Abri a pasta e levei um choque.

À Diretoria da X/L Systems

No dia 15 de fevereiro, Morton Lightower, seu presidente executivo, vendeu 762 mil ações do estoque da sua empresa, totalizando três milhões, cento e setenta e cinco mil dólares.

Naquele mesmo dia, cerca de 256 mil dos seus acionistas perderam dinheiro, resultando num prejuízo líquido de 87% negativos no último ano.

Trinta e cinco mil, trezentos e quarenta e uma crianças do mundo morreram de fome.

Onze mil, cento e setenta e quatro pessoas neste país morreram de doenças que foram consideradas "evitáveis" com atendimento médico adequado.

Naquela mesma quarta-feira, 4.233.768 mães deram à luz bebês em condições de pobreza e desesperança em todo o mundo.

Nos últimos vinte e quatro meses, vocês venderam quase 600 milhões de dólares do estoque da sua empresa e compraram casas em Aspen, na França também, sem investir nada no mundo. Nós estamos exigindo contribuições para organizações de saúde e que combatem a fome na mesma proporção de qualquer venda futura de ações. Estamos exigindo que a diretoria da X/L e as diretorias de todas as empresas enxerguem além da estreita visão de suas estratégias expansionistas, que vejam o mundo que está sendo esmagado pelo apartheid econômico.

Isso não é um pedido. É uma exigência.

Aproveite a sua saúde, sr. Lightower. Sua pequena Caitlin conta com o senhor.

A mensagem estava assinada, *August Spies*.

Passei os olhos no resto dos e-mails. Cada um mais agressivo do que o anterior. E a relação dos males do mundo mais atroz.

Está nos ignorando, sr. Lightower. A diretoria não cedeu. Pretendemos agir. Sua pequena Caitlin conta com o senhor.

– Como é que vocês não queriam entregar isso para nós? – Olhei sem piscar para Zinn. – Essa coisa toda podia ter sido evitada.

– Olhando para trás, agora eu entendo que isso tem de aparecer. – O advogado abaixou a cabeça. – Mas as empresas recebem ameaças o tempo todo.

– Isso não é só uma ameaça. – Joguei os e-mails de volta na mesa. – É extorsão, coerção. O senhor é advogado, Zinn. A referência à filha dele é uma ameaça nua e crua. Veio aqui para fazer um acordo, dr. Zinn. Então é o seguinte: isso não sai daqui. O nome nesses e-mails fica entre nós. Mas vamos enviar a nossa equipe para verificar de onde vieram.

– Entendi.

O advogado meneou a cabeça humildemente e me entregou a pasta.

Verifiquei os endereços de e-mail. Footsy123@hotmail.com. Chip@freeworld.com. Os dois com a mesma assinatura. *August Spies*.

– O que você acha, Warren? – perguntei para Jacobi. – Podemos rastrear isso?

– Já fizemos a nossa investigação – observou Zinn.

– *Vocês* já rastrearam. – Levantei a cabeça, chocada.

– Somos uma empresa de segurança de tráfego virtual. São provedores gratuitos da internet. Não guardam endereço das contas dos usuários. Não precisam de nada para abrir uma conta. Qualquer um pode ir à biblioteca, ao aeroporto, a um lugar que tenha terminais com livre acesso online, e abrir uma conta gratuita dessas. Este foi enviado de um Kinko's perto da Universidade de Berkeley. Esses dois, da biblioteca pública. Não podem ser rastreados.

Concluí que Zinn conhecia esse ofício e que tinha razão, mas uma coisa chamou a minha atenção. O Kinko's, a biblioteca, o apartamento da verdadeira Wendy Raymore.

– Podemos não saber quem eles são, mas sabemos *onde* estão.

– Na República Popular de Berkeley – disse Jacobi, e depois fungou. – Que coisa...

Capítulo 29

Dei uma escapada para um almoço rápido com Cindy Thomas. Comemos *dim sum* no restaurante chinês Long Life Noodle Company, no Yerba Buena Gardens.

– Você viu o *Chronicle* hoje de manhã? – perguntou ela quando estávamos sentadas numa mureta ao ar livre e um bolinho de carne de porco escorregou dos palitos que segurava. – Baixamos a bola da X/L.

– Obrigada – disse eu. – Não vou precisar que você dê prosseguimento a isso.

– Então, agora é a sua vez de abrir o jogo comigo.

– Cindy, estou achando que esse caso não vai ser meu por muito tempo, *especialmente* se vazar qualquer coisa para a imprensa.

– Pelo menos me diga – disse ela olhando diretamente para mim – se estou certa de ter a sensação de que esses dois assassinatos estão associados?

– O que a faz pensar que têm relação um com o outro?

– Caramba... – Ela deu uma risadinha. – Dois grandes empresários assassinados na mesma cidade, com dois dias de diferença. Os dois administravam empresas que estão do lado errado das manchetes ultimamente.

– Dois *modus operandi* completamente diferentes – defendi meu território.

– Ah, é? Por outro lado, temos um empresário ganancioso e exibicionista mamando dezenas de milhões enquanto suas vendas vão para o brejo. O outro se esconde atrás de um bando de lobistas caríssimos que só querem ferrar os pobres. Os dois estão mortos. Violentamente. Qual foi a pergunta, Linds? Por que eu acho que os crimes têm *relação* um com o outro?

– Muito bem – suspirei. – Você conhece o nosso acordo, não é? Nada, absolutamente nada vai para o jornal sem a minha permissão.

– Esses caras são alvo de alguém, não são?

Cindy não estava falando só dos dois já mortos. Eu entendi o que queria dizer.

Larguei o potinho de macarrão na mesa.

– Cindy, você mantém seus ouvidos sempre antenados lá do outro lado da baía, não é?

– Em Berkeley? É, acho que sim. Se está se referindo a participar de algumas palestras de estímulo sobre "sucessos da vida real" nas aulas de Jornalismo 403.

– Quero dizer *por baixo* das ondas do radar. De pessoas capazes de criar problemas. – Respirei fundo e olhei preocupada para ela. – *Deste* tipo de problema.

– Eu entendi o que quis dizer – disse ela.

Cindy pensou um pouco, depois sacudiu os ombros.

– Tem muita coisa acontecendo por lá. Nós todos nos acostumamos tanto a fazer parte do sistema que esquecemos como é estar do outro lado. Há pessoas que estão ficando... como posso dizer... de saco cheio. Há pessoas que não conseguem dar seu recado.

– Que tipo de recado? – insisti.

– Nem vai querer saber. Pelo amor de Deus, você é da polícia. Está a um milhão de quilômetros dessas coisas, Lindsay. Não estou dizendo que não tem consciência social. Mas o que você faz quando lê que vinte por cento do povo não tem seguro saúde, ou que meninas de dez anos na Indonésia são forçadas a costurar tênis Nike a um dólar por dia? Você vira a página, como eu faço. Lindsay, você vai ter de confiar em mim, se quiser que eu ajude.

– Vou lhe dar um nome – disse eu. – Não pode aparecer na mídia. Investigue o tempo que quiser. Se descobrir alguma coisa, tudo que descobrir, nada de revisores, ou editores. Nada de "tenho de proteger minhas fontes". Traga para mim, primeiro. Para mim, *só para mim*. Estamos entendidas?

– Estamos – disse Cindy. – Então dê logo esse nome.

Capítulo 30

– LINDO – SUSSURROU MALCOLM, COM OS OLHOS SEMICERrados atrás dos óculos de cirurgião, olhando para a bomba na mesa da cozinha.

Com mãos firmes, ele torceu os finos fios, um vermelho e um verde, que iam do bloco de explosivos até o terminal no detonador, e moldou o C-4 macio, igual a argamassa, dentro da pasta de executivo.

– É uma pena ter de explodir isso! – exclamou, admirando sua obra.

Michelle tinha entrado na cozinha e posto a mão trêmula no ombro de Mal. Ele sabia que ela ficava apavorada com aquilo, de montar a fiação da coisa, correntes e cargas por todo lado.

– Calma, querida. Sem carga, não explode. É a coisa mais estável do mundo neste momento.

Julia estava no chão, escutando a TV. Tinha descartado a peruca castanha depois da missão da véspera. Interromperam o noticiário para falar do assassinato no Clift.

– Ouçam – disse ela, e aumentou o volume.

"Embora a polícia ainda não associe a morte de Bengosian à explosão de domingo na casa de um famoso magnata da Área da Baía, fontes dizem que há provas que ligam os dois incidentes e que estão procurando uma bela morena de vinte e poucos anos de idade que foi vista entrando no hotel com George Bengosian."

Julia abaixou o volume.

– Bela? – Ela deu um largo sorriso. – Queridos, eles nunca vão saber. O que acham?

Ela colocou a peruca e fez pose de modelo.

Michelle fingiu rir mas, no íntimo, desejava não ter sido tão burra a ponto de deixar aquele maldito inalador dando sopa por lá. Ela não era como Júlia, que matou um homem na noite anterior, olhando nos olhos dele. E que agora dava risada, se vangloriava disso.

– Mica, meu bem. – Malcolm deu meia-volta. – Preciso que seja uma menina corajosa e ponha seu dedo aqui.

Ele prendeu com fita o detonador com os fios ao C-4 macio e moldou dentro do telefone celular modificado.

– Essa é a parte delicada. Só preciso que segure os fios vermelho e verde, querida, para não encostarem um no outro... Isso seria muito ruim.

Mal sempre debochava dela. É apenas uma caipira de Wisconsin, dizia ele, dando risada. Mas ela provou do que era capaz. Pôs o dedo nos fios, procurando mostrar que era corajosa. Que não era mais uma garota do interior.

– Não há nada com que se preocupar. – Malcolm piscou um olho, vendo que ela estava aflita. – Todo esse drama sobre encostar os fios, isso é coisa de filme. Agora, o que é comprovadamente cabeludo é que montei esses fiozinhos no celular, não na bateria do celular, senão estariam catando nossos pedaços até em Eau St. Claire.

Eau St. Claire era a cidade natal de Michelle.

O dedo de Michelle tremia. Ela não sabia se ele estava só provocando, ou não.

– Pronto. – Malcolm finalmente soltou o ar e empurrou os óculos para a testa.

Ele recuou rolando na cadeira de rodinhas.

– Carregada, como dizem, e envenenada para voar. Poderia arrancar fora o domo do prédio da prefeitura. Pensando bem, não seria má ideia.

– Que tal se a levarmos para um pequeno *test drive*? – perguntou Mal. – O que acham? – Michelle hesitou. – Ora, vamos – disse ele, sorrindo de orelha a orelha –, parece que você viu uma assombração.

Ele deu para ela um segundo celular.

– O número já está discado. Só tem de lembrar que é apenas um brinquedinho até o quarto toque. O quarto toque é na-na-nina-não. Você não vai querer ouvir o quarto toque. Pegue o volante, meu bem... Pisa fundo.

Michelle balançou a cabeça e devolveu o telefone para ele. Mal ficou sorrindo.

– Vamos lá, não precisa se preocupar. Sem carga, nada de explosão. Está tudo arrumado.

Michelle respirou fundo e apertou o botão SEND, só para mostrar que era capaz. Um segundo depois o celular ligado à bomba tocou.

– Feito o contato. – Malcolm piscou.

Michelle sentiu um arrepio gelado. Mal estava muito seguro. Tinha tudo planejado. Mas alguma coisa podia dar errado. No Oriente Médio, os palestinos se explodiam o tempo todo.

Bip. Ela olhou para a pasta. Segundo toque. Procurou parecer calma, mas sua mão tremia.

– Malcolm, por favor. – Ela tentou devolver o celular para ele. – Já vi que funciona. Não gosto disso, por favor...

– Por favor *o quê*, Mica? – Malcolm agarrou o pulso dela. – Não confia em mim?

O telefone da bomba tocou novamente. Terceiro toque...

O sangue de Michelle congelou.

– Para com isso, Mal.

Ela tentou apertar o botão para desligar.

O próximo toque faria contato.

– Malcolm, por favor, você está me assustando.

Em vez de ceder, Mal prendeu a mão dela. De repente ela não sabia mais o que estava acontecendo.

– Meu Deus, Mal, isso vai...

Bip. Quarto toque.

O ruído cortou a cozinha como um grito. Michelle olhava fixo para o telefone celular. Para a bomba.

O celular começou a vibrar. *Ai, merda*... Ela olhou nos olhos de Malcolm.

Soou uma campainha.

Nenhuma explosão. Nenhum clarão. Apenas um clique bem sonoro.

No detonador.

Malcolm sorria de orelha a orelha. Mostrou o detonador desligado que estava segurando.

– Eu te disse, meu bem. Sem carga, nada de explosão. Então, o que você acha? Eu acho que funciona perfeitamente.

O corpo de Michelle relaxou. Por dentro, ela estava berrando. Queria socar a cara de Malcolm. Mas estava sem forças. O suor molhava sua camiseta toda.

Malcolm pegou o detonador e rodou com a cadeira até a bomba de novo.

– Pensou que eu ia explodir essa belezura? – Ele balançou a cabeça. – Sem chance, meu bem. Ela tem um trabalho importante a fazer. Essa bomba vai explodir as mentes de todos em San Francisco.

Capítulo 31

POR VOLTA DAS SETE HORAS, EU JÁ ESTAVA À MINHA MESA. COM as minhas equipes espalhadas por toda a área, seguindo as pistas que tínhamos. Cindy me emprestou o livro *Capitalismo vampiro*. Disse que me daria uma ideia do novo radicalismo que começava a ganhar força.

Folheei o livro e li alguns títulos dos capítulos: “O fracasso do capitalismo”, “O apartheid econômico”, “A economia vampira”, “O armagedom da ganância”.

Nem notei Jill parada na porta da minha sala. Ela bateu e eu pulei.

– Se John Ashcroft pudesse vê-la... O pilar da máquina policial da cidade lendo... *Capitalismo vampiro*?

– Leitura obrigatória – disse eu sorrindo, encabulada – para o assassino em série da bomba.

Ela usava um elegante terninho vermelho e uma capa de chuva de verão Burberry. Tinha uma pilha de minutas espremidas na bolsa de couro.

– Achei que você devia estar precisando de um drinque.

– Estou, sim – disse eu, deixando o livro na mesa –, mas ainda estou trabalhando.

Ofereci para ela um saco de salgadinhos de soja.

– O que está fazendo – zombou ela –, chefiando a nova ala da polícia, dos Escritores Subversivos?

– Muito engraçadinha – disse eu. – Eis um fato que aposto que você não sabia. Bill Gates, Paul Allen e Warren Buffett fizeram mais dinheiro no ano passado do que os trinta países mais pobres, um quarto da população mundial.

Jill sorriu.

– É bom ver que você está desenvolvendo uma consciência social, dada a sua linha de trabalho.

– Tem uma coisa que está me incomodando, Jill. A bomba falsa plantada do lado de fora da casa dos Lightower. O bilhete no formulário da empresa enfiado na boca de Bengosian. Essas pessoas deixaram bem claro o motivo delas. Mas estão querendo nos provocar. Por que fazer esse jogo?

Ela equilibrou um sapato vermelho na ponta da minha mesa.

– Eu não sei. É você que pega esses caras, querida. Eu só os ponho na prisão.

Houve uma pausa. Tensa.

– Você se incomoda se eu mudar de assunto?

– Os salgadinhos de soja são seus – disse ela, dando de ombros e comendo um.

– Não sei se isso vai parecer bobagem. Fiquei meio preocupada no outro dia. Domingo. Depois da nossa corrida. Aquelas marcas, Jill. Nos seus braços. E fiquei pensando.

– Pensando no quê? – perguntou ela.

Olhei bem nos olhos dela.

– Eu sei que não arrumou aquelas marcas numa porta de chuveiro. Eu sei como é, Jill, quando tem de admitir que é humana, como o resto de nós. Eu sei o quanto você queria aquele filho. Então seu pai morreu. Sei que você finge que consegue resolver tudo. Mas talvez não consiga, às vezes. Você não fala disso para ninguém, nem para nós. Então a resposta é: não sei nada daquelas marcas. Conte-me você.

A teimosia que havia nos seus olhos de repente ficou frágil, como algo prestes a ceder. Eu não sabia se tinha ido longe demais, mas que diabos, ela era minha amiga. Só queria que fosse feliz.

– Talvez tenha razão em uma coisa – acabou falando Jill. – Talvez aquelas marcas *não tenham* sido feitas pela porta do chuveiro.

Capítulo 32

HÁ CRIMES QUE SÃO BRUTAIS E IMPERDOÁVEIS. ÀS VEZES ME provocam náuseas, mas os motivos são declarados. De vez em quando eu até compreendo. E há os crimes ocultos. Aqueles que não são para ninguém ver. O tipo de crueldade que só arranha a pele, mas esmaga o que há por dentro, a pequena voz que é o lado humano de todos nós.

São esses que realmente fazem com que eu questione o que faço para ganhar a vida.

Depois que Jill me contou o que estava acontecendo entre Steve e ela, depois de secar as lágrimas e de chorar com ela como uma irmãzinha, fui dirigindo para casa atordoada. Uma nuvem cobriu-lhe o rosto, uma palidez de vergonha que eu jamais esquecerei. *Jill, minha Jill...*

Meu primeiro instinto foi ir à casa deles aquela noite mesmo e acusar Steve. O safado sonso e moralista estava abusando dela, batendo nela, aquele tempo todo.

Só conseguia pensar em Jill, naquela expressão que vi, de menina. Não de assistente-chefe da Promotoria Pública, primeira da classe em Stanford, que parecia levar a vida numa boa. Que prende os assassinos com aquele olhar gélido. A minha amiga.

Fiquei revirando na cama a noite toda. Na manhã seguinte, precisei me esforçar ao máximo para me concentrar no caso. Os testes tinham confirmado, de ontem para hoje, as descobertas de Claire. Era rícino mesmo o que George Bengosian tinha ingerido.

Eu nunca vira o departamento de polícia tão tenso como estava aquela manhã, cheio de federais de terno preto e de executivos da mídia. Tive a sensação de estar burlando a segurança só para ligar para Cindy e para Claire.

– Preciso conversar com vocês – disse a elas. – É importante. Encontro vocês na Susie ao meio-dia.

Quando cheguei ao tranquilo café na Bryant, Cindy e Claire estavam espremidas num cubículo de canto. As duas com ar de preocupação.

– Cadê a Jill? – perguntou Cindy. – Pensamos que viria com você.

– Não a convidei – disse eu.

Sentei na frente das duas.

– Isso é exatamente *sobre* a Jill.

– Está bem... – Claire balançou a cabeça, confusa.

Ponto por ponto, contei a elas minhas primeiras suspeitas sobre as marcas que tinha visto em Jill quando corríamos juntas. Que não gostei da aparência delas, que talvez, depois de perder o bebê, ela mesma tivesse feito aquilo.

– Isso é história antiga – interrompeu Cindy. – Não é?

– Perguntou para ela? – Claire quis saber, muito séria.

Fiz que sim com a cabeça, olhando para ela.

– E...?

– Ela disse: "E se não fui eu que fiz essas marcas?"

Observei Claire me analisando, tentando ler a minha expressão. Cindy piscou e começou a entender.

– Ai, meu Deus – murmurou Claire. – Pelo amor de Deus, você não está dizendo que Steve...

Assenti com a cabeça e engoli em seco.

Um silêncio profundo e nauseante tomou conta da nossa mesa. A garçonete chegou. Fizemos os pedidos sem pensar. Quando a garçonete se afastou, encarei as duas.

– Aquele filho da mãe. – Cindy balançou a cabeça. – Sinto vontade de cortar fora o saco dele.

– Entre para o clube – insinuei. – Só pensava nisso a noite passada inteira.

– Há quanto tempo? – perguntou Claire. – Há quanto tempo isso vem acontecendo?

– Não sei direito. Ela sempre diz que foi por causa do bebê. Quando o perdeu, o sr. Sensível colocou a culpa nela. "Você não conseguiu, não é? A grande profissional. Não conseguiu nem fazer o que todas as mulheres fazem. Ter um filho."

– Precisamos ajudá-la – disse Cindy.

Dei um suspiro.

– Têm alguma ideia de como vamos fazer isso?

– Tirá-la de lá – disse Claire. – Ela pode ficar com uma de nós. Ela *quer* sair?

Eu não sabia.

– Não tenho certeza se já chegou a esse ponto. Acho que o que ela está enfrentando agora é só a vergonha. Como se estivesse decepcionando as pessoas. Nós. Talvez ele. Por mais estranho que pareça, acho que existe uma parte dela que quer provar que pode ser a esposa e a mãe que ele quer que ela seja.

Claire meneou a cabeça.

– Então vamos conversar com ela, certo? Quando?

– Esta noite – respondi.

Olhei para Claire.

– Esta noite – concordou ela.

Nossa comida chegou e lambiscamos sem muito apetite. Ninguém tinha perguntado sobre o caso. De repente, Claire balançou a cabeça.

– Como se você não tivesse de se preocupar com mais nada.

– Por falar nisso... – Cindy pegou sua bolsa – tenho uma coisa para você.

Ela pegou um caderno espiral e arrancou uma folha.

Roger Lemouz. Dwinelle Hall. 555-0124.

– Esse cara está na Berkeley. No Departamento de Linguística. Especialista em globalização. Prepare-se: a visão que ele tem da vida, digamos assim, pode não coincidir exatamente com a sua.

– Obrigada. Onde arrumou isso? – Dobrei a folha e guardei na minha bolsa.

– Eu já disse – respondeu Cindy –, a um milhão de quilômetros.

Capítulo 33

Empurrei a situação de Jill para longe da melhor forma que pude. Fiz a ligação e consegui pegar Roger Lemouz no escritório dele. Falamos rapidamente, e ele concordou em se encontrar comigo.

Foi bom sair da delegacia só para respirar um pouco de ar puro. Nesses últimos dias, eu raramente ia para aquela parte da baía. Estacionei meu Explorer perto do estádio da avenida Telegraph, e passei pelos ratos de rua vendendo maconha e adesivos de para-choque. O sol castigava a Sproul Plaza, onde estudantes com mochilas e sandálias abertas iam sentar nos degraus para ler.

O escritório de Lemouz ficava no Dwinelle Hall, um prédio de concreto que parecia público e dava para o principal pátio interno.

– Pode entrar, está aberta – respondeu um sotaque forte do Mediterrâneo quando bati.

Dava a impressão de ser mais formal, um homem culto. Seria britânico?

O professor Lemouz estava recostado atrás de uma mesa caótica na pequena sala entupida de livros e jornais. Tinha ombros largos e pele morena, cabelo preto encaracolado caindo na testa e um sombreado de barba por fazer no rosto.

– Ah, inspetora Boxer da polícia – disse ele. – Por favor, sente-se, fique à vontade. Peço desculpas pelo ambiente que não é nada fino.

A sala era bolorenta e cheirava a livros e a fumaça. Sobre a mesa havia um cinzeiro e um maço de Rothmans sem filtro.

Sentei na cadeira diante dele, peguei um cartão e lhe entreguei.

– Homicídios – leu Lemouz, fazendo um bico, com ar de impressionado. – Então suspeito que não foi alguma nuance etimológica desgarrada que a trouxe aqui?

– Talvez seja mais um outro interesse seu – disse eu. – O senhor tem conhecimento, é claro, dos incidentes que ocorreram do outro lado da baía?

Ele suspirou.

– Tenho. Mesmo um homem que vive com o nariz enfiado nos livros a maior parte do tempo levanta a cabeça de vez em quando. Trágico. Totalmente contraproducente. Fanon dizia, "a violência é juiz e júri dela mesma". Entretanto não se pode considerar isso uma surpresa completa.

A falsa simpatia de Lemouz me agradou quase tanto quanto uma broca de dentista.

– O senhor se importa de explicar exatamente o que quis dizer com isso?

– Claro que explico, madame inspetora, se fizer a gentileza de dizer por que está aqui.

– É *tenente* – corrigi. – Sou chefe do setor de Homicídios. E me indicaram seu nome como o de alguém que talvez saiba de primeira mão o que anda acontecendo aqui. O cenário ideológico. Pessoas que podem pensar que explodir três pessoas dormindo, quase matar duas crianças inocentes, além de praticamente implodir o sistema vascular de alguém, é uma forma aceitável de protesto.

– Quando diz "aqui", suponho que esteja falando dos pacíficos bosques acadêmicos de Berkeley – disse Lemouz.

– Quando eu digo "aqui", eu me refiro a *qualquer lugar* em que alguém iria querer fazer essas coisas horríveis, sr. Lemouz.

– *Professor* – retrucou ele. – Professor Lance Hart, de Línguas Latinas – vi o brilho de um sorriso –, já que estamos trocando credenciais.

– O senhor disse que esses assassinatos não eram surpresa.

– E por que seriam? – Lemouz deu de ombros. – O paciente deve se surpreender de estar doente quando seu corpo está coberto de lesões? A nossa sociedade está infectada, tenente, e as próprias pessoas que transmitem a doença olham em volta e dizem: "*Quem, eu?*"

"Sabia que as poderosas multinacionais de hoje", disse ele olhando para cima, "produzem mais do que o PIB de noventa por cento dos países em todo o planeta? Elas suplantaram os governos como sistemas de responsabilidade social no nosso mundo."

"Por que será", deu uma risada cínica, "que somos tão apressados em condenar o ultraje moral do apartheid quando ameaça nossas sensibilidades raciais, mas ficamos tão distraídos quando se trata de reconhecer o mesmo apartheid econômico? É porque não o vemos com os olhos dos subjugados. Vemos através da cultura dos poderosos. Das empresas. Na TV."

– Perdão – interrompi –, mas vim aqui para falar de quatro assassinatos horripilantes. Tem gente morrendo.

– É, tem, tenente. É exatamente sobre isso que estou falando.

Uma parte de mim teve vontade de agarrar Lemouz pelas lapelas e sacudi-lo. Em vez disso, peguei a foto da babá na carteira de identidade de Wendy Raymore e um esboço do desenhista da polícia da mulher que aparecia no vídeo entrando no Hotel Clift com George Bengosian.

– O senhor conhece alguma dessas mulheres, professor?

Lemouz quase começou a rir.

– Por que eu iria querer ajudá-la? É o Estado que arquiteta essa injustiça, não essas duas mulheres. Diga-me, por favor, quem cometeu a maior injustiça? As duas mulheres suspeitas – jogou ele a primeira página do *Chronicle* na mesa, na minha frente – ou esses exemplos cintilantes do nosso sistema?

Eu vi as fotos de Lightower e Bengosian.

– Se essas pessoas estão sinalizando o início de uma guerra – riu Lemouz –, eu digo, deixe que venha. Qual é essa nova frase, tenente? – Ele sorriu. – A que os americanos adotaram com toda a sua autoridade moral? *Vamos agir*.

Peguei as fotos, fechei a pequena pasta e guardei na bolsa. Levantei, me sentindo cansada e suja. Saí da sala do professor Lance Hart, de Línguas Latinas, antes de ceder à tentação de mandá-lo pelos ares.

Capítulo 34

SOLTAVA FUMAÇA PELAS VENTAS NO TRAJETO DE VOLTA PARA A delegacia, graças à verborragia do santarrão Lemouz, além das minhas frustrações de não estarmos chegando a lugar nenhum com aqueles assassinatos. Ainda fazia calor quando cheguei à minha sala, depois das seis. Liguei para Cindy e combinei de nos encontrarmos na Susie. Talvez pudéssemos chegar a *alguma conclusão* comendo as *quesadillas* de lagosta. Eu precisava das meninas para raciocinar.

Quando desliguei o telefone, Warren Jacobi entrou na sala.

– Yank Sing – disse ele.

– Yank Sing?

– É melhor do que as *quesadillas*. *Dim sum*. As mulheres sempre se abrem com comida chinesa. Você devia saber disso, tenente. E quando estiver lá, dizem que o frango com sal grosso e gengibre provocou a queda da dinastia Qin.

– Por onde você andou?

Jacobi sentou. Queria me mostrar alguma coisa. Eu conhecia aquele seu sorriso malicioso.

– Por aí, desperdiçando meu tempo no República Popular. Tem alguma coisa para mim, além da crítica de restaurante?

– Uma pista no alerta de Wendy Raymore – disse ele, com um largo sorriso.

Isso me animou.

– Ligaram de um Safeway do outro lado da baía. Um funcionário do turno da noite acha que reconhece o rosto dela. Tem um vídeo a caminho daqui. Ele disse que agora ela está de cabelo vermelho e usando óculos escuros. Mas tirou os óculos um segundo para contar o dinheiro, e ele jura que era ela.

– *Em que lugar* do outro lado da baía, Warren?

– Avenida Harmon, em Oakland.

Fiz um pequeno mapa mental e nós dois chegamos à mesma conclusão juntos.

– Perto do McDonald's onde encontraram a pequena Caitlin.

Geograficamente, as peças começavam a se encaixar.

– Mande aquela foto para todas as lojas da vizinhança.

– Já fiz isso, tenente.

Os olhos de Jacobi tinham uma faísca que indicava que ele estava escondendo alguma coisa.

– Houve muitas ligações – disse eu, e inclinei a cabeça para um lado olhando para Warren. – Por que acha que essa é pra valer?

Ele piscou.

– Ela comprou uma bombinha para asma.

Capítulo 35

Cindy, Claire e eu tínhamos consumido quase todas as coronas e um prato de asas de frango quando Jill chegou. Ela pendurou seu casaco e veio ressabiada para o nosso cubículo, exibindo seu nervosismo no sorriso sem graça.

– Vamos lá – disse ela, largando a pasta e sentando ao lado de Claire. – Quem quer ser a primeira a colocar o dedo na ferida?

– Nada de dissecação – disse eu. – Asinhas... e tome... – servi o que restava de uma cerveja em seu copo.

Todas nós levantamos os copos, Jill um pouco hesitante. Tivemos um momento de silêncio, cada uma procurando a coisa certa para dizer. Quantas vezes tínhamos nos encontrado antes? No início, éramos quatro mulheres com suas profissões difíceis que se juntaram para comparar recursos, resolver um crime.

– Às amigas – disse Claire. – Sempre dispostas a ajudar umas às outras. Estou falando de qualquer coisa, Jill.

– É melhor eu beber isso – disse Jill, com os olhos cheios de lágrimas – antes de o meu nariz escorrer dentro do copo.

Jill esvaziou um terço do copo com um grande gole. Respirou fundo.

– Muito bem, não temos por que ficar com rodeios, não é? Vocês todas já sabem?

Todas fizemos que sim com a cabeça.

– Telefone, telégrafo, teleboxer. – Jill piscou para mim.

– Se você está sofrendo, todas nós estamos – disse Claire. – Aconteceria a mesma coisa com você se invertêssemos os papéis.

– Eu sei que sim – concordou Jill. – Então imagino que o que vai acontecer agora é que vocês vão me dizer que eu não me encaixo exatamente no perfil da esposa típica que apanha do marido.

– Acho que a única coisa que precisa acontecer agora – disse eu, umedecendo os lábios com a língua – é você nos contar como está se sentindo.

– É – suspirou ela, tensa. – Para começar, não apanho. Nós brigamos. Steve é arrogante e dominador. Ele nunca me bateu com a mão fechada. Nunca encostou no meu rosto.

Cindy ia protestar, mas Claire a fez calar.

– Eu sei que isso não o isenta de culpa, nem justifica nada. Só queria que soubessem. – Ela mordeu o lábio. – Acho que não sei descrever como me sinto. Já julguei muitos casos assim e conheço a variedade de emoções. O que mais sinto é vergonha. Tenho vergonha de admitir que essa sou eu.

– Há quanto tempo isso vem acontecendo? – perguntou Claire.

Jill recostou no banco e sorriu.

– Você quer a verdadeira resposta para essa pergunta, ou a que venho dando para mim mesma nos últimos meses? A verdadeira é que começou antes do casamento.

Eu cerrei os dentes.

– Tinha sempre alguma coisa. O que eu vestia, alguma coisa que eu comprasse para a casa que não combinava com o estilo dele. Steve adora me chamar de burra.

– Burra? – Claire se espantou. – Intelectualmente, você dá de mil nele.

– Steve não é burro – disse Jill. – Ele simplesmente não enxerga muitas possibilidades. No início, ele só me apertava, *aqui*, por exemplo, nos ombros. Sempre fingia que era sem querer. Uma ou duas vezes arremessou coisas quando tinha uma crise. Minha bolsa. Lembro que uma vez... – ela começou a rir – foi uma fatia de queijo Asiago.

– Por quê? – Cindy balançou a cabeça, incrédula. – Por que ele fez isso com você?

– Porque eu atrasei o pagamento de uma conta. Porque ostentei um par de sapatos logo depois que casamos e estávamos com pouco dinheiro. – Ela deu de ombros. – Porque podia.

– Isso tem acontecido desde que a conhecemos? – perguntei, atônita.

Jill engoliu em seco.

– Acho que andei escondendo de vocês, não é?

A garçonete tinha servido algumas *quesadillas* e a música que tocava no restaurante era uma canção de Shania Twain.

– É como se vocês estivessem me subornando. – Ela mergulhou uma *quesadilla* no *guacamole* e deu uma risada. – Novo método de interrogatório. Sim, eu sei onde Osama bin Laden se esconde, mas gostaria que me dessem mais um daqueles salgadinhos de queijo, por favor...

Nós rimos. Jill sempre soube nos fazer rir.

– Nunca são coisas importantes – disse Jill. – É sempre algo trivial. Nas coisas importantes, eu realmente sinto que somos parceiros na vida. Passamos por muita coisa juntos. Mas as pequenas coisas... Eu aceito um convite para jantar com pessoas que ele não gosta. Esqueço de dizer à empregada para levar as camisas dele. Ele faz com que me sinta como uma criança burra. Comum.

– Você é tudo, menos comum – disse Claire.

Jill secou os olhos e sorriu.

– A minha torcida... eu podia alvejar o filho da mãe e vocês iam elogiar a minha mira.

– Nós já conversamos sobre essa opção – disse Cindy.

– Vocês sabem que eu cheguei a pensar nisso. – Jill balançou a cabeça. – Em quem julgaria meu caso. Ei, estou achando que deixei essas coisas ficarem meio melodramáticas.

– Como aconselharia uma mulher que a procurasse com um problema igual ao seu? – perguntei. – É Jill, a promotora, agora. Não Jill, a esposa. O que você diria?

– Eu diria a ela que metesse um processo nele tão depressa que estaria grudado no rabo dele na próxima vez que fosse cagar – disse ela e deu uma risada.

Nós todas rimos também.

– Você diz que precisa de um pouco mais de tempo – disse eu. – Não estamos aqui para aconselhar que você mude sua vida hoje. Mas eu te conheço. Você continua na mesma por achar que é sua responsabilidade fazer esse casamento funcionar. Quero que prometa uma coisa, Jill. Ele nem precisa cerrar os punhos. Se houver mais um incidente desses, eu vou lá pessoalmente fazer suas malas. Você vem para a minha casa. Para a casa da Claire. Para a da Cindy... Não, esquece a da Cindy... é uma zona. Mas você tem escolha, querida. Quero que prometa que da próxima vez que ele *ameaçar* qualquer coisa, você vai embora.

Havia uma luminosidade no rosto de Jill, um brilho naqueles olhos muito azuis. E cheguei a pensar que nunca a vira tão bonita. A franja ondulava um pouco sobre os olhos.

– Eu prometo – disse ela por fim, corando e sorrindo.

– Isso é para valer – pressionou Cindy.

Jill levantou a mão.

– O juramento das fadinhas de Highland Park de proteger suas irmãs e jamais traí-las; senão, seu rosto ficará coberto de espinhas.

– Isso é suficiente – disse Claire.

Jill segurou nossas mãos no meio da mesa.

– Eu adoro vocês, meninas – disse ela.

– E nós adoramos você, Jill.

– Agora podemos pedir, afinal – disse ela. – Estou com a sensação de que acabei de passar no exame da Ordem outra vez. Morrendo de fome.

Capítulo 36

DEVIA SER PORQUE EU PRATICAMENTE NÃO PREGARA O OLHO, agitada a noite inteira porque aquele filho da puta, que era sempre o primeiro a sair correndo quando um dos seus amigos tinha necessidade de jogar golfe, e que fingia ser aquele marido devotado e amantíssimo em público, estava machucando uma das mulheres mais brilhantes da cidade, alguém que eu amava.

Fosse o que fosse, só sei que fiquei pensando em Steve quase toda a manhã seguinte, até não conseguir mais ficar lá sentada, fugindo das ligações, fingindo estar concentrada no meu caso.

Peguei minha bolsa.

– Se Tracchio me procurar, diga que volto em uma hora.

Dez minutos depois, parei meu carro na frente do número 160 na Beale, um daqueles arranha-céus envidraçados perto da Market da parte baixa da cidade, cheio de contadores e advogados, onde era o escritório de Steve.

Na subida para o trigésimo segundo andar, fui soltando fumaça pelas ventas, quase ofegante. Empurrei as portas da Northstar Partnerships. Uma recepcionista bonitinha sentada a uma mesa sorriu para mim.

– Steve Bernhardt – disse eu, e quase encostei meu distintivo na cara dela.

Não esperei que ela interfonasse, fui direto para a sala do canto onde tinha estado uma vez com Jill. Steve estava inclinado para trás em sua cadeira, com uma camisa Lacoste verde-limão e de calça cáqui, falando ao telefone. Sem sequer mudar de tom, ele piscou para mim e apontou uma cadeira. *Vi sua piscada, parceiro.*

Esperei acabar a conversa de negócios enquanto minha raiva aumentava e ele temperava a ligação com clichês técnicos supercomuns como: "Parece que você está exagerando na dose, camarada, procurando cabelinho em casca de ovo."

Ele finalmente desligou e rodou com a cadeira para me encarar.

– Lindsay – disse ele, olhando de lado, como se não tivesse certeza do que estava acontecendo.

– Deixa de encenação, Steve, você sabe por que estou aqui.

– Não, não sei. – Ele balançou a cabeça, depois mudou um pouco de expressão. – Está tudo bem com a Jill?

– Sabe de uma coisa? Estou fazendo tudo que posso para não pular por cima dessa mesa e enfiar esse telefone na sua goela. Jill nos contou, Steve. Nós *sabemos* de tudo.

Ele sacudiu os ombros com ar de inocente e cruzou os mocassins Bass Weejuns na minha cara.

– Sabem o quê?

– Eu vi as marcas roxas. Jill nos contou o que anda acontecendo.

– Ah... – Ele chegou para trás e ergueu as sobrancelhas. – Jill realmente me contou que ia sair com a gangue ontem à noite. – Ele olhou para o relógio de pulso. – Olha, eu adoraria ficar aqui papeando sobre nossas merdas pessoais, mas tenho uma reunião meio-dia e meia...

Inclinei-me sobre a mesa.

– Preste atenção. Preste muita atenção ao que eu vou dizer. Estou aqui para dizer que isso vai acabar. *Hoje*. Se você encostar a mão nela mais uma vez... se ela quebrar uma unha e não quiser comentar... mesmo se chegar no escritório dela com o cenho franzido, carimbo o seu nome numa acusação de violência doméstica. Está me entendendo, Steve?

A expressão dele não mudou nada. Enrolou uma mecha do cabelo curto e encaracolado num dedo e deu risada.

– Nossa, Lindsay, todos sempre disseram que você era castradora, mas eu não fazia ideia... Jill não tem o direito de contar nada para vocês. Eu sei que isso não pesa muito para tipos como vocês, mulheres com carreiras em tempo integral, com cachorro e tudo... mas nós temos um casamento. Tudo que acontece nele é assunto só nosso.

– Não é mais. – Olhei furiosa para ele. – Espancamento é delito grave, Steve. Eu prendo gente como você.

– Jill *jamais* testemunharia contra mim – disse ele e depois franziu a testa. – Meu Deus, olha só a hora... Se não se importa, Lindsay, estão me esperando aí em frente.

Eu me levantei. Não entendia como Steve podia agir daquele jeito. Estávamos falando de Jill.

– Quero explicar isso de forma que você entenda. Deixe mais uma marca nela, que a última coisa com que terá de se preocupar é se a Jill vai testemunhar. Quando sair para correr, quando estiver na garagem tarde da noite, quando se assustar com algum barulho que o faça pular... Será *melhor* pular mesmo, Steve.

Fui para a porta e praticamente não tirei os olhos dele. Steve ficou lá sentado, balançando na cadeira, meio sem palavras, meio furioso.

– Que tal *essa* para exagerar na dose, Steve?

Capítulo 37

Cindy Thomas estava sentada à sua mesa no *Chronicle*, inquieta, pouco à vontade. Tirou a tampa do seu suco de damasco orgânico da Fruitopia e bebeu um gole. Depois abriu o jornal e deu uma olhada na primeira página. Uma das suas matérias assinadas estava na coluna da direita. O título com letras maiúsculas: "Segundo empresário assassinado faz polícia reexaminar o primeiro."

Ligou o computador para verificar os e-mails. O bonitão de camiseta sem manga e cinto de pedreiro que funcionava como descanso de tela ganhou vida. Cindy clicou em Internet Explorer e seu e-mail apareceu.

Doze novas mensagens.

Notou uma, de Aaron, com quem tinha terminado quatro meses antes. *Vamos ter uma apresentação de Pumpkinseed Smith num recital na igreja dia 22 de maio, às 8 da noite. Você pode vir?*

Pumpkinseed Smith era um dos melhores trompetistas que existia! *Pode apostar que estarei lá*, Cindy digitou na resposta. *Mesmo se isso significar ouvir um sermão seu.*

Ela rolou a tela para ver os outros rapidamente. Uma resposta de um pesquisador que procurava dados sobre o passado de Lightower e de Bengosian. Aquele sem-vergonha tinha sido levado ao tribunal para se defender de seis processos de segurados que foram descartados nos últimos dois anos. Que bandido!

Já ia apagar a última mensagem, que tinha um endereço que ela não conhecia, quando o assunto chamou sua atenção. SLAM@hotmail.com. E no assunto estava escrito, O QUE ACONTECE DEPOIS.

Cindy clicou na mensagem e se preparou para jogá-la no túmulo de éter de todos os spams. Bebeu um gole do suco.

Não pergunte como obtivemos seu nome, nem por que entramos em contato com você. Se quiser fazer uma coisa boa, fará a coisa certa agora.

Cindy rodou a cadeira para mais perto do monitor.

Os "trágicos" incidentes da última semana são apenas uma pequena amostra do que está por vir.

Os ministros de finanças do mundo vão se reunir semana que vem para destroçar os últimos vestígios marginais que sobraram da economia do mundo "livre" depois de Breton Woods – aquilo que eles ainda não consumiram selvagemente.

O coração de Cindy batia violentamente enquanto ia lendo.

Estamos preparados para matar um porco vampiro famoso a cada três dias a menos que eles recuperem o juízo e denunciem o vírus global que é o sistema do livre mercado, que aprisionou países indefesos nessa Grande Mentira de que o mercado irá libertá-los, que escravizou nossas irmãs com os grilhões das indústrias que exploram os trabalhadores, as multinacionais, que roubou as economias do trabalhador norte-americano num mercado de ações que não passa de um jogo corrupto dos que têm informações privilegiadas.

Não somos mais vozes isoladas.

Somos um exército, tão letal e disseminado quanto os superpoderes dos vampiros.

Cindy piscou, sem acreditar, quase paralisada. Aquilo era alguma espécie de fraude da internet? De alguém que considerava isso uma brincadeira?

Ela apertou a tecla IMPRIMIR, esvaziou a mesa e apoiou o telefone no ombro enquanto continuava a ler.

Escolhemos você porque os canais normais da mídia são tão corruptos e egocêntricos quanto suas donas, as multinacionais globalizadas. Você faz parte da corrupção? Isso veremos em breve.

Pedimos às pessoas importantes que vão se reunir em San Francisco semana que vem, o G-8, a fazer algo histórico. Que arranquem os grilhões. Esqueçam as dívidas. Que defendam a liberdade, não o lucro. Que desmontem suas máquinas de colonização. Que abram as economias do mundo.

Enquanto não ouvirmos essa voz, vocês ouvirão a nossa. A cada três dias morrerá um porco.

Você sabe o que fazer com isso, sra. Thomas. Não desperdice seu tempo tentando nos rastrear. A não ser que não queira saber de nós de novo.

Cindy ficou com a boca seca como terra. SLAM@hotmail.com. Aquilo era verdadeiro? Ou alguém estava brincando com ela?

Rolou a tela até o fim da mensagem. E ficou imóvel nos segundos seguintes.

O e-mail estava assinado. *August Spies*.

Capítulo 38

Havia um recado do chefe Tracchio na minha mesa, e outro da Jill.

– E o *Chronicle* está à sua espera – disse minha secretária Brenda.

– O *Chronicle*?

Levantei a cabeça e vi Cindy, sentada com as pernas em X numa pilha de pastas do lado de fora da minha sala. Ela se levantou e se aproximou, mas eu simplesmente não tinha tempo para ela.

– Cindy, não posso falar com você agora. Desculpe. Há uma reunião marcada para...

– Não – interrompeu ela e me fez parar. – Tenho que te mostrar uma coisa, Lindsay. Que é prioritária.

– Está tudo bem?

Ela balançou a cabeça.

– Acho que não.

Entramos e fechamos a porta da minha sala e Cindy tirou uma folha de papel da mochila. Parecia um e-mail.

– Sente-se – disse ela.

Cindy pôs a folha na minha frente e sentou ao meu lado.

– Leia.

Foi só olhar nos olhos de Cindy para saber que não era boa coisa.

– Chegou no meio da minha correspondência hoje de manhã – explicou ela. – Meu endereço está no site do *Chronicle*. Não sei de quem é. Nem por que enviaram para mim. Só que agora estou meio fragilizada.

Comecei a ler. "Não pergunte como obtivemos seu nome, nem por que entramos em contato com você..." Quanto mais eu lia, pior ficava. "Estamos preparados para matar um porco vampiro famoso a cada três dias..." Levantei a cabeça.

– Continue lendo – disse Cindy.

Abaixei a cabeça de novo e li o resto da mensagem. Estava querendo descobrir se era verdadeira. Cheguei ao final e então soube que era.

August Spies.

Senti uma pressão crescente no peito. De repente ficou claro para onde tudo aquilo se encaminhava. Eles mantinham a cidade refém. Aquela era uma declaração do terror. O G-8. Era o alvo deles. A reunião estava marcada para o dia dez, dali a nove dias. Os ministros das finanças dos principais países industrializados do mundo estariam em San Francisco.

– Quem mais sabe disso? – perguntei.

– Você e eu – disse Cindy –, e eles.

– Eles querem que você publique suas exigências – disse eu. – Querem usar o *Chronicle* como púlpito.

Eu estava pensando em todos os cenários possíveis.

– Isso vai enfurecer o Tracchio.

A contagem regressiva já tinha começado. *A cada três dias.* Hoje era quinta-feira. Eu sabia que tinha de entregar aquele e-mail. E quando fizesse isso, sabia que aquele caso não seria mais meu. Mas precisava fazer uma coisa antes.

– Podemos tentar rastrear o endereço – disse Cindy. – Conheço um hacker...

– Não vai levar a lugar nenhum. *Pense* – apertei Cindy. – Por que procuraram você? Há muitos outros repórteres no *Chronicle*. Tem de haver um bom motivo.

– Talvez por causa da minha matéria sobre a história. Talvez porque tenho raízes em Berkeley. Só que isso foi há dez anos, Lindsay.

– Pode ser alguém daquele tempo? Alguém que você conhecia? Aquele babaca do Lemouz?

Nós nos entreolhamos.

– O que quer que eu faça? – Cindy acabou perguntando.

– Eu não sei...

Eles tinham feito contato. Eu conhecia assassinos bastante bem para saber que quando eles queriam dialogar, e quando existia alguma coisa que pudéssemos fazer para evitar o próximo ato de crueldade, nós conversávamos.

– Acho que quero que você responda a esse e-mail – disse eu.

Capítulo 39

Tudo parecia apontar para o outro lado da baía. As origens das mensagens pela internet. O local onde o bebê Lightower foi encontrado. Lemouz. A carteira de identidade roubada de Wendy Raymore. O tempo estava passando. Uma nova vítima a cada três dias...

Eu estava cansada de esperar que as coisas chegassem a mim. Um enxame de agentes do FBI tinha pousado na delegacia. Eles rastreavam, dissecavam e analisavam o e-mail de Cindy. Tínhamos de chegar a eles, a quem quer que fossem os responsáveis por aqueles crimes ultrajantes.

Jacobi e eu encontramos Joe Santos e Phil Martelli, dois policiais de Berkeley que eram os melhores da Unidade de Inteligência de Rua. Santos já estava na polícia desde a década de 1960, era um daqueles veteranos da linha antiga que tinha visto de tudo. Martelli era mais jovem, tinha vindo da Narcóticos.

– Basicamente há todo tipo de porcaria operando na República Livre – disse Santos, sacudindo os ombros.

Ele apresentou uma pasta.

– Temos o BLA (Black Liberation Army), o IRA (Irish Republican Army), árabes, liberdade de expressão, livre comércio. Todos que têm sede de vingança estão aqui.

– Dizem por aí – acrescentou Martelli – que tem um vagabundo que chegou de Seattle para criar confusão na reunião do G-8, todos aqueles grandes gênios da economia, os maiorais.

Peguei o arquivo do caso, as fotos medonhas da casa de Lightower e de Bengosian.

– Não estamos procurando um bando de carregadores de cartazes, Phil.

Martelli sorriu para Santos. Ele entendeu.

– No outro dia – disse ele –, estávamos disfarçados seguindo um filho da mãe que criava problemas para a PG e E.

Ele falava da Pacific Gas and Electric, a companhia de gás e eletricidade. Nossos barões do roubo de serviços. Desde a Enron, não havia uma só pessoa em toda a Califórnia que não sentisse que estava sendo esfolada, e em geral tinha razão.

– Todo o mundo reclama daqueles filhos da mãe – disse Jacobi –, inclusive eu.

– Esse indivíduo estava fazendo mais do que apenas reclamar no atendimento ao consumidor. Fazia piquete na frente da sede da companhia, entregando folhetos que diziam para as pessoas não pagarem suas contas. Chamavam de Iniciativa para Libertar a Energia do Povo. Nós entendemos – disse Santos, dando risada – que esse era um indivíduo *muito* raivoso.

Martelli continuou a história.

– O maluco filho da mãe sempre arrastava uma grande sacola de pano. Concluímos que devia estar cheia daqueles folhetos dele. Um dia, um companheiro disfarçado o interceptou e o fez abrir a sacola. O cara tinha um maldito lançador de míssil M49 lá dentro. Depois fomos investigar a casa dele. Havia granadas, explosivo C-4, detonadores. A Iniciativa para Libertar a Energia do Povo. Estavam planejando explodir a porra da companhia por causa da conta de luz.

– Então, Joe – disse eu, mudando de assunto –, você mencionou radicais vindo para cá para perturbar a reunião do G-8? É um bom lugar para começar.

– Podemos fazer melhor do que *isso*...

Santos pegou outra pasta e sacudiu os ombros.

– Um dos nossos policiais disfarçados nos disse que estão planejando uma espécie de manifestação para hoje. Na frente de uma filial do Bank of America, na Shattuck. Disse que alguns chefões estarão por lá. Por que vocês não vêm dar uma espiada? Bem-vindos ao nosso pesadelo.

Capítulo 40

VINTE MINUTOS DEPOIS, CHEGAMOS A DOIS QUARTEIRÕES DO Bank of America, no carro sem identificação de Santos e Martelli. Uns cem manifestantes estavam amontoados em volta da entrada da agência do banco. A maioria segurava cartazes mal pintados. Um dizia: suprimento livre de dinheiro é sinal de povo livre. Outro dizia: passe AIDS para a OMC.

Um dos organizadores, de camiseta e calça jeans rasgada, estava no teto de um SUV preto, berrando num microfone.

– Bank of America escraviza meninas com menos de 12 anos. Bank of America suga o sangue das pessoas!

– Essas pessoas estão protestando contra o quê? – perguntou Jacobi. – *Hipotecas?*

– Ninguém sabe – respondeu Santos. – Trabalho infantil na Guatemala, a Organização Mundial do Comércio, grandes empresas, a porra da camada de ozônio. A metade aí deve ser composta de fracassados que eles recrutam na fila das obras sociais e que compram com um maço de cigarros. Eu estou interessado é nos líderes.

Ele pegou uma câmera e começou a tirar fotos das pessoas na multidão. Havia um círculo de dez policiais entre o banco e os manifestantes, com os cacetetes próprios para dispersar multidões pendurados ao lado do corpo.

Comecei a me lembrar das coisas que Cindy tinha dito. Que instalado no conforto da sua vida, você podia simplesmente virar a página quando lia sobre os que não tinham seguro, ou os pobres, ou os países subdesenvolvidos que afundavam em dívidas. Mas algumas pessoas *não podiam* virar a página. A milhares de quilômetros de distância, certo? Agora não parecia mais.

De repente um novo orador subiu no teto do SUV. Arregalei os olhos, porque era Lemouz. Imaginem só...

O professor pegou o microfone e começou a gritar.

– Quem compõe o Banco Mundial? É um grupo de dezesseis instituições de todas as partes do mundo. Uma delas é o Bank of America. Quem emprestava dinheiro para Morton Lightower? Quem eram os intermediários que cuidavam das ações da empresa dele? O bom e velho Bank of America, meus amigos!

De repente o espírito da multidão mudou.

– Esses filhos da puta *deviam* explodir! – gritou uma mulher.

Um estudante começou a cantar.

– B of A. B of A. Quantas meninas você matou hoje?

Vi focos de violência começarem a eclodir. Um garoto jogou uma garrafa na vitrine do banco. Pensei que era um coquetel Molotov, mas não houve explosão.

– Veja só o que temos de enfrentar aqui – disse Santos. – O problema é que eles não estão de todo errados.

– Porra, não estão mesmo – contribuiu Jacobi.

Dois policiais invadiram as fileiras e tentaram cercar o que tinha jogado a garrafa, mas a multidão se uniu e impediu a passagem deles. Vi o garoto escapar correndo pela rua. Então ouvi uma gritaria, pessoas caídas no chão, nem dava para saber onde tudo tinha começado.

– Ah, merda! – Santos abaixou a câmera. – Isso pode estar ficando fora de controle.

Um dos policiais golpeou com o cacetete e um garoto de cabelo comprido caiu de joelhos. Mais gente começou a jogar coisas. Garrafas, pedras. Outros dois agitadores iniciaram uma luta com a polícia, que os derrubou e prendeu no chão com seus cacetetes.

Lemouz ainda ladrava ao microfone.

– Vejam ao que o Estado precisa recorrer, eles racham as cabeças de mães e de crianças.

Eu tinha ficado sentada assistindo todo o tempo que suportava.

– Esses caras precisam de ajuda – disse eu, e fui abrindo a porta.

Martelli me impediu.

– Nós vamos, estamos preparados.

– Eu já estou preparada – disse e soltei a arma da minha perna.

Então atravessei a rua correndo, com Martelli poucos passos atrás.

Os policiais estavam sendo empurrados e alvejados com entulho.

– Porcos! Nazistas!

Abri caminho no meio da turba. Uma mulher segurava um pano para estancar o sangue da cabeça. Outra carregava um bebê, chorando, para algum lugar seguro. Graças a Deus que alguém tinha um pouco de bom-senso.

O professor Lemouz fixou os olhos em mim.

– Olhem como a polícia trata a voz inocente do protesto! Eles vêm com suas armas em punho!

"Ah, madame tenente", disse ele, sorrindo lá de cima do seu pódio improvisado. "Continua tentando se educar, estou vendo. Diga-me, o que aprendeu hoje?"

– Foi você que planejou isso – disse eu, querendo detê-lo por perturbação da ordem. – Era uma manifestação pacífica, até você incitá-los.

– Que pena, não é? Manifestações pacíficas nunca chegam aos noticiários. Mas olhe...

Ele apontou para uma van de reportagem estacionando na rua. Um repórter desceu dela e um câmera filmava enquanto corria.

– Estou olhando para *você*, Lemouz.

– Isso é um elogio para mim, tenente. Sou apenas um humilde professor de uma matéria antiga que não está em voga hoje em dia. Nós devíamos tomar um drinque juntos. Eu gostaria muito. Mas se me dá licença, há um caso de brutalidade da polícia me esperando.

Ele fez uma mesura, deu um sorriso com tanto desdém que fiquei toda arrepiada, depois começou a abanar os braços sobre a cabeça, agitando a multidão, cantando.

– B of A. B of A. Quantas meninas escravizou hoje?

Capítulo 41

Charles Danko entrou no saguão sem graça e deprimente do enorme prédio municipal. Havia uma cabine de segurança à esquerda, dois guardas inspecionando bolsas e pacotes mecanicamente. Ele apertou os dedos na alça da maleta de couro.

É claro que Danko não era o nome que estava usando agora. Era Jeffrey Stanzer. Antes disso, tinha sido Michael O'Hara. E Daniel Browne. Tinha usado tantos nomes em todos aqueles anos, sempre mudando, seguindo em frente quando sentia que as pessoas chegavam perto demais. De qualquer modo, nomes eram mutáveis, tão fáceis de trocar como fazer uma nova carteira de motorista. O que se manteve constante foi a crença que ardia, profundamente, em sua alma: De que estava fazendo ali uma coisa muito importante. Que devia isso às pessoas próximas do seu coração, pessoas que tinham morrido por uma causa.

Mas o assustador era que nada daquilo era verdade.

Porque Charles Danko não acreditava em nada além do ódio que queimava dentro dele.

Observou os seguranças fazendo seu trabalho, mas não era nada novo. Tinha visto aquilo muitas vezes antes. Subiu na plataforma e começou a esvaziar os bolsos. Tinha feito aquilo tantas vezes nas últimas semanas que podia realmente trabalhar naquele prédio. *Maleta ali.* Ele formou as palavras com a boca antes que fossem pronunciadas.

– Maleta ali – disse o guarda de segurança, abrindo espaço na mesa de raios X. Ele soltou os fechos.

– Já está chovendo? – perguntou para Danko enquanto passava a pasta pelo raios X.

Danko balançou a cabeça e seu coração praticamente não mudou de ritmo. Mal tinha construído uma obra-prima dessa vez, com o conteúdo todo moldado à parte interna. Além disso, aqueles idiotas não saberiam como encontrar a bomba, mesmo se soubessem o que estavam procurando.

Danko passou pelo detector de metais e o alarme disparou. Apalpou o paletó de cima a baixo e fez cara de surpresa quando tirou o aparelho de um dos bolsos.

– Telefone celular – disse ele, sorrindo e pedindo desculpas. – Nem lembro que está comigo, até ele tocar.

– O meu só toca quando é para os meus filhos – disse o guarda alegre, com um sorriso largo.

Como era fácil. Como aquela gente era desligada. Mesmo com todos os avisos em volta deles. Um outro guarda empurrou a maleta dele para o fim da plataforma. Ele estava dentro. Do chamado Tribunal de Justiça.

Ele ia fazer aquilo tudo em pedaços! Matar todas aquelas pessoas. Sem arrependimento, sem remorso.

Danko ficou lá parado um instante, vendo as pessoas oh-tão-ocupadas correndo para lá e para cá, e lembrou dos anos que ficou escondido, da vida trivial e tranquila que deixava para trás. Começou a suar nas palmas das mãos. Em poucos minutos, iam saber que ele podia atacar qualquer lugar. No epicentro do seu poder, no coração da investigação.

Vamos encontrá-lo, por maior que seja sua casa, por mais poderosos que sejam seus advogados...

O que ele carregava era suficiente para explodir um andar inteiro.

Danko entrou num elevador lotado e apertou o botão do terceiro andar. Estava cheio de gente voltando do almoço. Policiais, investigadores da promotoria pública, peões do estado. Com suas famílias e animais de estimação, assistindo ao jogo dos Giants na TV, deviam achar que não eram responsáveis. Mas eram. Até o homem que varria o chão. Todos eram responsáveis, e se não fossem, quem se importava?

– Com licença – disse Danko no terceiro andar, saindo espremido com duas ou três pessoas.

Dois policiais de farda passaram por ele no corredor. Ele nem piscou. Até sorriu para eles. Como era fácil. A casa da promotoria, do chefe de polícia, da investigação.

Tinham deixado que ele entrasse lá! Retardados!

Eles queriam mostrar que tinham toda a reunião do G-8 sob controle. Ele ia mostrar-lhes que não tinham a menor ideia.

Danko respirou fundo e parou na frente da Sala 350. HOMICÍDIOS, dizia a placa.

Ficou ali alguns segundos, parecendo que fazia parte do lugar. Mas então deu meia-volta e foi para o elevador.

Exercício sem munição, pensou quando pegou o elevador para descer.

A prática gera a perfeição. E então...

Bum! Atenciosamente, August Spies.

PARTE 3

Capítulo 42

ERAM QUATRO HORAS DA TARDE QUANDO SAÍ DE BERKELEY E voltei para a delegacia. Minha secretária, Brenda, me pegou por acaso no corredor.

– Tem dois recados da assistente da promotoria Bernhardt, mas não se sinta aliviada. O chefe a está chamando lá em cima.

Quando bati à porta de Tracchio já estava em andamento uma reunião da Força-Tarefa de Emergência. Não fiquei surpresa de ver Tom Roach, do FBI de San Francisco. Os agentes estavam por toda parte desde que Cindy recebeu o e-mail aquela manhã. Estavam lá também Gabe Carr, o delegado do prefeito encarregado dos assuntos da polícia, e Steve Fiori, assessor de imprensa.

E tinha mais alguém, de costas para mim, que *não* reconheci. Moreno, cabelo castanho espesso, forte. O cara tinha equipe avançada para a reunião do G-8 estampada em cada parte do corpo. *Lá vamos nós, amantes de antiácido.*

Cumprimentei com um movimento da cabeça aqueles com quem já tinha trabalhado, olhei de lado para o de terno que não conhecia.

– Quer apresentar uma atualização da investigação para todos, tenente? – disse o chefe.

– Claro – disse eu, fazendo que sim com a cabeça.

Meu estômago dava cambalhotas. Não estava exatamente preparada para uma apresentação. Tive a sensação de ter caído numa armadilha, ao estilo de Tracchio.

– Muitas coisas apontam para Berkeley – expliquei.

Descrevi todos os ângulos com que trabalhávamos. Wendy Raymore, a manifestação de hoje, Lemouz.

– Você acha que esse cara está envolvido? – perguntou Tracchio. – Ele é professor, certo?

– Passei o nome dele e voltou sem nada mais profundo do que umas duas manifestações ilegais e resistência à prisão – disse eu. – As duas acusações retiradas. Ele é inofensivo. Ou então é muito, mas muito inteligente.

– Alguma novidade nas substâncias do C-4? – perguntou Tracchio.

Achei que ele estava tentando marcar pontos com o federal de terno marrom. Quem diabos era ele, afinal?

– Estão com o ATF – disse eu.

– E essa gente continua se comunicando através de provedores públicos de e-mail para nos ameaçar – disse ele.

– O que quer que a gente faça? Vigie cada computador com acesso ao público na Área da Baía? – perguntei. – Sabe de quantos estamos falando, chefe?

– Dois mil, cento e setenta e nove – recitou de repente o federal de terno.

Ele virou uma folha de papel.

– Dois mil, cento e setenta e nove portais de acesso público à internet na Área da Baía, dependendo de como são definidos. Faculdades, bibliotecas, cafés, aeroportos. Isso inclui dois nos centros de recrutamento do exército em San Jose, mas acho que não vão usar esses, se é que isso serve para reduzir um pouco.

– É – disse eu quando nossos olhos finalmente se encontraram. – Isso é um início de redução.

– Desculpe. – O homem esfregou as têmporas e relaxou com um sorriso cansado. – Acabei de descer de um avião vindo de Madri vinte minutos atrás, com a expectativa de vir verificar alguns detalhes da segurança para o G-8 semana que vem. Agora fico pensando se não caí de repente no meio da Terceira Guerra Mundial.

– Lindsay Boxer – disse eu.

– Eu sei quem você é – respondeu o agente federal. – Você trabalhou naquele ataque à igreja de La Salle Heights no ano passado. O pessoal da Justiça notou. Há alguma chance de conter essas pessoas na semana que vem?

– *Conter?*

A palavra tinha um tom parecido com o estilo do escritor Tom Clancy.

– Chega de brincadeira, tenente. Temos uma reunião dos chefes das finanças do mundo livre em breve. E mais uma ameaça à segurança pública. Como o chefe disse, não temos muito tempo.

Gostei do estilo direto desse cara. Não era o tipo habitual de Washington.

– Então tudo continua valendo? – perguntou Gabe Carr, delegado do prefeito.

– Valendo? – O homem de Washington olhou em volta. – Os locais estão protegidos, certo? Temos homens suficientes, não temos, chefe?

– Todos os homens de farda da Força estarão à sua disposição semana que vem. – Os olhos de Tracchio brilharam.

Pigarreei.

– E quanto ao e-mail que recebemos? O que fazemos com ele?

– O que quer fazer com ele, inspetora? – perguntou o cara de Washington.

Minha garganta estava seca.

– Quero responder – disse eu. – Quero iniciar um diálogo. Mapear os pontos de contato de onde eles responderem. Ver se divulgam alguma coisa. Quanto mais conversarmos, mais eles podem revelar...

Fez-se um daqueles silêncios pegajosos, prolongados, e torci para não estar prestes a ser tirada do caso.

– Resposta certa. – O agente federal piscou para mim. – Não há necessidade de todo esse melodrama, só queria ver com quem eu estava trabalhando. Joe Molinari – disse ele sorrindo e me entregou seu cartão.

Quando li o cartão, por mais que me esforçasse para não mudar de expressão, meu coração acelerou bastante.

DEPARTAMENTO NACIONAL DE SEGURANÇA, dizia o cartão. JOSEPH P. MOLINARI, VICE-DIRETOR.

Merda, esse cara era do primeiro escalão!

– Vamos iniciar um diálogo com esses filhos da mãe – disse o vice-diretor.

Capítulo 43

MINHA CABEÇA AINDA ZUMBIA DA REUNIÃO COM MOLINARI quando voltei para a minha sala. No caminho parei na sala de Jill.

Um empregado passava o aspirador de pó no corredor, mas as luzes lá dentro ainda estavam acesas.

Ao fundo tocava baixinho um CD de Eva Cassidy. Ouvi Jill ditando para um gravador.

– Oi. – Bati à porta.

Fiz a cara mais arrependida que pude.

– Eu sei que você deixou alguns recados. Provavelmente não vai ajudar se te contar como foi o meu dia.

– Bem, eu sei como *começou* – disse Jill, com a voz gelada.

Merecida.

– Olha, não posso te condenar por estar zangada comigo. – Entrei e pus as mãos no encosto de uma cadeira.

– Você podia dizer que eu estava um pouco zangada mais cedo hoje.

– E agora?

– Agora... acho que pode chamar de fúria completa, Lindsay.

Não havia nenhum sinal de humor no rosto dela. Quando você precisava de alguém seriamente castradora, para usar a metáfora errada, Jill era perfeita.

– Você está me torturando – disse eu e sentei na cadeira. – Entendo que o que fiz passou muito dos limites.

Jill deu uma risada debochada.

– Eu diria que a parte de mandar um matador de aluguel atrás do meu marido pareceu um pouco além dos limites... até para você, Lindsay.

– Não foi um matador – corrigi. – Foi um daqueles que quebra os joelhos. Mas quem é que está sendo técnica? O que posso dizer? Você está casada com um filho da puta consumado. –

Puxei a cadeira para o lado da mesa dela. – Olha, Jill, eu sei que foi errado. Não fui lá para ameaçá-lo. Fui por você. Mas o cara foi um sem-vergonha de marca.

– Talvez *o cara* não tenha gostado da nossa vida pessoal ser esfregada na cara dele, feito lista de lavanderia. O que contei para você era confidencial, Lindsay.

– Tem razão. – Engoli em seco. – Peço desculpas.

Aos poucos as rugas da testa de Jill começaram a suavizar. Ela empurrou sua cadeira para longe da mesa e rodou para ficar de frente para mim, quase joelho com joelho.

– Olha, Lindsay, eu sou grandinha. Deixe-me travar as minhas batalhas. Você é minha amiga nesse caso, não a polícia.

– É o que todos estão dizendo.

– Então preste atenção, querida, porque preciso que seja minha amiga. Não a Divisão Aérea 101. – Ela pegou minhas mãos e apertou. – Uma amiga costuma ouvir a outra, convidar para almoçar, talvez arrumar um programa com um colega bonitinho... Invadir o escritório do marido e ameaçar quebrar os joelhos dele... esse tipo de coisa... chamamos de *inimigos*, Lindsay.

Dei risada. Pela primeira vez vi uma ponta de sorriso quebrar o gelo de Jill. Uma pontinha.

– Muito bem, então, como amiga, como estão você e o filho da mãe desde que ele bateu em você? – Dei um sorriso forçado de propósito.

Jill deu risada e sacudiu os ombros.

– Acho que estamos bem... Conversamos sobre fazer uma terapia de casais.

– A única terapia que Steve precisa é de um advogado, numa acusação.

– Seja minha amiga, Lindsay, lembre-se disso... De qualquer modo, há assuntos mais importantes para tratar. O que está acontecendo nesta cidade?

Contei para ela a história do e-mail que Cindy recebera aquela manhã e de como serviu para incrementar a importância do caso.

– Você já ouviu falar de um agente antiterrorista chamado Joe Molinari?

Jill pensou um pouco.

– Lembro de um Joe Molinari que era promotor em Nova York. Investigador de primeira. Trabalhou no atentado do World Trade Center. E também não era de se jogar fora. Acho que foi para Washington ocupar algum cargo lá.

– "Algum cargo lá" significa Departamento Nacional de Segurança *e* meu novo batedor no caso.

– Podia ser pior. Eu mencionei que ele não era de se jogar fora?

– Pare com isso. – Corei.

Jill inclinou a cabeça para um lado.

– Você não costuma prestar atenção nesses tipos federais.

– Porque quase todos são carreiristas à procura de uma promoção montada nas nossas fontes e pistas. Mas esse Molinari parece autêntico. Talvez você possa fazer uma pesquisa para mim...

– Você quer dizer que tipo de litigante ele é? – Jill sorriu, com olhar de gato. – Ou se ele é casado? Eu estou achando que a Lindsayzinha está caída pelo agente especial.

– Vice-diretor. – Franzi o nariz.

– Ah... o cara se deu bem. – Jill meneou a cabeça, aprovando. – Eu disse que ele era bonitão, não disse?

Jill sorriu de novo e nós duas caímos na risada.

Depois de um tempo, segurei a mão dela.

– Sinto muito pelo que eu fiz, Jill. Eu morreria se soubesse que tinha piorado a sua situação. Não posso prometer ficar de fora, pelo menos não completamente. Você é nossa amiga, Jill, e estamos muito preocupadas com você. Mas dou-lhe a minha palavra... de que não vou mandar ninguém atrás dele. Não sem falar com você primeiro.

– Combinado – concordou Jill.

Ela apertou minha mão.

– Eu sei que vocês se preocupam comigo, Lindsay. E eu realmente amo vocês por isso. Mas deixe que eu resolva isso do meu jeito. E deixe também as algemas em casa na próxima vez.

– Combinado. – Sorri.

Capítulo 44

PARA UM SUÍÇO, GERD PROPP TINHA ADQUIRIDO MUITOS GOSTOS e hábitos americanos. Um deles era a pesca de salmão. No seu quarto do Hotel Governor em Portland, Gerd espalhou animado sobre a cama de casal o novo colete de pesca profissional que acabara de comprar, junto com algumas iscas de última geração e um bicheiro.

O trabalho dele, de economista da OCDE de Genebra, podia ser considerado por alguns árido e entediante, mas proporcionava viagens aos Estados Unidos várias vezes por ano e contato com homens que tinham a mesma paixão pelas espécies de salmão *coho* e *chinook*.

E era para a região deles que Gerd estava indo no dia seguinte, sob o pretexto de terminar seu discurso antes da reunião do G-8 em San Francisco, na próxima semana.

Enfiou os braços no colete de pesca novo em folha e se admirou no espelho. *Realmente pareço um profissional!* Quando arrumou o chapéu e estufou o peito com aquele colete todo cheio de detalhes, Gerd se sentiu muito macho e potente como um protagonista num filme de Hollywood.

Alguém bateu à porta. Devia ser o *concierge*, ele imaginou, porque tinha pedido na recepção que alguém fosse pegar seu terno para passar.

Quando abriu a porta, ficou surpreso de ver um jovem que não usava o uniforme do hotel, e sim uma jaqueta preta de lã e um boné que escondia parte do rosto.

– Herr Propp? – perguntou o rapaz.

– Sim? – Gerd empurrou os óculos para o lugar. – O que é?

Antes de poder dizer qualquer outra coisa, Gerd viu um braço levantado na sua frente. O golpe acertou sua garganta e ele ficou sem ar. Depois foi empurrado de volta para o quarto e derrubado no chão.

Gerd balançou a cabeça para clarear as ideias. Tinha perdido os óculos. Sentiu o sangue escorrer do nariz.

– Meu Deus, o que está acontecendo?

O jovem entrou no quarto e fechou a porta. De repente apareceu em sua mão um objeto metálico e escuro. Gerd ficou paralisado. Sua visão não era muito boa, mas aquilo era inconfundível. O intruso segurava uma arma.

– Você é Gerhard Propp? – perguntou o rapaz. – O principal economista da OCDE em Genebra? Não tente negar.

– Sim – murmurou Gerd. – Mas com que direito você invade meu quarto e...

– Com o direito de cem mil crianças que morrem todo ano na Etiópia – interrompeu o homem – de doenças que podiam ser facilmente evitadas, se as parcelas do pagamento da dívida deles não fossem *seis vezes* a cobertura do sistema nacional de saúde.

– O... o quê? – gaguejou Gerd.

– Pelo direito dos pacientes com AIDS na Tanzânia – continuou o homem – que o governo deixa que apodreçam porque está ocupado demais pagando a dívida na qual você e seus prósperos filhos da puta o enfiaram.

– Sou apenas um economista – disse Gerd.

O que aquele homem pensava que ele fazia?

– Você é Gerhard Propp. Economista chefe da Organização para a Cooperação e Desenvolvimento Econômico, cuja missão é calcular a taxa pela qual os países economicamente privilegiados do mundo expropriam os recursos dos economicamente fracos, para convertê-los no lixo dos ricos. – Ele pegou um travesseiro na cama. – Você é o arquiteto do MAI.

– Você está completamente enganado – disse Gerd, em pânico. – Os acordos trouxeram esses países atrasados para o mundo moderno. Eles criaram mais empregos e mercados para exportação de países que jamais poderiam sonhar em competir.

– Não, você está errado! – berrou o jovem.

Ele ligou a televisão.

– Tudo que trouxe foi ganância, pobreza e exploração. E essa merda da TV.

O canal era o da CNN, passava o resumo das notícias dos negócios internacionais, que parecia bem apropriado. Gerd arregalou os olhos ao ver o intruso ajoelhar ao seu lado enquanto ouvia a voz da TV anunciar que o real brasileiro sofria pressão outra vez.

– O que está fazendo? – perguntou Gerd, com os olhos saltando das órbitas.

– Vou fazer o que mil mulheres grávidas que têm AIDS gostariam de fazer com você, Herr Doutor.

– Por favor – implorou Gerd. – Por favor... você está cometendo um erro muito sério.

O intruso sorriu. Ele deu uma olhada no equipamento que estava em cima da cama.

– Ah, vejo que gosta de pescar. Posso trabalhar com isso.

Capítulo 45

Cheguei para trabalhar às sete e meia da manhã seguinte e me surpreendi ao ver o vice-diretor Molinari ao telefone, sentado à minha mesa. *Alguma coisa* tinha acontecido.

Ele fez sinal para eu fechar a porta. Pelo que pude perceber, estava falando com o pessoal dele no Leste, recebendo informações sobre um caso. Tinha uma pilha de pastas no colo e fazia anotações de vez em quando. Consegui decifrar duas: *9 mm* e *Itinerário*.

– O que está acontecendo? – perguntei quando ele desligou o telefone.

Molinari apontou para a cadeira.

– Houve um assassinato em Portland. Um suíço foi baleado no quarto de hotel em que estava hospedado. Um economista. Ele se preparava para viajar para Vancouver esta manhã, numa excursão de pesca.

Eu não queria parecer esnobe, mas nós já tínhamos dois casos de assassinato na mira da segurança nacional, e os líderes do mundo livre estavam de olho em cada movimento que fazíamos.

– Desculpe, mas isso tem alguma relação conosco? Como? – perguntei.

Molinari abriu uma das pastas que estava segurando, que continha um conjunto de fotos da cena do crime que já havia enviado por fax. Elas exibiam um corpo usando o que parecia ser um colete de pesca, com dois buracos de bala. A camisa dele estava rasgada na frente, e vi algumas letras rabiscadas na pele do peito do homem, *MAI*.

– A vítima era economista, tenente – disse Molinari –, do OCDE. – Ele olhou para mim e deu um sorriso sério. – Isso esclarece tudo.

Quando sentei, meu estômago ficou apertado. *Esclarece imediatamente*. Assassinato número três. Estudei as fotos do crime com mais atenção. Tiros no peito e um golpe de misericórdia na testa. Um grande bicheiro de pescador num saco plástico. As letras arranhadas no peito da vítima. *MAI*.

– Essas letras significam alguma coisa para você?

– Significam – disse Molinari, meneando a cabeça.

Ele se levantou.

– Explico no avião.

Capítulo 46

O "AVIÃO" QUE MOLINARI PROVIDENCIARA PARA NÓS ERA UM Gulfstream G-3 com um símbolo vermelho, branco e azul na fuselagem e as palavras GOVERNO DOS ESTADOS UNIDOS. O vice-diretor estava definitivamente no ponto mais alto da cadeia alimentar.

Era a primeira vez que eu embarcava num jato particular na seção privada do Aeroporto Internacional de San Francisco. Quando fecharam as portas e as turbinas foram ligadas assim que sentamos em nossas poltronas, não pude negar que fiquei excitada.

– Esse é definitivamente o melhor jeito de viajar – disse eu a Molinari.

Ele não discordou de mim.

O voo para Portland durou pouco mais de uma hora. Molinari ficou ao telefone nos primeiros minutos. Quando desligou, eu iniciei a conversa.

Mostrei as fotos do crime.

– Você ia me dizer o que isso significa. MAI?

– O MAI era um acordo comercial secreto – explicou ele –, negociado alguns anos atrás pelos países ricos da OMC. Ele se estendia aos direitos das grandes empresas que às vezes atropelavam os dos governos. Alguns acham que criou uma temporada de caça às economias menores. Foi derrotado em 1998 por uma campanha popular no mundo inteiro, mas me disseram que a OCDE, para a qual Propp trabalhava, estava reformulando esse acordo e queria testar sua aceitação novamente. Adivinha onde?

– Na reunião do G-8 semana que vem?

– É... A propósito. – Ele abriu sua pasta. – Acho que esses aqui podem ser úteis para você.

Ele me entregou pastas que afinal continham as fichas da Inteligência de Seattle que eu tinha pedido. Cada uma delas com o carimbo CONFIDENCIAL, PROPRIEDADE DO FBI.

– Guarde-as bem – disse o vice-diretor, piscando. – Pode ser um pouco embaraçoso para mim se forem parar em outras mãos.

Dei uma olhada rápida nos registros de Seattle. Alguns tinham antecedentes. De tudo, desde perturbação da ordem e resistência à prisão até posse de arma ilegal. Outros pareciam ser apenas estudantes envolvidos com a causa. Robert Alan Rich tinha ficha na Interpol por incitação à violência na reunião do Fórum Econômico Mundial em Gstaad. Terri Ann Gates foi fichada por incêndio criminoso. Um que abandonou os estudos na Reed College, de rosto emaciado e rabo de cavalo, chamado Stephen Hardaway, tinha assaltado um banco em Spokane.

– Bombas detonadas a distância, rícino – disse eu, pensando alto. – A tecnologia é bem avançada. Algum desses é suficientemente ligado para planejar os ataques?

Molinari deu de ombros.

– É possível que algum deles tivesse se juntado a alguma célula terrorista já estabelecida. A tecnologia está à venda. Ou podemos estar lidando com um coelho branco.

– Coelho branco? Como o Jefferson Airplane?

– É o nome que damos para alguém que fica escondido muito tempo. Como o grupo esquerdista Weathermen, dos anos 1960. A maior parte deles se reintegrou à sociedade. Têm família, empregos normais. Mas ainda restam alguns por aí que não desistiram da causa.

A porta da cabine se abriu e o copiloto disse que estávamos começando a descer. Enfiei os arquivos na minha pasta, impressionada com a velocidade com que Molinari tinha acompanhado o meu pedido.

– Quer fazer as últimas perguntas? – Ele quis saber enquanto apertava o cinto de segurança. – Costuma haver um esquadrão de agentes do FBI que gruda em mim quando aterrissamos.

– Só uma. – Sorri. – Como você prefere ser chamado? Vice-diretor parece alguém que administra uma hidrelétrica na Ucrânia.

Ele deu uma risada.

– No campo, em geral "senhor" vem junto com o território. Mas fora do campo, o que normalmente funciona para mim é Joe.

Ele deu um sorriso.

– Isso facilita as coisas para você, tenente?

– Veremos, *senhor*.

Capítulo 47

A ESCOLTA POLICIAL NOS LEVOU RÁPIDA E EFICIENTEMENTE DO aeroporto em Portland para o Hotel Governor, no centro da cidade. O Governor era uma construção antiga e reformada do Oeste, e aquilo era a pior coisa que tinha acontecido ali.

Enquanto Molinari conversava com o diretor da filial regional do FBI, eu me atualizei com Hannah Wood, uma inspetora da Homicídios local, e com o parceiro dela, Rob Stone.

Molinari me deu tempo para ver a cena do crime, decididamente repugnante. Era óbvio que Propp tinha aberto a porta para o criminoso. O economista recebeu três tiros, dois no peito e um que furou a cabeça de um lado a outro, a bala se alojou no chão. Mas Propp também tinha sido cortado diversas vezes, provavelmente com uma faca serrilhada que ainda estava no chão.

– A equipe da cena do crime desencavou isso. – Hannah me mostrou um saco contendo uma bala achatada de 9 mm.

E também nos deram um bicheiro grande numa sacola.

– Impressões digitais? – perguntei.

– Parciais na parte interna da maçaneta. Devem ser do Propp. O consulado da Suíça entrou em contato com a família de Propp lá – disse Hannah. – Ele tinha combinado de jantar com um amigo a noite passada, e depois ia pegar o voo das sete da manhã para Vancouver. Fora isso, nenhuma ligação, ninguém o procurou.

Coloquei as luvas, abri a pasta sobre a cama de Propp e vasculhei seus papéis. Havia alguns livros espalhados pelo quarto, a maior parte com textos acadêmicos.

Fui até o banheiro. A *nécessaire* de Propp estava aberta sobre a pia. Não havia muito mais para investigar. Parecia que não tinham mexido em nada.

– Seria mais fácil se dissesse o que estamos procurando, tenente – disse Stone.

Eu não podia. O nome August Spies ainda não fora divulgado. Concentrei-me nas cópias das fotos da cena do crime que tinham pregado no espelho. Era uma cena feia, horrível. Sangue por toda parte. E aquele aviso: MAI.

Eu pensava que os assassinos estavam fazendo seu dever de casa. Eles queriam um púlpito. E já tinham um. Então, onde é que estava o maldito discurso?

– Ouça, tenente – disse Hannah sem jeito –, não é tão difícil imaginar o que você e o vice-diretor estão fazendo aqui. É aquela coisa horrível que anda acontecendo em San Francisco? Isto tem ligação, não tem?

Antes que eu pudesse responder, Molinari chegou com o agente especial Thompson.

– Já viu o bastante? – perguntou-me ele.

– Se não se opuser, senhor – o homem do FBI sacou um telefone celular –, vou avisar ao departamento antiterrorismo em Quantico que o assassino está agindo.

– Tudo bem, tenente? – perguntou Molinari.

Balancei a cabeça.

– Não. Acho que não deve.

O homem do FBI olhou para mim espantado.

– Quer repetir, tenente?

– Acho que vocês devem esperar. – Dei ênfase a cada palavra. – Não acho que esse assassinato tenha relação com os outros. Agora tenho quase certeza disso.

Capítulo 48

Do jeito que o homem do FBI piscou, sem acreditar no que ouvia, foi como se o quarto no andar de cima tivesse despencado em cima do nosso. Dando-lhe crédito, Molinari não reagiu em sentido nenhum. Parecia pronto para ouvir o que eu tinha a dizer.

– Você sabe como Gerhard Propp ganhava a vida? E por que veio para o país originalmente? – perguntou o agente especial Thompson.

– Sei – respondi.

– E onde ele iria se apresentar na semana que vem?

– Fui informada – disse eu – exatamente como você.

Thompson dirigiu para Molinari um sorriso de superioridade e desdém.

– Então esse é algum *outro* maníaco homicida que por acaso também tem como alvo o G-8?

– É – respondi. – É exatamente isso que eu penso.

Thompson deu uma risada e abriu o celular. Já ia apertar o botão de discagem rápida.

Molinari segurou o braço dele.

– Eu gostaria de ouvir o que a tenente tem a dizer.

– Muito bem... A primeira coisa é que a cena do crime está completamente diferente das outras. Número um, esse criminoso deve ser homem. Isso fica claro pela força usada para derrubar Propp no chão. Mas não é a isso que estou me referindo. É o estado físico do corpo.

"Os dois primeiros assassinatos foram frios." Apontei para a foto da cena do crime pregada no espelho. "Isso é emocional. Pessoal. Olhem só os cortes. O assassino desfigurou o corpo. Ele usou uma pistola *e* uma faca."

– Está dizendo que existe uma diferença entre explodir alguém, derramar soda cáustica na garganta dele e isso? – perguntou Thompson.

– Você alguma vez já apertou o gatilho na sua função, agente especial?

Ele sacudiu os ombros, mas ficou vermelho.

– Não... e daí?

Soltei do espelho a foto do corpo de Propp.

– Você seria capaz de fazer isso?

O homem do FBI hesitou.

– Assassinos diferentes, temperamentos diferentes – interrompeu Molinari. – Esse podia ser um maníaco sádico.

– Tudo bem, mas tem o tempo. A mensagem ontem dizia que haveria um assassinato a cada três dias. A próxima seria no domingo. Então foi cedo demais.

– O mais provável é que o cara estivesse disponível – disse o homem do FBI. – Você não pode querer dizer que está acreditando na palavra de um assassino terrorista?

– Estou querendo dizer *exatamente* isso – afirmei. – Tenho experiência suficiente com assassinos que adotam um padrão para compreendê-los. Eles formam um laço conosco. Se não podemos acreditar na palavra deles, por que acreditaríamos em qualquer recado? Como poderíamos confirmar que se trata do mesmo grupo por trás dos seus atos? Eles precisam da mais completa credibilidade.

Thompson olhou para Molinari pedindo ajuda. Molinari só olhava para mim.

– A palavra ainda é sua, tenente.

– A coisa mais importante – continuei – é que não tem assinatura. As duas matanças em San Francisco tinham assinatura. Ele quer que nós saibamos que é ele. É praticamente impossível não admirar a esperteza. Uma mochila posando como uma segunda bomba deixada fora da casa. O formulário da empresa de Bengosian enfiado na boca dele.

Dei de ombros olhando para Molinari.

– Pode trazer para cá todos os Ph.D., ou os especialistas de medicina legal do FBI, ou o Conselho Nacional de Segurança, que não me importo. O fato é que *eu* fui trazida para cá e estou dizendo que *este aqui não é dele*.

Capítulo 49

– ESTOU PRONTO PARA FAZER AQUELA LIGAÇÃO. – O HOMEM DO FBI olhou para Molinari, ignorando por completo tudo que eu acabava de dizer.

Fiquei furiosa com isso.

– Só quero esclarecer, tenente – disse Molinari, concentrado em mim. – Você acha que há outro assassino, um imitador, operando aqui.

– Pode ser um imitador. Pode ser também uma espécie de grupo dissidente que atua por conta própria, separado do grupo principal. Pode acreditar que eu gostaria de poder dizer que este é o assassinato número três, porque agora estamos com um problema maior ainda.

– Não estou entendendo – admitiu o vice-diretor finalmente.

– Se não é o mesmo assassino – disse eu –, então o terror começou a se espalhar. Acho que foi exatamente isso que aconteceu.

Molinari meneou a cabeça lentamente e disse:

– Vou recomendar ao Bureau, agente Thompson, para tratar esses casos como atos independentes. Pelo menos por enquanto.

O agente Thompson suspirou.

– Nesse meio-tempo, ainda temos um assassinato para resolver. O homem aqui está morto – retrucou o vice-diretor.

Ele olhou em volta do quarto e acabou parando em Thompson.

– Alguém tem algum problema em relação a isso?

– Não, senhor – disse Thompson, guardando o celular no bolso do paletó de novo.

Fiquei atônita. Molinari tinha me apoiado. Até Hannah Wood olhava de esguelha para ele.

Passamos o resto do dia no escritório regional do FBI em Portland. Entrevistamos a pessoa que Propp iria encontrar em

Vancouver e seu amigo economista de Portland. Molinari também me pôs a par de duas ligações para investigadores experientes na sede dele em Washington D.C. que confirmavam minha teoria de que aquele era um crime de imitação e que o terror podia estar se espalhando.

Por volta das cinco horas, compreendi que não podia ficar ali muito tempo. Havia dois casos bastante importantes que precisavam da minha atenção em casa. Brenda informou que havia um voo da Southwest de volta para San Francisco às seis e meia.

Bati no cubículo cinza forrado de tapete que Molinari usava como escritório.

– Se não precisa mais de mim aqui, vou voltar para casa. Foi divertido ser "fed por um dia".

Molinari sorriu.

– Olha, eu esperava que você ficasse mais umas duas horas. Jante comigo.

Ali de pé na frente dele, fiz o possível para fingir que não me importava de ouvir aquelas palavras, mas, apesar da minha regra geral sobre os federais, fiquei curiosa. Quem não ficaria?

Porém, alguns motivos para não ficar também despontaram na minha cabeça. Como os casos de assassinato na minha lista. E o fato de que Molinari era a segunda pessoa mais poderosa do lado da lei no país. A menos que estivesse interpretando mal o pequeno formigamento que borbulhava subindo pela minha espinha, derrubar a velha muralha chinesa no meio de uma investigação de assassinato superbadalada não era exatamente muito protocolar.

– Tem um voo às onze para San Francisco – disse Molinari. – Prometo que a levo para o aeroporto bem antes. Vamos lá, Lindsay.

Eu hesitei mais uma vez e ele se levantou.

– Ora, se não confia na segurança nacional, em quem poderá confiar?

– Com duas condições – disse eu.

– Tudo bem – disse o vice-diretor. – Se eu puder atender.

– Frutos do mar – disse eu.

Molinari exibiu um sorriso.
– Acho que conheço o lugar perfeito...
– E nada de agentes do FBI.
Molinari jogou a cabeça para trás, dando risada.
– Essa é a única coisa que eu posso garantir com toda a certeza.

Capítulo 50

"O LUGAR PERFEITO" ERA UM CAFÉ CHAMADO CATCH, NA RUA Vine, parecida com a rua Union em San Francisco, repleta de restaurantes da moda e butiques bonitas. O maître nos levou para uma mesa reservada bem no fundo.

Molinari perguntou se podia se encarregar do vinho, e pediu um Pinot noir do Oregon. Disse ser um "gourmet enrustido" e que o que mais sentia falta de uma vida normal era simplesmente ficar em casa, zanzando pela cozinha.

– E eu devo acreditar nisso? – Dei um largo sorriso.

Ele riu alto.

– Achei que valia tentar.

Quando o vinho chegou, eu ergui minha taça.

– Obrigada. Por me apoiar hoje.

– Não tem nada que agradecer. Achei que tinha razão.

Fizemos os pedidos e depois conversamos sobre tudo, menos sobre trabalho. Ele gostava de esportes, o que para mim estava bom, mas também de música, história, filmes antigos. Percebi que eu ouvia e dava risada, que o tempo passava tranquilamente e que, por alguns instantes, todo aquele horror ficou a milhões de quilômetros de distância.

Por fim, ele mencionou uma ex-mulher e uma filha, em Nova York.

– Pensei que todo o pessoal no nível da diretoria precisasse ter uma mulherzinha em casa – disse eu.

– Ficamos casados quinze anos, estamos divorciados há quatro. Isabel ficou em Nova York quando comecei a trabalhar em Washington. No início, era apenas uma missão. De qualquer forma – sorriu com tristeza –, como acontece com muitas coisas, eu teria feito diferente se pudesse. E quanto a você, Lindsay?

– Fui casada uma vez – respondi.

E então me vi contando "minha história" para Molinari. Como casei assim que terminei os estudos e me divorciei três anos depois. Culpa dele? Minha culpa? Que diferença fazia?

– Estive com alguém outra vez dois anos atrás... Mas não deu certo.

– Essas coisas acontecem – disse ele suspirando –, e talvez seja melhor assim.

– Não – disse eu. – Ele morreu. Na polícia.

– Ah – disse Molinari.

Eu sabia que estava meio constrangido. Então ele fez uma coisa adorável. Simplesmente botou a mão sobre o meu braço, nada de mais, nada inoportuno, e apertou de leve. Depois tirou a mão.

– A verdade é que não tenho saído muito ultimamente – disse e olhei para ele.

Para tentar levantar o astral, dei uma risadinha.

– Este foi o melhor convite que recebi em muito tempo.

– Para mim também está sendo muito bom. – Sorriu Molinari.

De repente o celular dele tocou. Ele tirou do bolso.

– Desculpe...

Quem ligou parece que falava o tempo todo.

– Claro, claro, senhor... – repetia Molinari.

Até o vice-diretor tinha um chefe. E então ele disse:

– Eu compreendo. Vou informar assim que tiver alguma coisa. Sim, senhor. Muito obrigado.

Ele guardou o telefone no bolso outra vez.

– Washington... – Ele se desculpou.

– Washington como o *diretor* da Segurança Nacional?

Eu ficava um pouco excitada ao ver Molinari fazendo parte do plano mais alto da hierarquia.

– Não. – Ele balançou a cabeça e comeu mais um pedaço de peixe. – Washington como a Casa Branca. Era o vice-presidente dos Estados Unidos. Ele vem para cá, para o G-8.

Capítulo 51

Eu posso ficar deslumbrada.

– Se eu não fosse tenente da Homicídios – disse –, até acreditaria. O vice-presidente acabou de ligar para você?

– Posso apertar *69 e mostrar para você – disse Molinari. – Só que é importante que confiemos mais um no outro.

– É isso que estamos fazendo esta noite? – perguntei e sorri, apesar de não querer.

O que quer que estivesse começando a acontecer estava fazendo com que aquelas bolinhas que batiam dentro de mim agora se agitassem em volta das minhas costelas como a bateria em "Sunshine of Your Love". Eu tinha consciência de que havia uma fina camada de suor na linha do meu cabelo. Meu suéter tinha começado a pinicar. Molinari me fazia lembrar do Chris.

– Espero que estejamos começando a confiar um no outro – respondeu ele finalmente. – Vamos deixar assim por enquanto, Lindsay.

– Sim, senhor – disse eu.

Ele pagou a conta e depois me ajudou a vestir o casaco. Encostei no braço dele e... bem, foi como uma descarga elétrica. Olhei para o meu relógio e vi que eram nove e meia. Quarenta minutos até o aeroporto para pegar aquele voo para casa.

Fomos caminhando um ou dois quarteirões pela rua Vine. Eu não estava prestando muita atenção nas lojas. Fazia um pouco de frio aquela noite, mas era agradável. O que eu estava fazendo ali? O que nós dois estávamos fazendo?

– Lindsay. – Ele finalmente parou e me encarou. – Eu não quero dizer a coisa errada...

Eu não tinha certeza do que queria ouvir dele em seguida.

– Meu motorista está na esquina, se quiser... Mas tem sempre o voo das seis da manhã.

– Olha...

Eu queria tocar no braço dele, mas não toquei. Nem sei direito por quê.

– Joe – disse ele.

– Joe. – Sorri. – Era a isso que você se referia quando falou de estar fora do campo?

Ele pegou minha mala e disse:

– Estava só pensando que seria uma pena desperdiçar uma ótima troca de roupa.

Eu confio nele, era o que eu estava pensando. Tudo em Joe Molinari inspirava confiança. E decididamente gostava dele. Mas ainda não tinha certeza se aquilo era uma boa ideia, e isso era tudo que eu precisava saber naquele momento.

– Acho que vou dar a impressão de que sou um pouco mais difícil do que realmente sou – mordi o lábio – e pegar aquele avião das onze.

– Eu compreendo... – Ele fez que sim com a cabeça. – Não parece certo para você.

– Não é que não pareça certo. – Toquei na mão dele. – É só que não votei no seu governo...

Molinari deu risada.

– Mas só para constar, você não disse a coisa errada – completei.

Isso também fez Molinari sorrir.

– Está ficando tarde – disse ele. – Tenho de tratar de algumas coisas por aqui. Vejo você em breve.

Molinari acenou para o carro dele na esquina. O Lincoln preto se aproximou. O motorista desceu e abriu a porta para mim. Ainda sem ter certeza de que estava fazendo a coisa certa, entrei no carro.

De repente me lembrei de uma coisa e abri a janela.

– Ei, eu nem sei qual é o meu voo.

– Está tudo certo – disse Molinari.

Ele acenou e deu um tapinha na lateral. O carro começou a andar.

Quando chegamos à via expressa, fechei os olhos e relembrei o dia, especialmente o jantar com Molinari. Depois de um tempo, o motorista disse:

– Chegamos, madame.

Olhei lá para fora e vi que estávamos em alguma parte remota do campo de pouso. Sim, eu fico deslumbrada. À minha espera na pista estava o jato Gulfstream G-3 que tinha me levado para lá aquela manhã.

Capítulo 52

JILL TINHA PLANEJADO TUDO. E NA CABEÇA DELA, ESTAVA INDO BEM.

Chegou em casa mais cedo e preparou um dos pratos preferidos de Steve, *coq au vin*. Na verdade, fora meia dúzia de receitas de ovos, era a única coisa que sabia cozinhar... ou que ao menos tinha segurança para fazer.

Talvez naquela noite os dois pudessem conversar e resolver alguma coisa. Uma amiga tinha dado o nome de uma terapeuta, e dessa vez Steve prometeu que ia.

Pôs legumes para cozinhar e ia acrescentar o vinho quando Steve chegou. Mas ao subir a escada, ele parecia que olhava através dela.

– Olhe só para nós. Dá até para pensar que somos uma propaganda de felicidade doméstica.

– Estou tentando – disse Jill.

Ela usava uma calça jeans, camiseta cor-de-rosa com decote em V, e tinha deixado o cabelo solto, do jeito que ele gostava.

– Só tem uma coisa errada – disse Steve, largando o jornal. – Eu vou sair.

Jill sentiu um aperto no peito.

– Por quê? Olhe para mim, Steve. Eu tive um trabalhão.

– Frank precisa que eu revise uma proposta.

Steve pegou um pêssego no cesto de frutas. Uma parte dele estava praticamente tripudiando, achando graça de ter arruinado a noite.

– Você não pode tratar disso com Frank no escritório amanhã? Eu disse que queria conversar com você. Você disse que tudo bem. Fiz toda essa comida.

Ele deu uma mordida no pêssego e riu.

– Você chega uma noite antes das oito e inventa de fazer o papel de Alice em *The Brady Bunch*, e sou *eu* que estou estragando o roteiro?

– Não é um roteiro, Steve.

– Você quer conversar – ele chupou outra mordida do pêssego –, então vá em frente. Caso tenha esquecido, ainda são meus cheques que estão pagando esses Manolo Blahniks. Com o mercado do jeito que anda hoje em dia, a única coisa mais em falta do que a Rainha do Gelo com vontade de fazer sexo é um acordo promissor. Nessas circunstâncias, eu vou aceitar o acordo.

– Isso foi muito cruel. – Jill olhou furiosa para ele.

Mas estava decidida a ser firme.

– Eu estava querendo fazer uma coisa boa.

– Está boa. – Steve deu de ombros e mordeu de novo o pêssego. – E se você se apressar, ainda consegue pegar uma daquelas suas amigas para compartilhar esse momento especial com você.

Ela se viu refletida na janela e de repente se sentiu ridícula.

– Você é um filho da mãe. Inacreditável.

– Ai... – gemeu Steve.

Jill jogou a espátula e espalhou gordura sobre a bancada da cozinha.

– Essa é uma pedra de granito de cinco mil dólares que você está redecorando aí – disse Steve.

– Vai à merda! – gritou Jill, e seus olhos começaram a se encher de lágrimas. – Olha o que estou tentando fazer para você.

Estava tudo desmoronando. Aliás, ao que ela estava tentando se agarrar?

– Você me humilha. Você me critica. Faz com que me sinta uma bosta. Se quer sair por aquela porta, então vá... Saia da minha vida. Todo mundo acha mesmo que sou louca de querer manter esse casamento.

– *Todo mundo...*

Jill viu o veneno no olhar dele, a mudança repentina. Ele a agarrou pelo braço e apertou com força, derrubou Jill no chão.

– Você está deixando aquelas vadias controlarem a sua vida. Sou *eu* que controlo a sua vida. Sou *eu*, Jill...

Jill engoliu mais lágrimas.

– Você enlouqueceu, Steve. Acabou!

– Acabou quando eu disser que acabou – disse ele bem perto do rosto dela. – Quando eu tornar sua vida tão insuportável que você me implore para partir. E eu vou, Jill. Mas até lá, é assim que vai ser. Ainda não *acabou*, amorzinho... As coisas só estão começando a esquentar.

– Saia! – disse ela, e se soltou dele.

Ele cerrou o punho, mas Jill não se encolheu. Não dessa vez. Nem piscou. Steve moveu-se muito rápido, como se fosse desfechar o golpe, e Jill se manteve firme.

– Saia, Steve – sibilou ela novamente.

Foi como se o sangue desaparecesse do rosto de Steve.

– Será um prazer – disse ele, recuando.

Ele pegou outro pêssego do cesto e esfregou na camisa. Deu uma última risadinha zombeteira olhando para a bagunça no fogão.

– Não esqueça de guardar a sobra.

Assim que ouviu a porta bater lá embaixo, Jill desatou a chorar. Pronto! Não sabia se ligava para Claire, ou para Lindsay. Mas tinha de fazer uma coisa primeiro. Tirou as Páginas Amarelas de um armário da cozinha e folheou até encontrar o número, que discou freneticamente.

Sua mão tremia, mas dessa vez não tinha volta. *Atenda... alguém... por favor!*

– Graças a Deus – disse ela quando uma voz finalmente atendeu.

– Serralheiros Safe-More.

– Vocês atendem emergências? – perguntou Jill, determinação misturada com lágrimas. – Preciso que alguém venha aqui agora.

Capítulo 53

A LUZINHA DE RECADOS ESTAVA PISCANDO.

Já passava de uma hora da madrugada quando eu finalmente cheguei ao meu apartamento.

Joguei meu terninho sobre uma cadeira e tirei o suéter. Apertei o botão PLAYBACK da secretária eletrônica.

> 5:28. Jamie, veterinária da Martha. Pode vir pegá-la de manhã.
>
> 7:05. Jacobi, só para saber se tinha voltado.
>
> 7:16. Jill. Um tremor de nervoso na voz. Preciso falar com você, Lindsay. Tentei ligar para o seu celular, mas ninguém atendeu. Ligue para mim assim que chegar em casa.
>
> 11:15. Jill outra vez. Lindsay? Ligue assim que chegar em casa. Estou acordada.

Alguma coisa tinha acontecido. Digitei o número dela e ela atendeu no segundo toque.

– Sou eu. Estava em Portland. Está tudo bem?

– Eu não sei – disse ela e fez uma pausa. – Expulsei Steve de casa esta noite.

Quase deixei o telefone cair no chão.

– Você fez isso mesmo?

– Dessa vez é para valer. Acabou, Lindsay.

– Oh, Jill...

Pensei nela passando por isso a noite inteira, esperando eu voltar para casa.

– O que ele fez?

– Não quero falar disso agora – disse –, só que não vai mais acontecer. Eu o pus para fora, Lindsay. Troquei as fechaduras.

– Você o trancou do lado de fora? Uau! E onde é que ele está agora?

Jill riu e tossiu.

– Não faço a menor ideia. Ele saiu por volta da sete da noite e quando voltou, mais ou menos às onze e meia, ouvi ele socar a porta. Teriam valido os últimos dez anos de babaquices dele só para ver sua expressão quando a chave não funcionou. Ele deve aparecer amanhã para pegar as coisas dele.

– Você está sozinha? Chamou alguém?

– Não – respondeu ela. – Estava esperando para falar com você. Minha parceira.

– Eu vou para aí – disse.

– Não. Acabei de tomar um comprimido. Quero dormir. Preciso ir para o tribunal amanhã.

– Estou orgulhosa de você, Jilly.

– Estou orgulhosa de mim mesma também. Você não vai se importar se eu precisar que segure minha mão nas próximas semanas?

– Não existe mão que eu queira segurar mais do que a sua. Estou lhe dando um grande abraço, querida. Trate de dormir. E lá vai um conselho de policial: mantenha essa porta trancada.

Desliguei o telefone. Eram quase duas horas da madrugada, mas nem me importei. Queria ligar para Claire ou Cindy e dar a notícia.

Jill finalmente deu um pé na bunda do babaca!

Capítulo 54

– EI, TENENTE! – GRITOU CAPPY THOMAS QUANDO CHEGUEI NA manhã seguinte. – Leeza Gibbons está na linha. Da *Entertainment Tonight*? Quer saber se você está livre para o almoço.

Eu tinha cometido o erro de ligar do avião para Jacobi, na noite passada, e talvez tenha dado detalhes demais sobre o dia. Ouvi alguns cochichos na sala.

Levei água fervendo para a minha mesa. Uma luz piscava no meu telefone. Apertei a luz.

– Olha, tenente – era a voz de Jacobi –, a patroa e eu estamos pensando em ir para a Grande Ilha em julho. Existe alguma chance de você faltar à reunião do G-3?

Desliguei aquela linha e mexi um saquinho de chá Red Zinger na caneca.

– Ei, tenente, *telefone*! – berrou Cappy de novo.

Dessa vez atendi e disse irritada:

– Olha, eu não dormi com ele, não pedi o jatinho e enquanto vocês, palhaços, coçavam o saco aqui, eu adiantei o caso de homicídio.

– Acho que isso tem de servir de atualização. – Riu Cindy.

– Ó, meu Deus...

Abaixei a cabeça para o sangue descer do meu rosto.

– Acredite ou não, não liguei para te provocar. Tenho novidades.

– E eu também tenho novidades – disse, pensando em Jill. – A sua primeiro.

O tom de voz de Cindy era urgente, por isso não achei que estava falando de Jill.

– O seu fax deve tocar a qualquer momento.

Nesse exato momento Brenda bateu à janela da minha sala e me entregou o fax de Cindy.

Outro e-mail.

– Isso estava no meu computador quando cheguei para trabalhar hoje de manhã – disse Cindy.

Despenquei na realidade de novo. Dessa vez o endereço de envio era MarionDelgado@ hotmail.com.

Era um recado de uma linha só: *Não fomos nós em Portland.*

E estava assinado, *August Spies*.

Capítulo 55

– TENHO DE LEVAR ISSO LÁ PARA CIMA – DISSE, PULANDO DA cadeira e quase arrancando o fone da parede.

Estava na metade do caminho para a sala de Tracchio quando lembrei que tinha esquecido de contar para Cindy o que Jill tinha feito. As coisas estavam acontecendo rápido demais.

– Ele está de portas fechadas – avisou a secretária dele. – É melhor esperar.

– Isso não pode esperar – disse eu, e abri a porta.

Tracchio estava acostumado com as minhas invasões.

Ele estava de frente para mim, sentado à sua mesa de reunião. Ladeado por dois homens, esses de costas para mim. Um era Tom Roach, o adido local do FBI.

Quase caí dura quando vi que o segundo era Molinari.

Foi como se tivesse trombado num muro, eu quiquei e vibrei como nos desenhos animados do Papa-léguas.

– Bem na hora, tenente – disse Molinari, levantando.

– É, foi o que disse. Pensei que tinha assuntos urgentes em Portland.

– E tinha. Já cuidei deles. E temos que pegar um assassino aqui, não temos?

– Nós já íamos chamá-la, Lindsay. O vice-diretor me contou que você lidou muito bem com a situação lá em Portland.

– A qual situação ele estava se referindo? – Olhei rapidamente para Molinari.

– O homicídio de Propp, é claro. – Ele indicou que eu sentasse. – Molinari disse que você ajudou muito explicando a sua teoria dos crimes.

– Muito bem. – Entreguei o e-mail de Cindy para Tracchio. – Então deve *adorar* isso.

Tracchio examinou a folha. Passou para Molinari.

– Isso foi enviado para a mesma repórter do *Chronicle*? – perguntou ele.

– Parece que eles têm uma sala de bate-papo funcionando – respondeu Molinari enquanto lia. – Podemos tornar isso produtivo. – Ele enrugou os lábios. – Eu estava justamente perguntando para o chefe se você podia trabalhar diretamente conosco. Precisamos de ajuda aqui na base. Vou precisar de uma sala para trabalhar. Quero estar bem no olho do furacão, tenente. Na sala da sua equipe, se for possível. Trabalho melhor assim.

Olhamos olho no olho um do outro. Eu sabia que não estávamos brincando. Era uma questão de segurança nacional.

– Vamos encontrar uma sala para o senhor. No olho do furacão.

Capítulo 56

MOLINARI ESTAVA À MINHA ESPERA NO CORREDOR E ASSIM QUE Roach entrou no elevador, virei para ele com ar de reprovação.

– *Bem na hora*, é?

Ele me seguiu pela escada até a minha sala.

– Olha, eu tive de tranquilizar o FBI de lá. Há sempre muita política, você sabe disso.

– De qualquer modo, ainda bem que está aqui – disse eu, segurando a porta da escada para ele.

Soltei a porta e continuei.

– Não tive chance de agradecer pela carona. Então, obrigada.

Coloquei Molinari junto com a equipe, esvaziei uma sala pequena para ele trabalhar. Ele me contou que tinha recusado outra mais adequada e privada no quinto andar, ao lado do chefe.

E isso provou não ser tão ruim, ter o Departamento Nacional de Segurança trabalhando de mãos dadas conosco, embora Jacobi e Cappy olhassem para mim como se eu tivesse me passado para o lado do inimigo. Em duas horas, Molinari já tinha rastreado a origem do último e-mail. Um cybercafé chamado KGB Bar em Hayward, frequentado pelos estudantes do outro lado da baía.

E também quem era Marion Delgado, o endereço do Hotmail nesse último e-mail.

Molinari pôs uma folha de fax dos computadores do FBI em cima da minha mesa. Era uma antiga história do noticiário, com uma foto granulada de um garoto sorridente, com dentes separados, de casaco de trabalhador do campo, segurando um tijolo.

– Marion Delgado. Tinha cinco anos de idade em 1967 e descarrilou um trem de carga na Itália, jogando um tijolo nos trilhos.

– Você tem algum motivo para achar que isso é importante para a investigação? – perguntei.

– Marion Delgado virou grito de guerra para os revolucionários dos anos 1960 – disse Molinari. – Um garoto de cinco anos que se revoltou e fez um trem parar. O nome dele se transformou num código para driblar a polícia. O FBI estava grampeando telefones feito louco, querendo se infiltrar no grupo Weathermen. E guardaram centenas de mensagens de Marion Delgado.

– Você está dizendo que um dos antigos Weathermen está por trás dessa loucura atual?

– Não faria mal nenhum pegar os nomes dos membros conhecidos daquela época, que não foram presos.

– Essa é uma boa ideia – disse eu enquanto abria a gaveta e pegava minha arma. – Nesse meio-tempo, você quer vir junto comigo, dar uma espiada no KGB Bar?

Capítulo 57

NA LONGA TRADIÇÃO DOS REDUTOS DA CONTRACULTURA, ONDE a entrada de um policial era tão bem recebida quanto a de um recrutador do Sindicato de Liberdades Civis Americanas numa convenção dos *skinheads*, o KGB nivelava por baixo. Tinha filas estreitas de mesas de pinho lascadas com rebeldes curvados diante de telas de computador. E mais uma mistura de desclassificados fumando, sentados no bar. Logo de cara, nada mais chamou minha atenção.

– Tem certeza de que quer fazer isso? – perguntei baixinho para Molinari. – Será difícil explicar se arrebentarem a sua cara aqui dentro.

– Eu era promotor quando morava em Nova York – disse Molinari, entrando no bar. – Adoro essa merda.

Fui até o atendente do bar, um homem magricelo com cara de rato de camiseta sem manga, com os dois braços cobertos de tatuagens e um rabo de cavalo muito comprido. Depois de cerca de quinze segundos sendo ignorada, eu me inclinei sobre o balcão e consegui fazer com que ele olhasse para mim.

– Estávamos passando por aqui e fiquei imaginando se alguém gostaria de contribuir para a nossa missão humanitária no Chade.

Não consegui arrancar dele nem um meio sorriso. Ele serviu uma cerveja para um negro que usava um gorro africano, sentado a dois banquinhos de distância.

– Tudo bem, somos policiais. – Mostrei meu distintivo. – Você me desmascarou.

– Desculpe, mas somos um clube privado – disse o barman. – Vocês precisam ter a carteira de sócio.

– Ei, igualzinho a Costco – disse eu, olhando para Molinari.

– É, igual a Costco – repetiu o barman, com um sorriso largo.

Molinari chegou para a frente e agarrou o rabo de cavalo quando o rapaz foi servir uma cerveja. Botou na cara dele o distintivo prateado que tinha escrito DEPARTAMENTO NACIONAL DE SEGURANÇA.

– Quero que você ouça isso com muita atenção. Pego meu celular e em dez segundos uma equipe de agentes federais invade essa joça e desmonta esse lugar em pedacinhos. Só de olhar em volta, vejo que vocês devem ter aqui de quinze a vinte mil dólares em computadores, e você sabe como esses brutamontes da polícia são desajeitados quando estão procurando provas. Por isso temos de fazer algumas perguntas.

Rabo de cavalo olhou furioso para ele.

– O que você acha, Six-pack? – disse o negro de gorro africano. – Nessas circunstâncias, acho que podemos dispensar as exigências do clube dessa vez.

Ele virou e olhou para nós com um sorriso alegre embaixo do gorro e disse, com um forte sotaque britânico:

– Amir Kamor. Six-pack estava apenas expressando seu desejo de manter o alto nível habitual da clientela daqui. Não é necessário fazer ameaças radicais. E por favor, posso convidá-los a virem até a minha sala?

– *Six-pack?* – Olhei para o barman e rolei os olhos nas órbitas. – Muito criativo.

Nos fundos do bar havia um cubículo apertado onde mal cabia uma mesa. As paredes eram cobertas de cartazes e avisos de eventos, dos ativistas, de manifestações pelos pobres, Timor Leste Livre, AIDS na África.

Dei meu cartão da Homicídios para Amir Kamor e ele balançou a cabeça como se estivesse impressionado.

– Vocês disseram que querem fazer algumas perguntas.

– Estava aqui a noite passada, sr. Kamor? – perguntei. – Por volta das dez horas?

– Estou aqui todas as noites, tenente. A senhora conhece o negócio de comida e bebida. É sempre uma questão de saber em que mãos está a caixa registradora.

– Foi enviado um e-mail daqui a noite passada, às dez horas e três minutos.

– São enviadas mensagens daqui todas as noites. As pessoas nos usam como fonte para divulgar ideias. É o que fazemos aqui. Divulgamos ideias.

– Tem como determinar quem esteve aqui? Tinha alguém fora do comum?

– Qualquer pessoa que entra nesse lugar é fora do comum. – Kamor sorriu, mas ninguém riu da piada. – Às dez horas... A casa estava cheia. Talvez ajude se me disserem quem estão procurando, ou o que ele, ou ela, fez.

Tirei a foto de Wendy Raymore e os desenhos da mulher que tinha acompanhado George Bengosian. Kamor estudou tudo, com a testa larga franzida. Depois deu um suspiro profundo.

– Posso ter visto essas duas nos últimos anos, mas também posso não ter visto nunca. Nossos fregueses costumam aparecer e desaparecer.

– Está bem, e que tal essas?

Mudei de marcha e saquei as fotos do FBI de Seattle. Ele examinou uma por uma e continuou balançando a cabeça.

Então notei que ele olhou duas vezes para uma e piscou.

– Reconheceu alguém...

– Só pensei – disse ele, balançando a cabeça. – Mas acho que não. Sinceramente.

– Não. O senhor reconheceu um rosto. Quem foi?

Eu arrumei as fotos de novo na mesa dele.

– Quer refrescar minha memória, madame tenente? – disse Kamor, levantando a cabeça. – Por que vou querer ajudar a polícia nisso? O seu Estado é um dos que foram criados sobre corrupção e ganância. Como mantenedores da sua constituição, vocês fazem parte desses alicerces.

– Acho que sempre pode contar com *isso* – disse Molinari.

Ele chegou o rosto bem perto do espantado Kamor.

– Na realidade, eu não dou a mínima para o que vocês fazem ou deixam de fazer por aqui, mas deviam saber sob qual lei da segurança nacional esses crimes serão julgados. Não estamos falando de obstrução de provas, sr. Kamor. Estamos falando aqui de traição e de conspiração para cometer crimes de terror. Dê uma espiada nas fotos mais uma vez, por favor.

– Pode acreditar em mim, sr. Kamor – disse, olhando nos olhos dele. – Não vai querer estar por perto quando vierem atrás disso.

As veias no pescoço do dono do café começaram a latejar. Ele abaixou a cabeça e examinou as fotos de novo.

– Pode ser... Eu não sei... – resmungou ele.

Depois de hesitar um pouco, apontou para uma.

– Ele está diferente agora. O cabelo está mais curto, não parece mais um hippie. Usa barba. Ele esteve aqui.

Stephen Hardaway. Também conhecido como Morgan Bloom. Também conhecido como Mal Caldwell.

– Ele é frequentador assíduo? Onde podemos encontrá-lo? Isso é muito importante.

– Eu não sei. – Kamor balançou a cabeça. – Essa é a verdade. Lembro dele, de tê-lo visto uma ou duas vezes, muito tempo atrás. Acho que veio de algum lugar ao norte.

– E tem mais uma coisa... – Kamor engoliu em seco. – Vocês vão lembrar disso na próxima vez que entrarem aqui e me ameaçarem com a privação dos meus direitos.

Ele empurrou outra foto na nossa direção. Outro rosto que conhecia.

– Essa eu vi aqui ontem à noite.

Estávamos olhando para Wendy Raymore, a babá.

Capítulo 58

Estávamos no carro havia menos de cinco segundos e eu encostava as palmas das mãos nas de Molinari numa saudação animadíssima. Vice-diretor ou não, ele tinha se comportado muito bem.

– Aquilo foi muito bom, Molinari.

Eu mal consegui controlar meu sorriso.

– *E você sabe como esses brutamontes da polícia são desajeitados quando estão procurando provas...*

Ficamos nos olhando longamente e de repente senti aquele nervosismo e aquela atração outra vez. Engatei a marcha.

– Não sei o que deve acontecer com os seus contatos – disse –, mas acho melhor começar anunciando isso.

Molinari usou a discagem rápida para falar com o escritório e passar o nome de Hardaway e os pseudônimos. Obtivemos pronta reação. Os arquivos de Seattle detalharam o passado criminal. Posse e roubo de armas, roubo a banco. Na manhã seguinte, saberíamos tudo sobre ele.

E então me dei conta de que não tinha recebido notícias de Jill.

– Preciso fazer uma ligação – disse para Molinari, e disquei o número do celular dela.

Atendeu a voz do correio eletrônico.

– Oi, aqui é a promotora pública Jill Bernhardt...

Droga, Jill costumava manter o celular sempre ligado. Mas lembrei que ela disse que teria um dia muito atarefado no tribunal.

– Sou eu, Lindsay. São duas horas da tarde. Onde você está?

Pensei em falar mais, mas não tinha privacidade para isso.

– Ligue para mim. Quero saber como você está.

– Algum problema? – perguntou Molinari quando desliguei.

Balancei a cabeça.

– É uma amiga... Ela expulsou o marido de casa ontem à noite. Devemos nos encontrar para conversar. É que o cara se revelou um autêntico crápula.

– Então ela tem sorte – disse Molinari – de ter uma amiga na polícia.

Eu me diverti com a ideia. Jill com sorte por ter uma amiga policial... Pensei em ligar para o escritório dela, mas achei que ia retornar minha ligação assim que ligasse o celular.

– Pode estar certo de que ela sabe se cuidar.

Entramos na rampa para a Bay Bridge. Nem tive de usar a luz no teto do carro, porque quase não havia trânsito para o centro.

– Navegação tranquila. Pegamos uma calmaria. Finalmente.

– Ouça, Lindsay... – Molinari virou para mim e mudou o tom de voz. – O que acha de jantar comigo hoje?

– Jantar?

Pensei um segundo e virei para ele.

– Acho que nós dois sabemos que pode não ser a melhor ideia.

Molinari fez que sim com a cabeça, resignado, como se tivesse falado sem querer.

– Mesmo assim, nós dois precisamos comer... – Ele sorriu.

Segurando o volante, senti que começava a suar nas palmas das mãos. Havia vários motivos para aquilo ser errado. Mas diabos, também tínhamos uma vida fora da polícia.

Olhei para Molinari e sorri.

– Nós temos de comer.

Capítulo 59

O ÚLTIMO E-MAIL DEIXOU CINDY ESPANTADÍSSIMA. PARA VARIAR, ela estava dentro da história, não apenas escrevendo.

E ficou também meio assustada. E quem poderia condená-la por isso, com tudo que estava acontecendo? Mas, pela primeira vez em sua carreira, também achou que realmente colaborava. Daí aquela emoção toda. Ela respirou bem fundo e encarou a tela do seu monitor.

Não fomos nós em Portland, dizia a mensagem.

Mas por que negar a autoria do crime? Por que a negação de apenas cinco palavras e mais nada?

Para se separar dos outros. Para distinguir a cruzada deles de um assassino de imitação. Isso parecia óbvio.

Mas o nó que sentia no estômago dizia que talvez houvesse algo mais.

E talvez ela estivesse exagerando. Mas e se – escapando do raciocínio tradicional – o que estavam transmitindo não fosse uma negação, fosse outra coisa. Consciência.

Não, isso é loucura, pensou Cindy. Essas pessoas tinham explodido a casa de Morton Lightower com a mulher e a filha dele dentro. Tinham derramado um veneno horrível na garganta de Bengosian. Só que acabaram poupando a pequena Caitlin.

Havia mais alguma coisa... Cindy suspeitava que a pessoa que escrevia os e-mails pudesse ser uma mulher. Ela escreveu "que escravizou nossas irmãs". E escolheu escrever para ela. Havia muitos outros repórteres na cidade. Por que ela?

Cindy estava pensando que, se houvesse um pouco de humanidade nessa pessoa, talvez pudesse mobilizá-la. Quem sabe não podia apelar para isso? Para que ela revelasse alguma coisa. Um nome, um lugar. Podia ser a babá escrevendo, e talvez ela tivesse um coração.

Cindy estalou os dedos e inclinou-se sobre o teclado. Lá vai... Ela digitou:

> Diga, por que estão fazendo essas coisas? Acho que você é uma mulher. É? Existem formas melhores de atingir seus objetivos, em vez de matar pessoas que o mundo considera inocentes. Vocês podem me usar. Posso dar o seu recado. Por favor... Eu disse que estava escutando. E estou... Usem-me. Por favor... Não matem mais.

Cindy releu a mensagem. Era difícil que funcionasse. Era mais que difícil, quase impossível.

E ainda examinando sua resposta, pensou que se a enviasse ia realmente entrar na história, sua vida inteira ia mudar.

Sayonara, sussurrou para sua vida antiga, aquela em que ficava passivamente observando e escrevendo. Clicou em ENVIAR.

Capítulo 60

Foi difícil trabalhar pelo resto do dia. Tive uma reunião de uma hora com Tracchio e pedi para Jacobi e Cappy percorrerem os bares em volta de Berkeley com a fotografia de Hardaway. De vez em quando sentia minha mente viajando e o coração batendo um pouco mais depressa quando pensava naquela noite. Mas como Joe Molinari tinha dito, precisávamos comer.

Mais tarde, no chuveiro de casa, sentindo o cheiro limpo de lavanda enquanto lavava a sujeira do dia, um sorriso culpado se espalhou pelo meu rosto. *Aqui estou eu, com uma taça de Sancerre na prateleira e minha pele formigando como a de uma menina que vai sair com o primeiro namorado.*

Eu me apressei arrumando um pouco a casa. Ordenei a estante com os livros, verifiquei o frango assando no forno, alimentei Martha e coloquei a mesa com vista para a baía. Então lembrei que ainda não tinha recebido notícia de Jill. Era uma maluquice. Ainda enrolada na toalha e de cabelo molhado, liguei mais uma vez para ela.

– Isso já está ficando ridículo. Vamos logo, liga para mim. Preciso saber como você está...

Já ia telefonar para Claire para ver se ela havia falado com Jill, quando o interfone tocou.

O interfone da porta de casa!

Merda, são só quinze para as oito.

Molinari tinha chegado cedo demais.

Enrolei outra toalha no cabelo e saí pulando freneticamente pela casa, diminuindo a iluminação, pegando outra taça de vinho. Finalmente fui atender a porta.

– Quem é?

– Equipe de batedores da Segurança Nacional – disse Molinari.

– É, bom, você está *adiantado*, Segurança Nacional. Ninguém te ensinou a tocar o interfone da porta do prédio?

– Nós costumamos passar por cima dessas coisas.

– Olha, vou deixar você entrar, mas não pode olhar.

Não podia acreditar que eu estava lá parada de toalha.

– Estou abrindo a porta.

– Estou de olhos fechados.

– É melhor que esteja mesmo. – Martha veio para o meu lado. – Tenho uma cadela que sempre me protege...

Destranquei a porta e abri lentamente.

Molinari estava lá, com o paletó jogado sobre o ombro. E um buquê de margaridas. De olhos bem abertos.

– Você prometeu. – Dei um passo para trás e fiquei rubra.

– Não fique encabulada. – Molinari ficou parado, sorrindo. – Você está deslumbrante.

– Esta é a Martha. Comporte-se, Martha, senão Joe vai jogá-la num canil em Guantánamo. Já o vi trabalhando.

– Oi, Martha.

Molinari se abaixou e massageou a cabeça de Martha atrás das orelhas até ela fechar os olhos.

– Você é deslumbrante também, Martha.

Molinari se levantou e eu segurei a toalha com mais força. Ele deu um sorrisinho.

– Você acha que Martha iria se aborrecer se eu dissesse que estou louco para ver o que tem por baixo dessa toalha?

Balancei a cabeça e a toalha que cobria meu cabelo caiu no chão.

– Que tal isso?

– Não era exatamente o que eu estava pensando – disse Molinari.

– Enquanto vocês dois ficam aí conversando – disse eu, recuando –, vou me vestir. Tem vinho na geladeira, vodca e scotch no aparador. E uma ave no forno, se sentir necessidade de espalhar o molho em cima.

– Lindsay...

Eu parei.

– Oi...

Ele deu um passo na minha direção. Meu coração parou... exceto aquela parte que batia violentamente, fora de controle.

Ele pôs as mãos nos meus ombros. Senti que estremeci, depois cambaleei um pouquinho com o toque daquelas mãos. Ele aproximou o rosto do meu.

– Quanto tempo leva aquela ave para ficar pronta?

– Quarenta minutos. – Todos os pelinhos dos meus braços estavam arrepiados. – Mais ou menos.

– Que pena... – Molinari sorriu. – Mas vai ter de servir.

E sem mais nem menos, ele me beijou. Sua boca era forte e, assim que encostou nos meus lábios, senti uma onda de calor e excitação. Gostei do beijo e retribuí. Ele passou as mãos nas minhas costas, apertou meu corpo contra o dele. Gostei da pegada também. Caramba, eu gostava *dele*.

Minha toalha de banho caiu no chão.

– Tenho de avisar que a Martha é um terror, se alguém tem a ideia errada.

Ele olhou para Martha. Ela estava encolhida feito uma bola.

– Acho que não tive a ideia errada.

Capítulo 61

Joe Molinari encontrava-se de frente para mim e os lençóis embolados em volta de nós. Eu estava notando que ele era ainda mais bonito, assim de perto. Os olhos eram de um azul profundo e tinham um brilho muito atraente.

Difícil descrever como eu me sentia bem, como aquilo parecia tão natural, tão certo. Os pequenos tremores que percorriam minha espinha eram inesperados, mas definitivamente agradáveis. Fazia dois anos que não sentia nada parecido e bem, era... diferente. Não sabia tudo de Molinari. Quem ele era fora do trabalho? O que fazia em casa? A verdade é que naquele momento não me importava com isso. Só estava me sentindo muito bem. E isso bastava.

– Pode parecer uma hora estranha para perguntar, mas como é sua vida pessoal lá no Leste?

Molinari respirou.

– Nada complicada... Costumo sair com o pessoal de dentro e subordinados que conheço no caso. – Ele sorriu.

– Ora... – Sentei na cama. – É uma pergunta legítima para depois do sexo.

– Eu sou divorciado, Lindsay. Namoro de vez em quando. Se o tempo permite. – Ele alisou meu cabelo. – Se estiver imaginando se isso acontece sempre...?

– O que quer dizer com "isso"?

– Você sabe. *Isso*. Onde estamos. Com trabalho a fazer.

Molinari virou e me encarou.

– Para que não haja nenhuma dúvida, estou aqui porque no momento que você entrou naquela sala, naquela reunião eu... bem... Ouvi sinos. E desde então a única coisa que me impressionou mais do que a sua competência no trabalho foi o visual quando sua toalha caiu.

Respirei fundo e olhei para aqueles olhos muito azuis.

Trate de não ser um babaca, Joe Molinari.

De repente eu me levantei de um pulo.

– Ai meu Deus, *o jantar*!

– Esqueça o frango. – Molinari sorriu e me abraçou. – Nós *não* precisamos comer.

O telefone tocou. O que seria agora?

Meu primeiro impulso foi deixar tocar. Esperei a secretária eletrônica atender.

Quando ouvi a voz, vi que era Claire, e parecia aflita.

– Lindsay, estou preocupada. Atenda se estiver aí. Linds?

Pisquei para cair na real, rolei para perto da mesa de cabeceira e peguei o fone atabalhoadamente.

– Claire. O que houve?

– Graças a Deus que você está em casa.

A voz dela estava tensa, coisa incomum para Claire.

– É a Jill. Estou em frente à casa dela, Lindsay. Ela não está aqui.

– Ela tinha um julgamento hoje. Experimentou ligar para o escritório dela? Deve estar trabalhando até mais tarde.

– Claro que experimentei o escritório – retrucou Claire. – Jill não apareceu lá hoje.

Capítulo 62

ENDIREITEI AS COSTAS, CONFUSA E TAMBÉM ASSUSTADA. NÃO FAZIA sentido.

– Ela disse que tinha um julgamento, Claire. Tenho certeza disso.

– Ela realmente tinha esse julgamento, Lindsay. Só que simplesmente não apareceu. Estão à procura dela o dia inteiro.

Encostei na cabeceira da cama. Quando pensei na possibilidade de Jill matar o trabalho, nem aparecer, nada fez sentido.

– Isso não é a Jill.

– Não – confirmou Claire –, não é a Jill de jeito nenhum.

De repente fiquei preocupada.

– Claire, você soube do que aconteceu? Do que aconteceu com Steve?

– Não. Do que está falando?

– Fique onde está – disse eu.

Desliguei o telefone e fiquei ali parada um segundo.

– Desculpe, Joe, preciso sair.

Poucos minutos depois dirigia a toda velocidade pela Vinte e Três indo para a Castro. Pensei em todas as possibilidades. Jill estava deprimida. Precisava de espaço. Tinha ido para a casa dos pais.

Qualquer alternativa podia ser verdade. Mas Jill nunca... *nunca* mesmo... deixaria de comparecer a um julgamento.

Finalmente estacionei na frente da sua casa, no Buena Vista Park. A primeira coisa que notei foi o 535 azul safira de Jill parado na entrada.

Claire me esperava na porta e nos abraçamos.

– Ela não atende – disse ela. – Toquei a campainha, bati na porta...

Olhei em volta e não vi ninguém.

– Odeio ter de fazer isso.

Quebrei um vitral da porta da frente e enfiei o braço. Estava pensando que Steve podia ter entrado também... com facilidade.

O alarme disparou imediatamente. Eu conhecia o código, 63422, o número da carteira de funcionária estadual de Jill. Digitei esse código e procurei me convencer de que, se o alarme estava ligado, era bom sinal.

Acendi a luz. Chamei.

– Jill?

Então ouvi Otis latir. O labrador castanho veio correndo da cozinha.

– Oi, menino.

Dei uns tapinhas nas costas dele. Ele pareceu feliz de ver um rosto conhecido.

– Onde está mamãe? – perguntei.

Uma coisa eu sabia. Jill jamais deixaria Otis assim. Steve talvez, mas Jill, não.

– Jill... Steve? – chamei pela casa. – É Lindsay. E Claire.

Jill tinha acabado de fazer uma reforma no ano anterior. Sofás estampados, paredes cor de melão, um pufe de couro costurado no lugar da mesa de centro. A casa estava às escuras e silenciosa. Verificamos os cômodos que já conhecíamos. Nenhuma resposta. Nada de Jill.

Claire bufou e disse:

– Isso já está começando a me dar calafrios.

Balancei a cabeça concordando e apertei o ombro dela.

– Em mim também.

– Venha – disse para Claire. – Vou verificar lá em cima. *Nós vamos* verificar.

Enquanto subia a escada, não conseguia parar de pensar na figura ensandecida de Steve atacando saído de um quarto, como naqueles filmes de terror de adolescentes.

– Jill... Steve? – chamei de novo.

Coloquei a mão na minha arma, para o caso de precisar.

Nenhuma resposta. As luzes estavam apagadas no quarto principal. A grande cama de casal com quatro colunas estava arrumada. Os produtos de toalete e maquiagem de Jill no banheiro.

A última vez que falei com ela, estava indo para a cama. Já ia voltar para o corredor quando avistei.

A pasta de trabalho de Jill.

Jill não ia a lugar nenhum sem seu "escritório ambulante". Era uma piada conhecida. Ela não ia nem para a praia sem seu maldito trabalho.

Peguei um pano e segurei a pasta pela alça, sem apertar. Encontrei Claire no corredor. Ela havia espiado nos outros quartos.

– Nada...

– Não estou gostando disso, Claire. O carro dela está aí na frente.

Olhei para a pasta.

– *E isso...* Ela dormiu aqui, Claire. Mas não saiu para o trabalho.

Capítulo 63

Eu não tinha ideia de como entrar em contato com Steve.

Já era tarde... Quem ia saber onde ele estava àquela hora? E só fazia um dia que Jill estava desaparecida. Podia aparecer e ficar furiosa com toda aquela atenção. Não havia nada a fazer, a não ser esperar e morrer de preocupação. Além disso, no meu caso, sentir-me culpada.

Chamei Cindy e ela chegou em quinze minutos. Claire ligou para Edmund e avisou que ia demorar um pouco, talvez passar a noite fora.

Sentamos na sala de estar de Jill, encolhidas nos sofás. Havia sempre a possibilidade de ela ter mudado de ideia e ter ido visitar Steve em algum lugar.

Por volta das onze horas, meu celular tocou. Mas era só Jacobi para dizer que ninguém nos bares de Berkeley em que os dois estiveram admitiu reconhecer Hardaway. E então nós três ficamos lá sentadas, em silêncio. Nem lembro que horas eram quando caímos no sono.

Acordei algumas vezes durante a noite, pensei ter ouvido alguma coisa.

– Jill?

Mas não era ela.

A primeira coisa que fiz de manhã foi ir para casa. Joe tinha feito a cama e deixou o apartamento todo arrumado. Tomei uma ducha e liguei para o trabalho para avisar que ia me atrasar.

Uma hora depois estava no escritório de Steve no Centro Financeiro. Deixei o Explorer na rua mesmo. Quando passei pela porta das salas dele, mal conseguia controlar o pânico que estava sentindo.

Steve estava lá, na recepção. Praticamente caindo por cima da recepcionista, bebendo café, com a perna apoiada casualmente numa cadeira.

– Onde é que ela está? – perguntei.

Devo tê-lo assustado, porque ele derramou café em toda a camisa Lacoste cor-de-rosa.

– Que diabos, Lindsay... – Steve levantou as mãos.

– *Para a sua sala* – disse eu, olhando furiosa para ele.

– Sr. Bernhardt? – disse a recepcionista.

– Está tudo bem, Stacy – disse Steve. – É uma amiga.

Ah, é.

Assim que entramos na sala, bati a porta.

– Está louca, Lindsay?

Eu o empurrei até uma cadeira.

– Eu quero saber onde ela está, Steve.

– Jill?

Ele virou as palmas das mãos para cima e parecia sinceramente confuso.

– Deixe de me enrolar, seu filho da mãe. Jill *desapareceu*. Não apareceu para trabalhar. Eu quero saber onde ela está.

– Eu não tenho a menor ideia. O que quer dizer com "desapareceu"?

– Ela tinha um julgamento ontem, Steve – disse eu e perdi o controle –, e não apareceu. Isso parece a Jill para você? Ela também não voltou para casa ontem à noite. O carro dela está lá. E a pasta. *Alguém deve ter entrado na casa.*

– Acho que você distorceu um pouco os fatos, tenente – disse Steve com uma risada debochada. – Jill me pôs para fora de casa na outra noite. E trocou as fechaduras da Fortaleza Bernhardt.

– Não brinque comigo, Steve. Eu quero saber o que você fez. Quando foi a última vez que a viu?

– Que tal onze horas da noite, anteontem, pela janela da minha sala de estar, quando socava a maldita porta, tentando entrar na minha própria casa?

– Ela me disse que você ia aparecer ontem de manhã para pegar suas coisas.

A raiva faiscou nos olhos dele.

– Que merda é essa, um interrogatório?

– Eu quero saber onde passou a noite de sexta-feira – olhei para ele muito séria – e tudo que fez na manhã de sábado antes de vir trabalhar.

– O que está acontecendo? Será que preciso de um advogado, Lindsay?

Não respondi à pergunta dele, simplesmente dei meia-volta e saí de lá. Torcia muito para Steve *não* precisar de um advogado.

Capítulo 64

RAIVA NÃO ERA MAIS A PALAVRA CERTA PARA DESCREVER O QUE me devorava por dentro quando voltei para a delegacia. Era mais profundo do que raiva. Toda vez que olhava para o espelho retrovisor e via meus olhos ficava pensando, *já vi esses olhos antes*.

No trabalho. Nos rostos de pais e de esposas quando alguém muito próximo está desaparecido. O pânico mudo quando alguma coisa horrível aconteceu e só não se confirmou ainda. *Fiquem calmos*, dizemos para eles. *Tudo pode acontecer. Ainda é cedo.*

E era isso que eu dizia para mim mesma quando estava a caminho do trabalho. Fique calma, Lindsay. Jill pode aparecer a qualquer momento...

Ao me ver no retrovisor, no entanto, eu não parava de pensar, *os mesmos olhos*.

Na minha sala, liguei para Ingrid Barros, a diarista de Jill, mas ela estava numa reunião na escola do filho. Mandei Lorraine e Chin percorrerem a rua de Jill no Buena Vista Park de cima a baixo, para ver se alguém tinha notado qualquer coisa suspeita. Até pedi que rastreassem as chamadas das ligações para o celular de Jill.

Alguém devia ter ligado para ela. *Alguém* devia tê-la visto. Não fazia sentido ela ter desaparecido assim, por completo. Jill não era do tipo que desaparecia.

Fiz o melhor possível para me concentrar na imagem que estávamos montando de Stephen Hardaway quando as informações começaram a chegar durante o dia. O FBI já procurava Hardaway havia uns dois anos e, apesar de não constar na lista dos mais procurados, ele estava bastante perto agora para provocar suspeitas de novo.

Fora criado em Lansing, no estado de Michigan. Depois de terminar o ensino médio veio para o Oeste e estudou no Reed College, em Portland. Foi quando começou a aparecer no banco de dados da polícia. Os registros do Oregon apresentavam uma prisão por agressão numa manifestação anti-OMC na Universidade do Oregon. Foi suspeito de assaltos a bancos em Eugene e em Seattle. Depois, em 1999, pego no Arizona tentando comprar detonadores de um membro de gangue, que por acaso era da filial local do Bureau de Álcool, Tabaco e Armas de Fogo, o ATF. E foi aí que Stephen Hardaway desapareceu. Pagou a fiança e sumiu. Diziam que estava envolvido numa série de assaltos à mão armada em Washington e no Oregon. Então sabíamos que andava armado, era perigoso e gostava de explodir as coisas.

E nenhuma palavra sobre ele nos últimos dois anos.

Mais ou menos às cinco horas, Claire bateu à porta da minha sala.

– Estou enlouquecendo, Lindsay. Venha, vamos tomar um café.

– Eu também estou enlouquecendo aqui – disse e peguei a bolsa. – Acho que devemos chamar a Cindy.

– Não precisa – disse ela e apontou para o corredor. – Ela já está aqui.

Nós três descemos para a cafeteria no segundo andar. No início ficamos lá sentadas, mexendo o açúcar nas xícaras, num silêncio espesso como os nevoeiros de junho.

Acabei falando primeiro, e antes respirei fundo.

– Acho que todas nós concordamos que Jill não está por aí, sofrendo, sentada em alguma pedra. Alguma coisa aconteceu. Quanto mais cedo admitirmos isso, mais cedo descobriremos o que houve.

– Fico pensando que tem de haver uma explicação – disse Claire. – Quero dizer, eu conheço Steve. Todas nós conhecemos. Ele não seria meu parceiro ideal, mas não consigo acreditar que seria capaz de qualquer coisa parecida.

– Bem, continue acreditando – disse Cindy, franzindo a testa. – Já são dois dias.

Claire olhou para mim.

– Lembra aquela vez que Jill teve de passar por Salt Lake City, quando voltava de Atlanta, e enquanto esperavam perto do portão ela viu toda aquela neve nas montanhas e disse: que se dane tudo, eu vou dar o fora daqui!? Ela desceu do avião, alugou um carro e passou o dia esquiando em Snowbird.

– É, lembro sim – disse, e a lembrança me fez sorrir. – Steve queria levá-la para algum programa com clientes, a promotoria tentava localizá-la, e onde é que Jill estava? A mais de três mil metros de altitude, com roupa e esquis alugados, num paraíso de neve fofa. Curtindo o melhor dia da sua vida.

A imagem trouxe um sorriso para todas nós, um sorriso e lágrimas.

– Então é isso que eu penso.

Claire pegou um guardanapo e secou os olhos.

– Penso que ela está esquiando na neve fofa. Preciso acreditar que ela está esquiando na neve fofa, Lindsay.

Capítulo 65

CINDY FICOU NO JORNAL ATÉ TARDE AQUELA NOITE, QUANDO havia por lá apenas um punhado de jornalistas da seção metropolitana, pegando carona nos informes da polícia. Na verdade, para onde mais podia ir?

Essa coisa com Jill a estava matando. Estava matando todas elas.

A notícia tinha se espalhado. Uma promotora pública desaparecida era notícia. O editor de cidade perguntou se Cindy queria escrever a matéria. Ele sabia que as duas eram amigas.

– Ainda não é notícia – retrucou nervosa.

Escrever transformava o fato em notícia. Tornava real.

Dessa vez não estava acontecendo com outra pessoa.

Cindy ficou olhando para uma foto do grupo que tinha pregada no seu cubículo. As quatro juntas, no antigo local de encontro, o restaurante Susie, no cubículo do canto, o de sempre, depois que solucionaram o caso dos noivos.

Algumas margaritas fizeram seus cérebros escorrerem como uma reserva de pantanal. Jill parecia tão invencível... O poder do seu trabalho, o poder do seu marido. Nenhuma vez ela deixou transparecer...

– Vamos lá, Jill – disse ela com os olhos embaçados de lágrimas. – *Saia dessa. Entre caminhando por aquela porta. Mostre seu rosto bonito, sorrindo. Estou rezando, Jill. Entre por aquela maldita porta.*

Já passava das onze. Nada acontecia ali. Era apenas seu modo de manter a vigília, manter a esperança. *Vá para casa, Cindy. Vá dormir. Não há nada que possa fazer agora.*

Um faxineiro passando aspirador de pó na baia piscou para ela.

– Trabalhando até essa hora, srta. Thomas?

– É – suspirou ela –, estou de plantão.

Finalmente Cindy jogou algumas coisas na bolsa e verificou o computador pela última vez antes de desligar. Talvez ligasse para Lindsay. Só para conversar.

Um novo e-mail apareceu na tela.

Sem abrir, Cindy já sabia de quem era. Toobad@ hotmail. com.

Conhecia os horários deles. Sabia que avisavam sobre cada nova vítima a cada três dias. Era domingo. Era hora de August Spies.

– Você foi avisada – começava a mensagem. – Mas foi arrogante e não deu ouvidos.

Ó, meu Deus. Um gritinho escapou-lhe da garganta.

Cindy rolou a tela e leu a mensagem apavorante, com a terrível assinatura no final.

August Spies tinha atacado novamente.

Capítulo 66

CHEGUEI EM CASA AQUELA NOITE ÀS ONZE, EXAUSTA E DE MÃOS abanando. Fiquei um tempo parada e pensando, no pé da escada, do lado de fora. Pela manhã Jill seria oficialmente declarada desaparecida. Eu teria de liderar uma investigação sobre o desaparecimento de uma das minhas melhores amigas.

– Achei que ia querer saber.

Ouvi uma voz acima de mim, que me pegou de surpresa.

– Fiquei sabendo lá de Portland.

Olhei para cima e vi Molinari. Estava sentado no último degrau.

– Encontraram uma secretária da estadual de Portland que informou o paradeiro de Propp para um namorado. Rastrearam a arma até ele. Radical da cidade. Mas eu suspeito que isso não vá nos alegrar muito esta noite.

– Pensei que você era alguém importante, Molinari – disse eu, vazia demais, cansada demais para demonstrar que estava muito contente de vê-lo. – Como é que você sempre acaba sendo minha babá?

Ele se levantou.

– Não queria que você sentisse que teria de ficar sozinha.

E subitamente não consegui mais segurar. As comportas se abriram, Molinari desceu e me abraçou. Ele me segurou com força, e as lágrimas cavaram sulcos pelo meu rosto. Fiquei envergonhada de ser vista daquele jeito, eu queria tanto parecer forte... Mas não conseguia fazer as lágrimas pararem de rolar.

– Sinto muito – disse, tentando me recuperar.

– Não – ele acariciou meu cabelo –, você não precisa fingir comigo. Pode desabafar. Não é vergonha nenhuma.

Alguma coisa aconteceu com a Jill!, eu queria berrar, mas tinha medo de levantar o rosto.

– Eu também sinto muito.

Molinari me abraçou com força. Então apertou meus ombros gentilmente e olhou nos meus olhos inchados.

– Eu estava no Departamento de Justiça – disse ele, secando algumas lágrimas do meu rosto – quando as torres gêmeas caíram. Conhecia gente que morreu lá. Alguns chefes dos bombeiros, John O'Neill da segurança do WTC. Eu era um dos chefes da equipe de emergência, mas, quando todos os nomes começaram a aparecer, pessoas com quem eu trabalhava, eu não aguentei. Desci para o banheiro masculino. Sabia que estava tudo ameaçado. Mas sentei numa cabine e chorei. Não é vergonha nenhuma.

Destranquei a porta da frente e entramos. Molinari fez um chá para mim e eu me encolhi no sofá, com o queixo de Martha na coxa. Não sabia o que teria feito se estivesse sozinha. Ele chegou e serviu o chá. Eu me aninhei junto dele, o chá me aqueceu, Molinari pôs os braços em volta dos meus ombros. E ficamos sentados lá um longo tempo. E ele tinha razão sim... não era vergonha nenhuma.

– Obrigada. – Suspirei no peito dele.

– Por saber como fazer um chá?

– Quero apenas agradecer. Por não ser um dos babacas.

Fechei os olhos. Por um momento tudo de ruim ficou lá fora, longe da minha sala de estar.

O telefone tocou. Eu não queria atender. Naquele instante estava me sentindo a milhões de quilômetros de distância dali e, por mais egoísta que fosse, eu estava gostando.

E então pensei, *e se for a Jill*?

Agarrei o fone e ouvi a voz de Cindy.

– Lindsay, ainda bem que te encontrei. Aconteceu uma coisa ruim.

Meu corpo se enrijeceu inteiro. Apertei Molinari.

– É a Jill?

– Não. É August Spies.

Capítulo 67

Quando Cindy leu a última mensagem, eu fiquei ouvindo com uma sensação de náusea e de desespero.

– Você foi avisada – diz o e-mail. – Mas foi arrogante e não deu ouvidos. Não estamos surpresos. Vocês nunca prestaram atenção antes. Por isso atacamos outra vez. Assinado August Spies.

– Houve mais um assassinato – disse eu olhando para Molinari.

E desliguei o telefone.

A mensagem completa dizia que íamos encontrar o que estávamos procurando na rua Harrison, número 333, perto dos píeres em Oakland. Fazia *exatamente* três dias que Cindy tinha recebido o primeiro e-mail. August Spies cumpria suas ameaças.

Assim que terminei de falar com Cindy, liguei para a Força-Tarefa de Emergência. Queria os nossos homens no local e que todo o tráfego do porto de Oakland fosse interrompido. Não tinha ideia de que tipo de incidente iríamos encontrar, ou de quantas vidas se tratava, por isso liguei para Claire e pedi que ela fosse para lá também.

Molinari já estava de paletó e falando ao telefone. Levei um minuto para me arrumar.

– Vamos – disse eu na porta –, você pode vir no carro comigo.

Voamos pela rua Três, indo para a ponte com a sirene ligada. Àquela hora da noite quase não tinha trânsito. Foi uma viagem tranquila até a Bay Bridge.

As transmissões começaram a pipocar no rádio. A polícia de Oakland tinha recebido um chamado do 911. Molinari e eu prestamos atenção para ver qual era o cenário com que teríamos de lidar: incêndio, explosão, ferimentos múltiplos?

Desci da ponte a toda pela 880 e peguei a saída para o porto. Já tinham montado uma barricada da polícia. Duas viaturas com as luzes piscando. Paramos. Vi o fusca roxo de Cindy sendo interceptado. Ela discutia com um dos policiais.

– Entre aqui! – gritei para ela.

Molinari mostrou seu distintivo para um jovem patrulheiro, que arregalou os olhos.

– Ela está conosco.

Da rampa de saída, era uma curta distância pelo porto. A rua Harrison era bem na frente das docas. Cindy explicou como tinha recebido o e-mail. Levou uma cópia e Molinari leu no caminho.

Quando nos aproximamos do porto, havia luzes verdes e vermelhas piscando por toda parte. Parecia que a polícia inteira de Oakland estava lá.

– Venham, vamos descer aqui.

Nós três pulamos do carro e corremos para um velho armazém de tijolos com o número 333. Palafitas contra o céu noturno. Imensos contêineres de carga empilhados por todos os lados. O porto de Oakland realmente arcava com a maior parte do tráfego de carga na área da baía.

Ouvi alguém me chamar. Era Claire, que pulou do seu Pathfinder e correu em nossa direção.

– O que temos aqui?

– Ainda não sei – disse.

Finalmente vi saindo do prédio um capitão de uma delegacia de Oakland com quem eu já tinha trabalhado.

– Gene!

Corri até ele.

Com tudo que estava acontecendo, nem precisei perguntar.

– A vítima foi desovada no segundo andar. Um único tiro, na parte de trás da cabeça.

Um lado meu estremeceu, o outro se acalmou um pouco. Pelo menos era um só.

Fomos para a íngreme escada de metal, Claire e Cindy atrás de nós. Um policial de Oakland tentou nos impedir. Mostrei-lhe meu distintivo e segui em frente. Havia um corpo no chão, parcialmente enrolado numa lona ensanguentada.

– Droga – disse eu. – Aqueles filhos da mãe.

Dois policiais e uma equipe de paramédicos rodeavam a vítima.

Havia um bilhete preso à lona com um fio metálico. Era um conhecimento de embarque.

– Vocês foram avisados – li em voz alta. – O Estado criminoso não se exime dos próprios crimes. Membros do G-8, recuperem o juízo. Renunciem às políticas de colonização. Vocês têm mais três dias. Podemos atacar em qualquer lugar, a qualquer hora. August Spies.

Na margem inferior da folha, vi escrito em negrito, DEVOLVAM ISSO PARA O TRIBUNAL DE JUSTIÇA.

Fiquei paralisada. Fui tomada por uma onda de pânico. Não conseguia me mexer. Olhei para Claire. O rosto dela desmoronou de choque.

Empurrei um paramédico para fora do caminho. Caí ajoelhada. A primeira coisa que vi foi o pulso da vítima. A pulseira David Yurman de água-marinha que eu conhecia tão bem.

– Ah, não – solucei. – Não, não, não...

Levantei a lona.

Era Jill.

PARTE 4

Capítulo 68

QUANDO PENSO NAQUELE DIA, SÓ CONSIGO ME LEMBRAR DE algumas imagens do que aconteceu depois. Sei que fiquei lá parada, sem compreender o que estava vendo. O lindo rosto de Jill, agora sem vida. Os olhos abertos, claros, quase serenos.

– Ó, não, ó, não... – repetia eu sem parar.

Sei que minhas pernas dobraram e que alguém me segurou.

Ouvia a voz de Claire, falhando.

– Ó, meu Deus, Lindsay...

Não conseguia tirar os olhos do rosto de Jill. Um fio de sangue escorria pelo canto da boca. Estiquei o braço e toquei sua mão. Ainda usava a aliança de casamento.

Ouvi Cindy começar a chorar e vi Claire abraçada com ela. Eu ficava repetindo, sem parar, *essa não pode ser a Jill. O que ela tem a ver com August Spies?*

Então ficou tudo embaçado. Procurava me lembrar, *isto é uma cena de crime, Lindsay, a cena de um homicídio*. Queria ser forte para Claire e Cindy, para todos os policiais em volta.

– Alguém viu de que modo ela veio parar aqui? – perguntei.

Olhei em volta.

– Quero que toda a área seja vasculhada. Alguém pode ter visto um veículo.

Molinari tentou me puxar para longe, mas livrei-me dele. Eu tinha de observar em volta, encontrar alguma coisa. Havia sempre alguma coisa, um erro que tivessem cometido. *Seus babacas, August Spies... A sua corja.*

De repente, Jacobi apareceu. E Cappy. Até Tracchio estava lá. Minha equipe da Homicídios.

– Deixe que nós cuidamos disso – disse Cappy.

Acabei deixando que eles se encarregassem de tudo.

Estava começando a entender que aquilo era real. Aquelas luzes de emergência não estavam apenas na minha cabeça. Jill estava morta. Tinha sido assassinada, não pelo Steve, mas por August Spies.

Fiquei olhando quando a levaram embora. Minha amiga. Jill... Vi Claire ajudar a pôr o corpo na van do necrotério e despachá-lo, com as sirenes tocando. Joe Molinari me consolou como pôde, mas depois teve de voltar para a delegacia.

Quando tudo se aquietou na cena do crime, Claire, Cindy e eu ficamos sentadas nos degraus de um prédio vizinho, sob a chuva fina. Não dissemos uma só palavra. Perguntas sem respostas ecoavam no meu cérebro: *Por quê? Como é que isso se encaixa? É um caso diferente! Como é que Jill pode estar associada a isso?*

Não sei quanto tempo ficamos sentadas naqueles degraus. O ruído confuso de vozes urgentes, luzes piscando. Cindy chorando, Claire amparando. E eu atordoada demais até para falar, de punhos cerrados, revirando a pergunta sem parar: *Por quê?*

Uma ideia surgia sempre na minha mente. *Se eu tivesse ido para a casa de Jill aquela noite... Talvez nada disso tivesse acontecido...*

De repente, um toque quebrou o silêncio. Era o celular de Cindy. Ela atendeu com a voz trêmula.

– Sim? – Cindy suspirou. – Estou no local.

Era a editoria metropolitana do *Chronicle*.

Com a voz embargada, ela deu os detalhes do que acontecera.

– Sim, parece que é parte da campanha de terror. A terceira vítima...

Ela descreveu o lugar, o e-mail que tinha recebido no jornal, a hora.

Então Cindy parou de falar. Vi as lágrimas embaçando seus olhos. Ela mordeu o lábio como se temesse dizer qualquer coisa.

– Sim, a vítima foi identificada. O nome dela é Bernhardt... Jill.

Então ela soletrou, letra por letra.

Tentou dizer mais alguma coisa, mas as palavras não saíam. Claire estendeu a mão para ela. Cindy soluçou e secou os olhos.

– Sim – disse ela balançando a cabeça. – A Sra. Bernhardt era assistente chefe da Promotoria Pública da Cidade de San Francisco...

Depois, sussurrando bem baixinho.

– E também era minha amiga.

Capítulo 69

SABIA QUE NÃO IA CONSEGUIR DORMIR AQUELA NOITE. EU NÃO queria ir para casa.

Por isso fiquei na cena do crime até as equipes de laboratório chegarem e partirem. Depois fiquei uma hora andando pelas ruas do porto à procura de alguém, que trabalhasse à noite, algum desocupado errante que pudesse ter visto quem largou Jill ali. Dirigi sem destino, com medo de ir para a delegacia, com medo de ir para casa, revivendo aquela visão horrível muitas e muitas vezes, chorando sem parar. Levantando aquela lona e... vendo Jill!

Continuei dirigindo até meu carro seguir como se soubesse para onde eu estava indo. Para onde mais eu podia ir? Eram três horas da madrugada. E acabei chegando ao necrotério.

Sabia que Claire estaria lá. Não importava a hora. Ela estava trabalhando porque era a única salvação naquele momento. De jaleco azul, na sala de cirurgia.

Jill estava exposta na maca. Sob aquelas mesmas luzes ofuscantes que eu já vira em tantas vítimas antes.

Jill... minha doce e querida menina.

Fiquei espiando através do vidro e as lágrimas escorriam pelo meu rosto. Pensava que tinha falhado com ela, de alguma forma.

Finalmente passei pelas portas de vidro. Claire estava na metade da autópsia. Fazia o mesmo que eu. O seu trabalho.

– Não é bom para você estar aqui, Lindsay – disse ela quando me viu.

Claire puxou um lençol por cima do ferimento exposto de Jill.

– É bom sim, Claire, eu preciso.

Fiquei lá. Eu não ia embora. Precisava ver aquilo.

Claire olhou bem para meu rosto inchado e manchado de lágrimas. Ela assentiu com a cabeça e exibiu o contorno quase imperceptível de um sorriso.

– Então seja útil, pelo menos, e traga aquela sonda que está na bandeja quando vier para cá.

Entreguei o instrumento a Claire e passei as costas da mão no rosto frio e duro de Jill. *Como é que isso podia não ser um pesadelo?*

– Dano extenso ao lobo occipital direito – falou Claire ao microfone preso na lapela do jaleco –, consistente com trauma provocado por um único projétil com entrada na parte posterior. Não há ferimento de saída. A bala ainda está alojada no ventrículo lateral esquerdo. Perda mínima de sangue na área afetada. É estranho... – murmurou.

Eu mal ouvia o que ela dizia. Tinha os olhos fixos em Jill.

– Leves queimaduras de pólvora em torno do cabelo e do pescoço apontam para uma arma de pequeno calibre, disparada à queima-roupa – continuou Claire.

Ela mudou a posição do corpo. O buraco na parte de trás do crânio de Jill apareceu no monitor.

A isso eu *não pude* assistir. Virei para o outro lado.

– Agora estou removendo o que parece ser o fragmento de uma bala de pequeno calibre do ventrículo esquerdo – prosseguiu Claire. – Sinais de severa ruptura, sintomáticos desse tipo de trauma, mas... pouquíssimo inchaço...

Observei Claire enquanto ela examinava lá dentro e tirava uma bala achatada. Ela deixou a bala cair num prato.

Uma descarga de raiva me deixou tensa. Parecia uma bala calibre 22. Coberta de gotas do sangue de Jill.

– Alguma coisa não está combinando – disse Claire, intrigada.

Ela virou para mim.

– Essa área devia estar coberta de fluido espinhal. Não há inchaço no tecido do cérebro, e há muito pouco sangue.

Subitamente Claire, a profissional, teve um lampejo de ideia.

– Vou abrir a cavidade torácica – disse ela ao microfone. – Lindsay, não olhe.

– O que foi, Claire? O que está acontecendo?

– Tem alguma coisa errada.

Claire virou o corpo de Jill e pegou um escalpelo. Então deslizou a lâmina numa linha reta desde o topo do peito de Jill.

Eu virei para trás. Não queria ver Jill daquele jeito.

– Estou fazendo uma esternotomia comum – registrou Claire ao microfone. – Abrindo a região pneumotorácica. A membrana do pulmão é macia, tecido degradado, pastoso... Estou expondo o pericárdio agora...

Ouvi Claire respirar fundo.

– *Merda*.

Meu coração acelerou. Agora eu estava concentrada no monitor.

– Claire, o que está acontecendo? O que você está vendo?

– Fique onde está.

Ela levantou a mão. Tinha visto algo horrível. O que era?

– Oh, Lindsay – sussurrou ela e finalmente olhou para mim. – Jill não morreu com o tiro.

– *O quê?*

– A ausência de inchaço, a quantidade de sangue... – Ela balançou a cabeça. – O tiro foi dado depois que ela já estava morta.

– O que você está dizendo, Claire?

– Não tenho certeza – ela levantou a cabeça –, mas, se tivesse de dar um palpite, diria que foi rícino.

Capítulo 70

HAVIA SEMPRE UM DADO INTIMIDANTE NOS ENCONTROS PESSOAIS com Charles Danko. Até num lugar chique como o Hotel Huntington em San Francisco. Danko se encaixava bem em qualquer lugar. Ele usava um paletó de tweed, uma camisa de risca fina e gravata com listras diagonais.

Tinha uma menina com ele, bonita, de cabelo vermelho vivo. Ele sempre gostava de manter os outros com a guarda abaixada. *Quem é ela?*

Tinham dito para Mal usar paletó e até uma gravata, se pudesse arrumar uma. Foi o que ele fez, e achou a peça engraçada, vermelho vivo com estampa de cornetas minúsculas.

Danko se levantou com toda a formalidade e apertou a mão de Mal, apenas mais uma das suas estranhas atitudes para desconcertar o outro. Com um gesto largo, apontou o restaurante.

– Poderia haver lugar mais seguro para nos encontrarmos? Meu Deus, *o Huntington*!

Ele olhou para a garota e os dois deram risada, só que ela não foi apresentada.

– Rícino – disse Malcolm – é *brilhante*. Que ótimo dia... Pegamos Bengosian! Nós podemos provocar tanta destruição aqui... Porra, nós podíamos varrer este salão capitalista aqui em um minuto. Ir até o Mark e acabar com outra centena de ricaços vampiros. Pegar o bonde e aspergir a morte em todos que passassem por perto.

– É, principalmente porque eu descobri como fazê-lo concentrado.

Malcolm meneou a cabeça, mas parecia nervoso.

– Pensei que íamos tratar do G-8.

Danko olhou para a menina de novo. Trocaram sorrisos condescendentes. *Porra, quem era ela? O que ela sabe?*

– Sua visão é estreita demais, Mal. Já falamos sobre isso antes. Acima de tudo, trata-se de aterrorizar as pessoas. E nós vamos assustá-las, pode acreditar em mim. O rícino será o responsável. Vai fazer o antraz parecer uma coisa que só os animais das fazendas devem temer.

Agora ele olhava sério para Malcolm.

– Você tem um sistema de distribuição para mim? Para o rícino?

Malcolm parou de olhar para Danko.

– Tenho.

– E mais dos seus explosivos?

– Nós podíamos varrer o Huntington do mapa. E o Mark também.

Malcolm acabou se permitindo um sorriso tímido.

– Muito bem, quem *é ela*?

Danko jogou a cabeça para trás e deu uma gargalhada.

– Ela é brilhante, como você. Ela é uma arma secreta. Vamos deixar assim. Apenas mais um soldado – disse ele, e então olhou nos olhos da menina. – Há sempre outro soldado, Malcolm. É isso que deve estar deixando todo mundo apavorado neste momento.

Capítulo 71

MICHELLE OUVIU VOZES NO OUTRO QUARTO. MAL TINHA VOLTADO da reunião. Júlia estava comemorando como se tivesse ganhado o prêmio da loteria. Mas Michelle se sentia péssima.

Ela sabia que eles tinham feito coisas terríveis. Não reagiu bem ao último assassinato. Aquela promotora bonita e inocente. Tinha posto de lado a imagem de Charlotte Lightower e da empregada que morreram na explosão, e encontrou um certo alívio ao saber que pelo menos as crianças tinham sido salvas. Lightower, Bengosian... Esses eram o lixo ganancioso e culpado.

Mas esta... O que a promotora tinha feito para estar na lista? Era porque trabalhava para o Estado? O que é que Mal disse? *Essa é só pela emoção, só para mostrar que podemos*. Mas Michelle não acreditava nisso. Mal tinha sempre uma programação oculta.

A pobre promotora sabia que ia morrer no instante em que a forçaram a entrar na picape. Mas jamais desistiu. Nem um segundo. Para Michelle, ela foi corajosa. O verdadeiro crime foi que ela jamais soube por que ia morrer! Não lhe concederam nem isso.

A porta rangeu, abriu, e Mal entrou no quarto. Aquela sua expressão de triunfo provocava arrepios nela. Ele deitou ao seu lado, cheirando a tabaco e álcool.

– O que aconteceu com a minha garota animada?

– Hoje não – disse Michelle.

Um espirro ficou preso no peito dela.

– Hoje não? – repetiu Mal, sorrindo de orelha a orelha.

Michelle sentou na cama.

– Eu não entendo. Por que ela? O que foi que ela fez?

– Isto é, o que todos eles fizeram? – Mal alisou o cabelo de Michelle. – Patrão errado, docinho. Ela representava o Estado, grande e mau, que está sancionando essa exploração criminosa do mundo. Foi isso que ela fez, Michelle. Ela é os tanques no Iraque. Ela é Grumman e Dow Química e a OMC juntas. Não se deixe enganar porque era bonita.

– Disseram no noticiário que ela prendia assassinos. E até processou alguns desses grandes empresários em escândalos do colarinho-branco.

– E eu já disse a você que *não* preste atenção na mídia, Michelle. Pessoas que fazem coisas boas às vezes morrem também. Pense nisso.

Ela olhou para ele horrorizada. A vontade de tossir aumentou. Procurou sua bombinha na cama, mas Mal segurou a mão dela.

– O que você pensou, Michelle? Que entramos nessa só para tirar do mapa alguns tubarões bilionários? Nossa luta é contra o Estado. O Estado é muito poderoso. Não rola e morre simplesmente.

Michelle fez força para respirar. Naquele momento, percebeu que era diferente de Malcolm. Diferente deles todos. Ele a chamava de menininha. Mas estava enganado. Uma menininha não faria as coisas terríveis que Michelle tinha feito. Ela fungou outra vez.

– Preciso da minha bombinha, Mal. Por favor.

– E eu preciso saber se posso confiar em você, docinho.

Ele pegou o inalador e rodou nos dedos como se fosse um brinquedo.

Agora a respiração dela estava começando a ficar pesada, ruidosa. E Mal piorava tudo, assustando-a daquele jeito. Ela não sabia do que ele era capaz.

– Pode confiar em mim sim, Mal. Você sabe disso – sussurrou ela.

– Eu sei disso, Michelle, mas não é *comigo* que estou preocupado. Quero dizer, nós trabalhamos para alguém, não é, amorzinho? Charles Danko não perdoa, como eu faço. Danko é tão durão que vence jogando o jogo deles. Ele é um gênio.

Ela arrancou a bombinha da mão dele e apertou duas vezes, lançando o spray nos pulmões.

– Sabe o que é legal no rícino? – Sorriu Mal. – Pode chegar à sua corrente sanguínea de cem maneiras diferentes.

Ele mexeu o indicador duas vezes, como se apertasse um inalador imaginário. E sorriu.

– *Pssst, pssst.*

Havia uma faísca nos olhos dele que Michelle não tinha visto antes.

– Uoa! Bem, isso ia fazer um estrago nesse seu peito, não ia, querida? *Pssst, pssst.*

Capítulo 72

AQUELA MANHÃ O DEPARTAMENTO ERA UM PANDEMÔNIO. O MAIS assustador desde que entrei para a polícia.

Uma promotora pública assassinada. Vítima número três de August Spies.

Às seis da manhã, o lugar estava apinhado, com uma centena de federais, do FBI, do Departamento de Justiça, da Álcool, Tabaco e Armas de Fogo. E ainda repórteres, amontoados na sala de imprensa no quinto andar, para receber alguma espécie de relatório. A primeira página do *Examiner* tinha uma legenda em letras garrafais: QUEM É O PRÓXIMO?

Eu estava analisando um dos relatórios da cena do crime do assassinato de Jill quando fui surpreendida por Joe Santos e Phil Martelli batendo à minha porta.

– Sentimos muito pela sra. Bernhardt – disse Santos quando entrou.

Larguei os papéis e balancei a cabeça, agradecendo.

– Foi gentil vocês terem vindo até aqui.

Martelli sacudiu os ombros.

– Na verdade, não é por isso que estamos aqui, Lindsay.

– Resolvemos repassar nossos dados sobre essa história do Hardaway – disse Santos e sentou na minha frente.

Ele mostrou um envelope pardo.

– Concluímos que se ele estivesse aqui, dado o que anda tramando, teria de aparecer em algum outro lugar.

Santos tirou uma série de fotos em preto e branco do envelope.

– Essa é uma manifestação que estávamos seguindo. Vinte e dois de outubro. Seis meses atrás.

As fotos eram varreduras de vigilância sobre a multidão, ninguém em particular. Então vi um rosto com um círculo em volta.

Cabelo grisalho, queixo estreito, barba rala. Encolhido dentro de uma jaqueta militar escura, calça jeans e um cachecol que caía até os joelhos.

Meu sangue começou a correr mais nas veias. Fui até o meu mural e comparei com as fotos do FBI tiradas em Seattle cinco anos antes.

Stephen Hardaway.

O filho da mãe estava *aqui* havia seis meses.

– É agora que começa a ficar interessante. – Piscou Phil Martelli.

Ele espalhou duas outras fotos. De uma outra manifestação, Hardaway de novo. Dessa vez, ao lado de alguém que eu reconheci.

Roger Lemouz.

Hardaway estava com o braço no ombro dele.

Capítulo 73

MEIA HORA DEPOIS ESTACIONEI NA ENTRADA SUL DA UNIVERSIdade na Avenida Durant. Corri para o Dwinelle Hall, onde ficava a sala de Lemouz.

O professor estava lá, de paletó de tweed e camisa branca de linho, recebendo uma estudante ruiva.

– A festa acabou – disse eu.

– Ah, madame tenente. – Ele sorriu.

Aquele sotaque condescendente, da Universidade de Eton, de Oxford, ou de onde fosse.

– Estava acabando de dizer para a Annette aqui que Foucault afirma que as mesmas forças que historicamente oprimem as classes afetam os gêneros também.

– Bem, a aula terminou, Red.

Lancei para a aluna um olhar que dizia "não quero mais vê-la por aqui em dez segundos". Ela levou mais ou menos esse tempo para pegar seus livros e sair. Para não ficar barato, Red acenou para mim da porta, com o dedo do meio em riste. Eu retribuí o favor.

– Estou encantado de vê-la de novo.

Acho que Lemouz não se importou, apenas chegou a cadeira para trás.

– Com o triste acontecimento no noticiário esta manhã, temo que o assunto seja política... não o progresso da mulher.

– Acho que eu o subestimei, Lemouz. – Fiquei de pé. – Pensei que fosse apenas um agitador pomposo e barato, e na verdade é o verdadeiro jogador.

Lemouz cruzou as pernas e deu um sorriso condescendente.

– Não sei se estou entendendo o que quer dizer.

Peguei o envelope com as fotos tiradas por Santos.

– O que realmente está me dando muito prazer, Lemouz, é saber que sou *eu* que estou mantendo seu rabo longe da Segurança Nacional. Basta passar seu nome para eles, com suas afirmações públicas, que da próxima vez que encontrá-lo será numa cela.

Lemouz recostou na cadeira, ainda com aquele sorriso de quem estava achando muita graça.

– Está me ameaçando *por quê*, tenente?

– Quem disse que estou ameaçando?

A expressão dele mudou. Não tinha ideia da prova contra ele. E eu gostava disso.

– O que eu acho divertido – Lemouz balançou a cabeça – é que a sua abençoada Constituição é tão cega para as pessoas neste país que usam chador, ou que têm o sotaque errado, e, no entanto, tão elevada e poderosa quanto à ameaça a uma sociedade livre quando se trata de dois empresários e uma bela promotora pública.

Fingi que não tinha ouvido.

– Quero que veja uma coisa, Lemouz.

Abri o envelope e espalhei as fotos do FBI, de Stephen Hardaway, sobre a mesa.

Lemouz deu de ombros.

– Eu não sei. Talvez o tenha visto... Não sei onde. Ele estuda aqui?

– Você não estava prestando atenção, Lemouz.

Deixei cair mais uma foto diante dele. Depois uma segunda. Uma terceira. As tiradas por Santos e Martelli. Mostrando Hardaway ao lado dele, com o braço no ombro do professor.

– Onde posso encontrá-lo, Lemouz? *Onde?*

Ele balançou a cabeça.

– Eu não sei. Essas fotos são muito antigas, de muito tempo atrás. Acho que ele era um professor que foi detido depois do Onze de Setembro. No último outono. Ele apareceu em algumas das nossas manifestações. Não o vejo desde então. Acontece que eu não conheço esse homem.

– Isso não basta – pressionei.

– Eu não sei. Essa é a verdade, tenente. Ele era de algum lugar do Norte, pelo que eu lembro. Eugene? Seattle? Ficou por aqui algum tempo, mas achava tudo tedioso.

Para variar, acreditei em Lemouz.

– Que nome ele usava?

– Não era Hardaway. Malcolm alguma coisa. Malcolm Dennis, eu acho. Não sei onde ele está agora. Não faço ideia.

Uma parte de mim gostou de ver o verniz dissimulado e superior de Lemouz rachar.

– Quero saber mais uma coisa. E isso fica entre nós, está bem?

Lemouz fez que sim com a cabeça.

– Claro.

– O nome August Spies. Você conhece?

Lemouz piscou, incrédulo. Seu rosto recuperou a cor.

– É esse o nome que eles estão usando?

Sentei e me aproximei dele. Nunca havíamos revelado aquele nome antes. *E o professor conhecia*. Deu para ver no seu rosto.

– Conte para mim, Lemouz. Quem são os August Spies?

Capítulo 74

– Você já ouviu falar do Massacre de Haymarket? – perguntou, falando como se eu fosse uma de suas alunas.

– Está falando de Chicago? – perguntei.

– Muito bem, tenente – concordou Lemouz. – Até hoje existe uma estátua lá. Para marcar esse dia. No dia primeiro de maio de 1886, houve uma imensa manifestação dos trabalhadores na avenida Michigan. Foi a maior manifestação deles até aquele momento na história dos Estados Unidos. Oitenta mil operários, mulheres e crianças também. Até hoje o Primeiro de Maio é comemorado como o feriado oficial dos trabalhadores no mundo inteiro. Em todos os cantos – disse ele com um sorriso zombeteiro –, *exceto nos Estados Unidos.*

– Corte os detalhes. Não preciso da política.

– A demonstração foi pacífica – continuou Lemouz –, e nos dois dias seguintes mais e mais trabalhadores entraram em greve e se manifestaram. Então, no terceiro dia, a polícia disparou contra a multidão. Dois manifestantes morreram. No dia seguinte, organizaram outra demonstração. Na praça Haymarket. No cruzamento das ruas Randolph e Des Plaines.

"Discursos raivosos atacaram o governo. O prefeito ordenou que a polícia dispersasse a multidão. Cento e setenta e seis policiais entraram na praça num bloco compacto e atacaram o povo com seus cacetetes. Então um policial abriu fogo. Quando a poeira baixou, sete policiais e quatro manifestantes jaziam mortos.

"A polícia precisava de bodes expiatórios, por isso arrebanhou oito líderes operários, alguns que nem estiveram no local naquele dia."

– Onde isso vai acabar?

– Um deles era um professor chamado August Spies. Julgaram e enforcaram todos. Pendurados pelo pescoço. Até morrer. Tempos depois ficou provado que Spies não estava em Haymarket. Ele disse, no cadafalso: "Se vocês pensam que nos enforcando podem abafar o movimento operário, então enforquem. O chão que vocês pisam está pegando fogo. *Que a voz do povo seja ouvida.*"

Lemouz olhou fundo nos meus olhos.

– Um momento mal registrado na história do nosso país, tenente, mas que pode ser muito inspirador. Parece que já inspirou.

Capítulo 75

Ia morrer gente ali em breve. Muita gente.

Charles Danko estava sentado, fingindo que lia o *Examiner* embaixo do gigantesco chafariz no átrio envidraçado e luminoso do Rincon Center, perto da rua Market e da Bay Bridge, no centro. Acima dele, uma coluna de água de vinte e seis metros de altura caía deslumbrantemente numa piscina rasa.

Os americanos gostam de espanto, ele pensou. Gostavam nos filmes, na arte popular e até nos seus shoppings. *Então vou provocar esse espanto neles. Eles vão se espantar com a morte.*

Danko sabia que haveria muito movimento ali. Os restaurantes do Rincon Center estavam se preparando para a chegada dos comensais na hora do almoço. Mil ou mais fugitivos de firmas de advocacia, imobiliárias e consultores financeiros do bairro financeiro.

Pena que isso não possa se prolongar mais um pouco, pensou Charles Danko suspirando, com a tristeza de alguém que esperou tanto tempo por aquele momento. O Rincon Center era um dos seus lugares favoritos em San Francisco.

Danko não cumprimentou o negro bem-vestido que sentou ao lado dele, de frente para o chafariz. Sabia que o homem era veterano da Guerra do Golfo. Desesperançoso desde então. Confiável, mas talvez um pouco nervoso demais.

– Mal disse que eu podia chamá-lo de "professor" – falou o negro com o canto da boca.

– E você é Robert? – perguntou Danko.

O homem fez que sim com a cabeça.

– Eu sou Robert.

No centro do pátio, uma mulher começou a tocar num piano de cauda. Fazia isso todos os dias, das dez horas até o meio-dia.

Uma melodia do *Fantasma da ópera* foi ocupando o espaço gigantesco.

– Sabe quem deve procurar? – perguntou Danko.

– Sei – disse o homem, com segurança. – Farei o meu trabalho. Não precisa se preocupar comigo. Sou um ótimo soldado.

– Tem de ser o homem certo – disse Danko. – Vai vê-lo entrando na praça por volta de meio-dia e doze. Ele vai atravessar a praça, talvez deixar um troco para a pianista. Depois irá para Yang Sing.

– Parece que você tem muita certeza de que ele virá para cá.

Danko finalmente olhou para o homem e sorriu.

– Está vendo aquela coluna de água, Robert? Ela cai de uma altura de exatamente vinte e seis metros. Sei disso porque tenho vindo sentar neste lugar muitas vezes e fico aqui muito tempo. Calculei o ângulo exato de uma linha imaginária que vai do centro da piscina e o ângulo reto correspondente criado na base. A partir daí foi fácil extrapolar a altura da coluna de água. Sabe quantos dias passei aqui sentado, observando esse chafariz, Robert? Não se preocupe, ele estará aqui.

Charles Danko se levantou. Deixou a pasta.

– Agradeço a você, Robert. O que está fazendo requer muita coragem. Algo que só um grupo reduzido vai reconhecer. Boa sorte, meu amigo. Você é um herói hoje.

E também serve aos meus objetivos.

Capítulo 76

Numa tarde úmida, garoenta, em Highland Park, no Texas, nós nos despedimos de Jill. Já tinha me despedido de pessoas que amava antes, mas nunca me senti tão vazia, tão atordoada. E jamais tão traída.

O templo era moderno, de tijolos e vidro, com um santuário de pé-direito muito alto, cheio de luz. O rabino era uma mulher, e Jill teria gostado disso. Todos viajaram para lá. O chefe Tracchio, o promotor Sinclair. Alguns advogados associados. Claire, Cindy e eu. Um grupo de colegas do ensino médio e da faculdade com quem Jill tinha mantido contato naqueles anos todos. Steve estava lá, claro, mas não tive estômago para falar com ele.

Nós nos sentamos e um coro local começou a entoar uma ária de *Turandot*, a preferida de Jill.

Bennett Sinclair fez um breve discurso. Elogiou Jill, disse que era a promotora mais dedicada da sua equipe.

– As pessoas diziam que ela era durona. E era. Mas não tanto, a ponto de sacrificar o respeito e o humanismo em sua conduta. A maioria de nós perdeu uma amiga... – ele apertou os lábios – mas a cidade de San Francisco vai sentir falta de uma excelente advogada.

Uma colega de Stanford mostrou uma foto de Jill no time de futebol feminino que chegou às finais do campeonato nacional e declarou que não demorou muito para todos saberem que ela era a alma da festa. Eu me levantei e também falei.

– Todos conheciam Jill Meyer Bernhardt como uma vencedora, segura e empreendedora. Primeiro lugar da turma na faculdade de direito. Maior índice de condenações na equipe da promotoria. Fez a escalada livre do pico Sultan no Deserto de

Moab. Eu sabia que tinha feito todas essas coisas também, mas para mim era mais uma amiga, cujo desejo mais profundo e íntimo não era condenar ninguém nem ter grandes casos, mas simplesmente trazer um filho para este mundo. Essa era a Jill que eu mais amava, a verdadeira Jill.

Claire tocou violoncelo. Subiu lentamente na plataforma e ficou um tempo sentada, depois, ao fundo, o coro começou a cantar uma linda e emocionante versão de "Loving Arms", uma das canções favoritas de Jill. Quantas vezes cantamos isso, reunidas depois do trabalho no Susie, com afinação encharcada de margaritas. Vi Claire fechar os olhos, e o tremular das cordas do instrumento com as suaves vozes ao fundo formou o tributo perfeito para Jill.

Quando soou o último verso, as pessoas que iam carregá-la ergueram o caixão e a família de Jill levantou-se relutantemente para seguir.

Então alguns de nós começamos a bater palmas. Primeiro lentamente, à medida que a procissão passava. Depois, um por um, todos aplaudiram.

Quando o caixão se aproximou da porta dos fundos do templo, os que o carregavam pararam um pouco, como se quisessem ter certeza de que Jill ouviria os aplausos.

Eu estava olhando para Claire. As lágrimas escorriam pelo meu rosto em tamanha profusão que pensei que não acabariam nunca mais. Eu queria gritar, *Vá, Jill...*

Claire voltou para o seu lugar e apertou a minha mão. E Cindy apertou a outra.

E eu pensei: *Vou encontrar o filho da mãe, Jill. Durma tranquila.*

Capítulo 77

CINDY CHEGOU EM CASA DEPOIS DA MEIA-NOITE. SEUS OLHOS ardiam, o corpo estava anestesiado e ela imaginava se um dia ia se recuperar da perda de Jill.

Sabia que não ia conseguir dormir. A secretária eletrônica estava piscando. Tinha ficado sem contato com ninguém o dia inteiro. Precisava verificar seus e-mails, talvez só para tirar Jill da cabeça.

Foi para o computador e viu a primeira página do *Chronicle*. A história do dia era o rícino. A causa da morte de Jill fora determinada. A morte dela e a de Bengosian fizeram a cidade entrar em pânico. Com que facilidade se podia obter rícino? Quais eram os sintomas? E se pusessem nos reservatórios de água? Havia algum antídoto? Quantas pessoas podiam morrer em San Francisco?

Já ia verificar seus e-mails quando surgiu uma mensagem instantânea. Hotwax1199.

Não perca seu tempo tentando rastrear esse e-mail, era como começava a mensagem.

Cindy ficou paralisada.

Nem precisa copiar. Pertence a um estudante de Dublin, Ohio. Ele nem sabe que perdeu. O nome dele é Marion Delgado, continuou a mensagem.

Sabe quem eu sou?

Sei, escreveu Cindy. Eu sei quem você é. É o filho da mãe que matou minha amiga Jill. Por que está se correspondendo comigo?

Haverá mais um ataque, foi a resposta.

Amanhã. Não será como antes. Muitas pessoas inocentes vão morrer. Pessoas totalmente inocentes.

Onde?, digitou Cindy, e esperou, angustiada.

Pode me dizer onde vai ser? Por favor!

Esse encontro do G-8 tem de ser cancelado, voltou a mensagem.

Você disse que queria ajudar, então ajude, droga! Essas pessoas, o governo, eles precisam pagar pelos seus crimes. Matam pessoas inocentes só por causa do petróleo. Multinacionais fazem o que bem entendem, exploram os pobres em todo o mundo. Você disse que queria dar o seu recado. Eis a sua chance. Faça esses ladrões e assassinos pararem de cometer seus crimes agora.

O mensageiro parou de escrever. Cindy não sabia se ele, ou ela, continuava lá. E não sabia o que fazer.

Apareceram mais palavras na tela.

Faça com que reconheçam seus crimes. É a única maneira de impedir essas mortes.

Aquilo era diferente, pensou Cindy. Quem escrevia estava fazendo um pedido. Talvez fosse uma ponta de culpa, ou de sensatez, que afastava a insanidade.

Percebo que você quer impedir essa loucura, escreveu Cindy.

Por favor, conte-me o que vai acontecer. Ninguém precisa sair ferido!

Nada. Não apareceu mais nenhuma resposta.

– Merda! – Cindy socou o teclado.

Eles a estavam usando, era só isso. Para dar o seu recado.

Ela digitou.

Por que Jill Bernhardt teve de morrer? Que crime ela cometeu? Roubou petróleo? Globalização? O que foi que ela fez?

Passaram-se trinta segundos e nada. Um minuto. Cindy tinha certeza de que havia perdido o mensageiro. Não podia ter ficado com raiva. Aquilo era muito maior do que sua raiva, ou sua dor.

Finalmente apoiou a cabeça no monitor. Quando levantou, não acreditou. Tinham aparecido mais palavras.

Jill Bernhardt não tinha nada a ver com o G-8. Essa não foi como as outras mortes. Foi pessoal, dizia a mensagem.

Capítulo 78

ALGUMA COISA TERRÍVEL IA ACONTECER HOJE. O ÚLTIMO E-MAIL que Cindy recebeu garantia isso. E seu estranho correspondente ainda não tinha errado uma, não tinha enganado ninguém, nem mentido.

Era uma horrorosa sensação de impotência ver o dia raiar e saber que, apesar de todos os recursos do governo dos Estados Unidos, de toda a vigilância tecnológica, de todos os avisos, de toda a polícia que podíamos pôr nas ruas, de todos os anos que trabalhei solucionando homicídios... August Spies ia atacar hoje. E não podíamos fazer nada para impedir os assassinos.

Aquela madrugada eu estava no Centro de Comando de Emergência da prefeitura, um daqueles "locais secretos" escondido em um prédio discreto, numa seção remota da propriedade naval em Hunter's Point. Era uma sala grande, cheia de monitores e de equipamento de comunicação de alta tecnologia. Todos ali estavam muito nervosos. O que August Spies ia inventar agora?

Joe Molinari estava conosco. O prefeito, Tracchio, chefes do Corpo de Bombeiros e da Força-Tarefa de Emergência Médica, todos nós amontoados em volta da "mesa de guerra".

Claire também estava lá. O último aviso deixou todos de cabelo em pé, pois dizia que o novo ataque podia ser em larga escala, envolvendo rícino. Molinari tinha posto em estado de alerta um especialista em toxinas.

Durante a noite, tínhamos resolvido liberar o nome e a descrição de Hardaway para a imprensa. Até o momento não tínhamos conseguido localizá-lo, e a situação só piorou exponencialmente. Assassinatos tinham dado lugar à segurança pública. Tínhamos certeza de que Hardaway estava envolvido de alguma forma e era extremamente perigoso.

Os noticiários da manhã começaram a ser transmitidos. O retrato de Hardaway era o tema principal das três redes de TV. Parecia uma espécie de contagem regressiva angustiante para o dia do juízo final, saído diretamente de algum filme de catástrofe, só que muito pior. A ideia de que a qualquer minuto uma bomba ia explodir, ou um veneno seria espalhado na nossa cidade, talvez até de um avião.

Às sete horas, as inevitáveis ligações de pessoas dizendo que tinham visto Hardaway começaram a chegar. Um empregado tinha certeza de tê-lo visto em Oakland, num supermercado vinte e quatro horas, duas semanas atrás. Outros chamados vieram de Spokane, Albuquerque e até de New Hampshire. Quem podia saber se alguma dessas visões era pra valer? Mas todas as ligações tinham de ser verificadas.

Molinari estava ao telefone com alguém chamado Ronald Kull, da OMC.

– Acho que devemos lançar um tipo de comunicado – insistiu o vice-diretor. – Sem admitir nada, mas dizendo que a organização está avaliando as exigências, se eles interromperem a violência. Assim ganharemos tempo. Que pode salvar vidas. Talvez muitas vidas.

Parece que ele conseguiu um acordo e disse que ia redigir um primeiro esboço do texto. Depois precisava ser aprovado, por Washington e pela OMC.

Tudo isso era confidencial. E o tempo passando. Um desastre ia acontecer a qualquer momento.

E então, de acordo com o e-mail, aconteceu.

Às oito horas e quarenta e dois minutos. Acho que jamais esquecerei essa hora do dia.

Capítulo 79

CRIANÇAS TOMARAM *A ÁGUA DE UM BEBEDOURO NA ESCOLA ELEmentar Redwood City. E passaram mal...* Essas foram as primeiras palavras apavorantes que ouvimos.

Todos os corações naquela sala pararam ao mesmo tempo. Às 8:42. Em questão de segundos, Molinari fez contato com o diretor da escola. Tomaram a decisão de evacuá-la imediatamente. Claire, que usava um fone de cabeça, tentava falar com o veículo de emergência que levava as crianças doentes.

Eu nunca tinha visto as pessoas mais capacitadas da cidade em tamanho pânico. Molinari instruiu o diretor com todo o cuidado.

– Ninguém toca nessa água até chegarmos aí. A escola precisa ser evacuada nesse instante.

Ele enviou uma equipe do FBI em um helicóptero para Redwood City. O especialista em toxicologia estava ligado diretamente aos nossos alto-falantes.

– Se isso for rícino – disse ele –, vamos ver imediatamente convulsões, broncoconstrição, com intensos sintomas de gripe.

Claire tinha sido transferida para a enfermeira da escola. Ela se identificou e disse:

– Preciso que você descreva cuidadosamente os sintomas que as crianças estão apresentando.

– Eu não sabia o que era – respondeu uma voz histérica. – As crianças ficaram fracas de repente, mostravam sinais severos de náusea. A temperatura delas chegou a quase quarenta graus. Dores abdominais, vômito.

Um dos helicópteros de emergência já tinha chegado à escola e sobrevoava o quarteirão, filmando lá de cima. As crianças deixavam o prédio por todas as saídas, guiadas pelos professores. Pais apavorados começavam a chegar.

De repente, uma segunda notícia soou nos alto-falantes. Um trabalhador tinha desfalecido numa construção em San Leandro. Do outro lado da baía. Não sabiam se era ataque do coração, ou alguma coisa que ele havia ingerido.

Enquanto tentávamos acompanhar, surgiu o plantão de notícias nos nossos monitores: Plantão de notícias... Em Redwood City, a escola do ensino básico foi evacuada depois que as crianças foram levadas às pressas para o hospital mais próximo, por terem apresentado violentos sinais de náusea, possivelmente relacionados com alguma substância tóxica. E isso depois dos alertas de possível atividade terrorista hoje...

– Mais algum registro de doença na escola? – perguntou Molinari ao telefone.

– Mais nenhum – respondeu o diretor.

A escola foi totalmente evacuada. O helicóptero continuou sobrevoando em círculos.

De repente, um médico do serviço de emergência transmitiu uma atualização.

– As temperaturas delas estão entre trinta e nove e meio e quarenta graus – relatou o médico. – Náusea aguda e dispneia. Não sei o que está provocando isso. Nunca vi esse tipo de coisa antes.

– Você tem de coletar imediatamente amostras bucais e nasais para determinar se elas estiveram expostas – instruiu o especialista em toxinas. – E tirar raios X do tórax. Procure qualquer tipo de infiltração bilateral.

Claire interrompeu.

– Como estão as funções pulmonares? Respiração? Atividade pulmonar?

Todos aguardaram ansiosamente.

– Parece que estão funcionando – informou o médico.

Claire agarrou o braço de Molinari.

– Ouça, eu não sei o que está acontecendo aqui, mas não acho que é esse rícino – disse ela.

– Como pode ter certeza?

Claire mereceu a atenção de todos.

– O rícino ataca por meio de uma necrose das células vasculares. Eu *vi* os resultados. Os pulmões já deviam estar começando a se degradar. Além disso, o rícino tem um período de incubação de quatro a oito horas, não tem, dr. Taub? – perguntou ela para o toxicólogo na linha.

O especialista concordou de má vontade.

– Isso significa que as crianças teriam de sofrer a exposição durante a noite. Se os pulmões não foram afetados, acho que não teve nada a ver com aquela água. Não sei se isso é algum tipo de contaminação por estafilococos, ou estriquinina... Mas acho que não é rícino.

O minuto passou lentamente enquanto os médicos em Redwood City faziam a primeira série de testes diagnósticos.

Uma equipe de emergência médica já estava no local em San Leandro. Informaram que o trabalhador da obra estava tendo um enfarte e que já estava estabilizado.

– Foi um enfarte – repetiram.

Minutos depois, Redwood City enviou nova comunicação. As chapas de raios X não apresentavam nenhuma deterioração dos pulmões em nenhuma das crianças.

– O exame de sangue revelou traços de enterotoxina estafilocócica do tipo B.

Observei a expressão de Claire.

– Que diabos significa isso? – perguntou o prefeito Fiske.

– Significa que as crianças estão com uma séria infecção por estafilococos – disse ela, respirando aliviada. – É sério, é contagioso, mas não é rícino.

Capítulo 80

O Rincon Center lotou ao meio-dia. Centenas de pessoas almoçando e conversando, lendo as páginas de esportes, correndo de um lado para outro com sacolas da Gap ou da Office Max. Ou apenas relaxando sob a enorme lâmina de água que caía do telhado cintilante.

Um pianista tocava. Mariah Carey. "A hero comes along..." Mas ninguém prestava atenção na música, nem no pianista. Pudera, ele era péssimo.

Robert lia o jornal com o coração desembestado. Ficava imaginando que não havia mais espaço para conversas, ou argumentações. Não dava mais para esperar pela mudança. Hoje promoveria a sua mudança. Deus sabe que ele era um dos desprivilegiados. Entrando e saindo dos hospitais para veteranos. Enlouquecido por sua experiência em combate e depois abandonado. Foi isso que fez dele um radical.

Encostou o sapato na pasta de couro só para ter certeza de que continuava ali. Lembrou-se de uma coisa que tinha visto na TV, numa dramatização da Guerra Civil. Um escravo que havia fugido fora alforriado e depois convocado para lutar no Norte. Participou de algumas das batalhas mais sangrentas da guerra. Depois de uma dessas, avistou seu antigo senhor, em estado de choque e ferido, entre os prisioneiros confederados.

– Olá, meu senhor – disse o escravo. – Parece que os de baixo estão por cima agora.

E era isso que Robert estava pensando quando examinou os desavisados advogados e bancários devorando seus almoços. *Os de baixo estão por cima agora...*

Do outro lado da multidão, o homem por quem Robert esperava apareceu. O homem de cabelo grisalho. O sangue acelerou em suas veias. Robert se levantou e segurou a alça da pasta, mantendo os olhos fixos no homem, seu alvo de hoje.

Aquele era o momento, ele pensou, em que todos os belos discursos, as belas promessas e as homilias viravam ação. Largou o jornal. A área em volta do chafariz estava apinhada de gente. Ele se encaminhou para o piano.

Está com medo de agir? Tem medo de botar a roda em movimento?

Não, disse Robert mentalmente. *Estou pronto. Estou pronto há anos.*

Ele parou e esperou ao lado do piano. O pianista começou a tocar uma música nova, dos Beatles, "Something". Mais um exemplo desse lixo do homem branco.

Robert sorriu para o jovem ruivo debruçado sobre o teclado. Tirou uma nota da carteira e enfiou no pote.

Obrigado, cara, o pianista meneou a cabeça.

Robert retribuiu o aceno de cabeça e quase riu daquela falsa camaradagem. Ele encostou a pasta numa das pernas do piano. Checou o progresso do seu alvo. Estava a menos de dez metros. Robert chutou discretamente a pasta para debaixo do piano. *Tomem isso, seus filhos da puta!*

Robert começou a se afastar devagar, indo para a entrada norte. *É isso aí, neném*. Era isso que ele estava esperando. Procurou nos bolsos o celular roubado. O alvo estava apenas a cinco metros de distância. Robert deu meia-volta quando chegou à porta de saída e olhou a cena.

O homem grisalho parou ao lado do piano exatamente como o professor tinha dito que faria. Tirou uma nota de um dólar da carteira. Atrás dele, a coluna de água de vinte e cinco metros de altura escorria pelo telhado.

Robert empurrou a porta dupla, saiu do prédio e apertou duas teclas pré-programadas no celular: G-8.

Então parecia que o mundo inteiro estava explodindo em fumaça e chamas, e Robert sentiu a satisfação mais incrível de toda a sua vida. Aquela era uma guerra da qual ele realmente queria participar.

Nem viu o clarão, apenas o prédio entortando num amontoado de concreto e de vidro, as portas explodindo atrás dele.

Vamos começar a revolução, neném... Robert sorriu. *Os de baixo estão por cima agora...*

Capítulo 81

Alguém gritou muito alto no Centro de Comando de Emergência. Um dos caras que controlava as transmissões de rádio da polícia arrancou seus fones de ouvido.

– Uma bomba acabou de explodir no Rincon Center!

Virei para Claire e senti a vida se esvaindo de mim. O Rincon Center era um dos pontos mais espetaculares da cidade, no coração do bairro financeiro, que abrigava agências do governo, escritórios e centenas de apartamentos. Naquela hora do dia, estaria lotado. Quantas pessoas tinham acabado de morrer?

Eu não ia ficar por ali à espera dos relatórios da polícia com as listas dos danos e dos mortos. Saí correndo do Centro de Comando de Emergência, com Claire na minha cola. Embarcamos na sua van de médica-legista. Levamos cerca de quinze minutos para chegar voando ao centro da cidade e abrir caminho no labirinto do trânsito, dos caminhões de bombeiros e dos curiosos que se amontoavam em volta da área atingida. Informes no rádio diziam que a bomba tinha explodido no átrio, onde haveria mais gente ao meio-dia.

Largamos a van na esquina da Beale com a Folsom e saímos em disparada. Dava para ver a fumaça subindo do Rincon a dois quarteirões de distância. Tivemos de ir para a entrada da rua Steuart, passamos correndo pelo restaurante Red Herring, pelo Harbor Court Hotel e pelo YMCA.

– Lindsay, isso é muito ruim, é péssimo – gemeu Claire.

A primeira coisa que senti foi o cheiro acre de pólvora. As portas externas de vidro estavam completamente destruídas. Havia pessoas sentadas na calçada tossindo, sangrando, com cortes provocados pelos vidros que explodiram, exalando fumaça dos pulmões. Ainda estavam evacuando os sobreviventes à direita e à esquerda. O que significava que o pior estava lá dentro.

Respirei fundo.

– Vamos. Tenha *cuidado*, Claire.

Tudo estava coberto por uma fuligem quente e preta. A fumaça atacou meus pulmões. A polícia tentava abrir espaço. Equipes de bombeiros apagavam incêndios esporádicos.

Claire se ajoelhou ao lado de uma mulher com o rosto queimado e que berrava que não conseguia enxergar. Passei pelas duas e avancei. Havia dois corpos no centro do átrio, perto da Coluna de Chuva, que continuava a derramar água numa piscina no chão. *O que essas pessoas fizeram? É essa a ideia que têm de guerra?*

Policiais experientes rosnavam em rádios portáteis, mas vi os mais jovens parados, perdidos, contendo as lágrimas.

No centro do pátio, avistei um amontoado de madeira retorcida e fios derretidos. O que restava de um piano. Vi Niko Magitakos, do Esquadrão Antibomba, abaixado ao lado. Nunca vou esquecer a expressão dele. Uma coisa tão terrível como aquela, a gente reza para não acontecer.

Abri caminho até Niko.

– O local da explosão – disse ele, jogando um pedaço de madeira carbonizada sobre a pilha do piano. – Aqueles filhos da puta, *filhos da puta*, Lindsay! As pessoas estavam apenas almoçando aqui.

Eu não era especialista em bombas, mas notei um anel de devastação, bancos, árvores, manchas de queimado... O local das mortes lançado para longe com a explosão no centro do átrio.

– Duas testemunhas dizem que viram um negro bem-vestido. Ele deixou uma pasta embaixo do piano e depois sumiu. O meu palpite é que é a mesma obra do caso da Marina. Explosivo C-4, detonado eletronicamente. Talvez por celular.

Uma mulher com um colete do Esquadrão Antibomba chegou correndo, segurando o que parecia um fragmento de uma pasta de couro arrebentada.

– Etiquete isso – instruiu Niko. – Se conseguirmos encontrar a alça, talvez haja uma impressão.

– Espere – disse eu quando ela já ia se afastando.

O que a mulher tinha encontrado era uma faixa larga de couro, o pedaço que rodeava o fecho da pasta, e estava presa às molas. Havia duas letras gravadas nessa tira de couro. AS.

Senti ânsia de vômito. Eles estavam nos sacaneando. Zombavam de nós. É claro que eu sabia o que queriam dizer aquelas letras.

A.S. August Spies.

Meu celular tocou e eu atendi. Era Cindy na linha.

– Você já está aí, Lindsay? Você está bem?

– Estou aqui. O que há?

– Eles assumiram a autoria da explosão – disse-me ela. – Alguém telefonou para o jornal. Disse que foi August Spies. Ele avisou: "Mais três dias e... cuidado!" Disse também que isso foi apenas um treino.

Capítulo 82

NO FIM DA TARDE, FINALMENTE CAIU A FICHA DE QUE EU NÃO tinha dormido nem uma hora, pela segunda noite, em três dias.

Também passei a ter a sensação de que estava ignorando alguma coisa importante sobre o caso. Tive certeza disso.

Liguei para Claire e para Cindy ao mesmo tempo. Estava tão concentrada em encontrar Hardaway que tinha ignorado outra coisa.

Claire havia passado o dia no necrotério, incumbida da mórbida tarefa de tentar identificar as vítimas da explosão do Rincon Center. Até o momento havia dezesseis mortos e outros tantos a caminho, infelizmente. Ela combinou de se encontrar comigo alguns minutos no Susie, do outro lado da rua, na nossa mesa de canto habitual.

Assim que coloquei o pé na rua, a caminho do Susie, senti a angústia na expressão das pessoas. Claire e Cindy já estavam à minha espera lá dentro.

– A mensagem sobre Jill é a chave – contei para elas minha última teoria enquanto bebíamos chá.

– O bilhete dizia que ela fazia parte do governo – disse Claire, sem entender.

– Não esse bilhete, o e-mail da Cindy. Dizia: "Essa não foi como os outros..."

– Essa foi pessoal – completou Cindy.

– Você está achando que Jill teve algum contato pessoal com esse cara? – perguntou Claire, incrédula. – De que tipo?

– Não sei o que estou pensando. Só sei que cada uma dessas vítimas foi escolhida a dedo. Nenhum assassinato foi executado ao acaso. Então, o que os levou até Jill? Eles a seguiram, cercaram a casa dela e a levaram de lá. Lightower, Bengosian... Alguma coisa ligava Jill a esses dois.

– Talvez um dos casos dela? – Cindy sacudiu os ombros.

Claire não se convenceu.

Nossa conversa foi interrompida. Olhamos em volta. O silêncio levou todas nós à mesma constatação. O assento vazio à mesa.

– É muito estranho estar aqui – disse Claire, suspirando – fazendo isso sem a Jill. Falando dela.

– Jill vai nos ajudar – sussurrei.

Olhei para as duas. Havia uma fagulha nova em seus olhos.

– Muito bem – disse Claire, meneando a cabeça. – Como?

– Vamos investigar os seus antigos casos – disse eu. – Vou ver se alguém da equipe do Sinclair pode reunir a papelada para nós.

– E vamos procurar o quê, exatamente? – perguntou Cindy com os olhos semicerrados.

– Você tem o e-mail. Alguma coisa *pessoal* – respondi. – Como é esse caso para nós. Vejam os rostos aqui dentro e lá fora, na rua. Alguém tem de parar esses filhos da mãe, esses assassinos.

Capítulo 83

BENNETT SINCLAIR ME PÔS EM CONTATO COM WENDY HONG, uma jovem promotora do escritório dele, e com April, a assistente de Jill. Requisitamos os arquivos dos casos de Jill dos últimos oito anos. Completos!

Era uma montanha de papéis que foi levada da sala da promotoria, no porão do prédio, em grandes carrinhos que pareciam de lavanderia e empilhada na sala de Jill em montes de pastas volumosas e encadernadas.

E então começamos.

Durante o dia, eu continuava a trabalhar na investigação, procurando encurralar Hardaway. Mas à noite, e em todos os outros momentos livres que tinha, descia para a sala da Jill e pesquisava os arquivos. Claire fez a mesma coisa. E Cindy também. Bem tarde da noite parecia que a luz da sala de Jill era a única que restava acesa no prédio da prefeitura.

Essa foi pessoal. A frase ecoava em nossos ouvidos.

Mas não encontramos nada. Tempo de muita gente desperdiçado. Se havia uma ligação de August Spies com a vida de Jill, não estava naqueles arquivos. Mas onde é que estava? Tinha de estar em algum lugar.

Pusemos a última pasta no carrinho para voltar para o subsolo.

– Vá para casa – disse-me Claire, ela também exausta. – Durma um pouco.

Claire levantou-se com esforço e vestiu sua capa de chuva. Colocou a mão no meu ombro e apertou.

– Vamos descobrir outro caminho, Lindsay. Vamos sim.

Claire estava certa. Eu precisava de uma boa noite de sono, mais que tudo no mundo, além de um banho quente. Tinha apostado muito naquilo.

Verifiquei como estavam as coisas no departamento mais uma vez e então, pela primeira vez que conseguia lembrar, arrumei minhas coisas para ir para casa dormir. Entrei no Explorer e segui pela Brannan, na direção de Potrero. Parei num sinal vermelho. Estava me sentindo completamente oca.

O sinal ficou verde para mim. Continuei lá parada. No fundo, sabia que não ia para casa.

Entrei à direita quando o sinal abriu de novo e peguei a Dezesseis, a caminho de Buena Vista Park. Não era nenhuma ideia brilhante que tinha despontado na minha cabeça... Era mais falta de coisa melhor para fazer.

Havia alguma coisa que ligava Jill a eles. Pelo menos disso eu tinha certeza. Apenas não tinha encontrado esse elo.

Quando cheguei, vi que havia um único policial guardando a casa de Jill. A fita amarela da cena do crime bloqueava os degraus da entrada.

Identifiquei-me para o jovem policial à porta, que deve ter ficado contente de ter algo com que se distrair àquela hora da noite. Entrei na casa de Jill.

Capítulo 84

TIVE UMA SENSAÇÃO MUITO RUIM DE QUE TALVEZ NÃO DEVESSE fazer aquilo. Andar pela casa na qual estive tantas vezes, sabendo que Jill estava morta. Ver as coisas dela, um guarda-chuva Burberry, o pote de ração de Otis, uma pilha de jornais recentes. Fui dominada por um sentido de solidão e senti mais ainda a sua falta.

Fui para a cozinha. Folheei uns papéis que estavam sobre uma velha mesa de pinho. Estava tudo exatamente como Jill havia deixado. Um bilhete para Ingrid, a diarista. Algumas contas. A caligrafia conhecida de Jill. Era quase como se ela ainda estivesse por ali.

Subi ao segundo andar. Segui pelo corredor até o escritório de Jill. Era ali que fazia seu trabalho, passava grande parte do tempo. O espaço de Jill.

Sentei à mesa dela. Senti seu perfume. Jill tinha um velho abajur de latão. Eu o acendi. Vi algumas cartas espalhadas sobre a mesa. Uma da irmã dela, Beth. Algumas fotos, dela com Steve e Otis em Moab.

O que está fazendo aqui, Lindsay?, perguntei de novo para mim mesma. *O que espera encontrar? Alguma coisa assinada por August Spies? Não seja boba.*

Abri uma das gavetas da mesa. Pastas. Coisas da casa. Viagens, relatórios de milhagem.

Levantei e fui até a estante de livros. *The Voyage of the Narwhal*, *The Corrections*, histórias de Eudora Welty. Jill sempre teve bom gosto para livros. Eu nunca soube onde encontrava tempo para ler aquelas coisas. Mas ela dava um jeito.

Abaixei e abri um armário embaixo da estante. Deparei-me com caixas de fotos antigas. Viagens que ela fez, o casamento da irmã. Tinha até mais antigas, do tempo da formatura na faculdade de direito.

Olhe só para Jill, cabelo crespo, magra feito um poste, mas forte. Aquelas fotos me fizeram sorrir. Sentei no chão de tábua corrida e curti os retratos. *Meu Deus, como sinto sua falta!*

Vi um fichário antigo em estilo acordeom, bem preso com um elástico. Abri. Muitas coisas antigas. Surpreendi-me com o que continha. Cartas, fotos, recortes de jornais. Alguns boletins de quando Jill cursava o ensino médio. O convite de casamento dos pais dela.

E uma pasta cheia de recortes de jornal. Folheei tudo. Eram quase todos sobre o pai dela.

O pai de Jill era promotor, em San Francisco, e antes, no Texas. Jill contou que ele costumava chamá-la de sua pequena segunda no comando. Falecera poucos meses antes, e era óbvio que Jill sentia muita falta dele. A maior parte dos artigos tratava de casos nos quais ele tinha trabalhado, ou de indicações que havia recebido.

Dei de cara com um velho artigo amarelado. A fonte me surpreendeu.

San Francisco Examiner, 17 de setembro de 1970.

O título dizia PROMOTOR CITADO NO CASO DA BOMBA DO BNA.

O BNA era Black National Army, Exército Nacional dos Negros. Um grupo radical dos anos 1960. Conhecido por praticar roubos violentos e assaltos à mão armada.

Li rapidamente o artigo. O nome do promotor me provocou um arrepio na espinha.

Robert Meyer.

O pai de Jill.

Capítulo 85

UMA HORA DEPOIS, EU SOCAVA A PORTA DA CASA DE CINDY. ERAM duas e meia da madrugada. Ouvi as trancas girando e a porta se abriu lentamente. Cindy olhava para mim espantada, de camiseta comprida dos Niners, com olhos remelentos. Eu devia tê-la acordado do melhor sono que tinha há três dias.

– É melhor que seja muito bom – disse ela, quando trancou a porta.

– É bom sim, Cindy. – Aproximei o artigo do velho *Examiner* do rosto dela. – Acho que descobri de que forma Jill está ligada ao caso.

Quinze minutos mais tarde, percorríamos as ruas escuras e vazias da cidade no meu Explorer, indo para o escritório do *Chronicle* na Quinta com a Mission.

– Eu nem sabia que o pai de Jill tinha trabalhado aqui – disse Cindy e depois bocejou.

– Ele iniciou a carreira aqui, quando se formou na faculdade de direito, só depois voltou para o Texas. Logo depois que Jill nasceu.

Chegamos à baia de Cindy por volta das três da madrugada. Havia pouca luz na sala de notícias e dois frilas cuidando das transmissões noturnas, pegos jogando video bridge.

– Auditoria de eficiência noturna – disse Cindy para eles, muito séria. – Vocês acabaram de ser reprovados.

Ela rodou a cadeira para a frente da tela e ligou o computador. Digitou algumas palavras na pesquisa do banco de dados do *Chronicle*: *Robert Meyer*. *BNA*. E então apertou a tecla ENTER.

Logo de cara apareceram várias inserções dos nomes pesquisados. Passamos por vários artigos sobre atividades contra a guerra e do BNA nos anos 1960 que não tinham relação com o que queríamos. Mas acabamos encontrando.

PROMOTOR CITADO EM CASO DE ATAQUE MORTAL DO BNA.

Era uma série de artigos de setembro de 1970.

Fomos recuando a partir dali, e bingo! AGENTES FEDERAIS E POLICIAIS INVADEM FORTALEZA DO BNA. QUATRO MORTOS EM TIROTEIO.

Aquelas manifestações radicais da década de 1960. Protestos constantes contra a guerra, passeatas do SDS (Students for a Democratic Society) na Sproul Plaza em Berkeley. Lemos rapidamente vários artigos. O BNA tinha assaltado alguns bancos e depois um caminhão-forte da Brink. Um guarda, um refém e dois policiais foram mortos nesse assalto. Dois membros do BNA estavam na lista do FBI dos Dez Fugitivos Mais Procurados.

Vimos tudo que o *Chronicle* tinha em seu banco de dados. Um esconderijo do BNA foi desmontado na noite do dia 6 de dezembro de 1969. Os federais cercaram a casa numa rua tranquila de Berkeley, seguindo orientação de um informante. Entraram atirando.

Cinco radicais que estavam na casa foram mortos. Entre eles Fred Whitehouse, líder do grupo, e duas mulheres.

Um garoto branco foi alvejado e morreu nessa operação da polícia federal, um aluno de Berkeley. Era de classe média alta, da região de Sacramento. A família e os amigos insistiram que ele nem sabia como usar uma arma. Que era apenas um garoto idealista flagrado protestando contra uma guerra imoral.

Ninguém dizia o que ele estava fazendo na casa.

O nome dele era William "Billy" Danko.

Capítulo 86

UM GRANDE JÚRI FOI CONVOCADO PARA INVESTIGAR O TIROTEIO no esconderijo do BNA. Acusações pesadas foram lançadas a torto e a direito. O caso foi entregue a um promotor em ascendência da promotoria pública. Robert Meyer. O pai de Jill.

O júri não encontrou provas de qualquer má conduta da polícia no julgamento. Os que morreram, argumentou a polícia, estavam entre os mais procurados pelo FBI, apesar de essa descrição ter de ser ampliada demais no caso de Billy Danko. Os agentes federais exibiram uma caixa de armas confiscadas na invasão: Uzis, lançadores de granada, pilhas de munição. Encontraram uma arma na mão de Fred Whitehouse, embora simpatizantes tivessem afirmado que foi plantada.

– Muito bem – disse Cindy cansada, empurrando a cadeira para trás –, para onde vamos daqui?

O banco de dados levava a um artigo de 1971, um ano depois, na revista de domingo do *Chronicle*.

– Vocês têm um arquivo morto lá embaixo, não têm?

– É, temos. No subsolo. Um arquivo morto.

Já eram quase quatro da manhã. Acendemos a luz na sala do arquivo e não vimos nada além de prateleiras e mais prateleiras de metal enfileiradas, cheias de condutores, cabos e rolos de fios.

Franzi a testa, decepcionada.

– Você conhece o sistema, Cindy?

– Claro que conheço o sistema – respondeu. – É só vir aqui no horário normal de expediente e perguntar para o cara que senta naquela mesa ali.

Nós nos separamos e percorremos os corredores escuros e apertados. Cindy não tinha certeza se havia arquivos tão antigos. O que estávamos procurando podia existir apenas em filme.

Finalmente, ela gritou.

– Encontrei alguma coisa!

Fui ziguezagueando pelas filas de prateleiras escuras, seguindo o som da sua voz. Quando a encontrei, ela tirava lá de cima montes de números antigos do suplemento, em grandes recipientes de plástico. Estavam etiquetados por ano.

Sentamos no chão frio de concreto, lado a lado, quase sem luz para ler.

Mesmo assim, encontramos logo o artigo que o banco de dados tinha indicado. Era um levantamento dos fatos intitulado "O que realmente aconteceu com os cinco da rua Hope".

De acordo com quem escreveu, a polícia local tinha fabricado toda a cena do crime para se livrar dos insurgentes. Tinham recebido a dica de um informante. Foi um massacre, não uma prisão. As vítimas estavam supostamente dormindo em suas camas.

Grande parte do artigo se concentrava na vítima branca da invasão, Billy Danko. O FBI afirmara que ele era do grupo Weathermen e o associaram a uma bomba na filial regional da Raytheon, fabricante de armas. O artigo do *Chronicle* contradizia quase todos os fatos que o FBI dizia ter sobre Danko, que realmente parecia ser uma vítima inocente.

Eram quatro horas da madrugada. Eu estava ficando frustrada, com raiva.

Cindy e eu notamos a mesma coisa, ao mesmo tempo.

Nos procedimentos do julgamento. Foi revelado que os membros do BNA e dos Weathermen usavam codinomes quando faziam contato uns com os outros. Fred Whitehouse era Bobby Z., nome do Black Panther que foi fuzilado. Leon Mickens era Vlad, de Vladimir Ilyich Lênin. Joanne Crow era Sasha, uma mulher-bomba que tinha se explodido na luta contra a ditadura no Chile.

– Está vendo, Cindy?

Olhei para ela naquela penumbra.

O nome que Billy Danko tinha escolhido era August Spies.

Jill tinha mostrado o caminho.

Capítulo 87

As luzes estavam acesas na sala de Molinari – as únicas no prédio às seis da manhã.

Ele estava ao telefone quando entrei. Seu rosto se iluminou com o que julguei ser um sorriso cansado, satisfeito, mas exausto. Ninguém estava dormindo aqueles dias.

– Estava apenas tentando acalmar o chefe da equipe – disse ele quando desligou o telefone e sorriu –, dizendo que não éramos o equivalente em segurança aqui a... digamos, à Chechênia, que tem pontes maiores. Diga que você tem alguma coisa... qualquer coisa...

Mostrei lhe o artigo amarelado e dobrado que tinha encontrado no escritório da casa de Jill.

Molinari pegou a folha com o artigo, PROMOTOR CITADO NO CASO DA BOMBA DO BNA. Deu uma lida rápida.

– Como foi que você os chamou, Joe? Radicais dos anos 1960 que você disse que ainda estão por aí, que nunca mais apareceram?

– Coelhos brancos? – disse ele.

– E se não fosse uma motivação política? E se houvesse algum outro motivo? Ou talvez seja em parte político, mas algo mais também?

– Motivação para *o quê*, Lindsay?

Entreguei-lhe o último artigo, a revista de domingo, aberta na parte que falava do codinome de Billy Danko, com um círculo vermelho em volta de August Spies.

– Para voltar ao jogo. Para cometer esses assassinatos. Talvez para promover algum tipo de vingança. Ainda não sei tudo. Mas tem alguma coisa aqui.

Nos minutos seguintes, expus para Molinari tudo que tínhamos, até o promotor Robert Meyer, pai de Jill.

Molinari piscou com os olhos vidrados. Olhou para mim como se eu fosse louca. E realmente parecia loucura. O que eu tinha estava voando na cara da investigação, dos pronunciamentos dos assassinos, dos conhecimentos de todas as agências da lei do país.

– Exatamente aonde você quer chegar com isso, Lindsay? – perguntou Molinari por fim.

– Temos de descobrir tudo que pudermos sobre as pessoas naquela casa. Eu começaria com Billy Danko. A família dele era de Sacramento. O FBI tem arquivos sobre o que aconteceu, certo? O Departamento de Justiça, seja lá o que for. Preciso tomar conhecimento de tudo que os federais sabem.

Molinari balançou a cabeça lentamente, para a frente e para trás. Entendi que eu estava pedindo muita coisa. Ele fechou os olhos um segundo e recostou na cadeira. Quando abriu, eu vi um esboço de sorriso.

– Eu sabia que tinha um motivo para sentir sua falta, Lindsay.

Considerei aquilo um sim.

– O que eu não sabia – ele empurrou a cadeira para trás – era que tinha a ver com a possibilidade de nós dois termos tempo livre depois de sermos demitidos dos nossos cargos.

– Eu também senti sua falta – disse eu.

Capítulo 88

SAN FRANCISCO ESTAVA EM PÂNICO, EU NUNCA VI NADA IGUAL. As histórias sobre as notícias não paravam. E, nesse meio-tempo, onde nós estávamos? Nem perto dos assassinos.

Toda a minha teoria dependia de descobrir um modo de fazer com que as outras vítimas se encaixassem com os assassinatos atuais. Eu tinha certeza de que havia uma ligação.

Bengosian era de Chicago. Isso tornava mais difícil associá-lo aos outros. Mas lembrei que Lightower tinha estudado em Berkeley. O assessor tinha dito isso quando fomos até a empresa de Lightower, depois da sua morte.

Telefonei para Dianne Aronoff, a irmã de Mort Lightower, e consegui pegá-la em casa. Nós conversamos e eu descobri que seu irmão tinha sido membro do SDS. E em 1969, seu terceiro ano em Berkeley, ele trancou a matrícula.

Mil novecentos e sessenta e nove foi o ano da invasão da casa na rua Hope. Será que isso queria dizer alguma coisa? Podia ser.

À uma hora, Jacobi bateu à minha janela.

– Acho que encontramos o pai do seu cara, o Danko.

Ele e Cappy tinham começado a procurar na lista telefônica, depois confirmaram o endereço num colégio do lugar. O pai de Danko continuava em Sacramento. No mesmo endereço em que moravam em 1969. Um homem atendeu quando Cappy ligou. E desligou assim que os inspetores mencionaram o nome de Billy Danko.

– Tem uma filial do FBI lá. – Jacobi deu de ombros. – Ou então...?

– Toma. – Levantei-me de um pulo e joguei a chave do Explorer para ele. – Você dirige.

Capítulo 89

ERAM UMAS DUAS HORAS PELA RODOVIA 80 ATÉ SACRAMENTO, qualquer que fosse o caminho que pegássemos para chegar até ela, e mantivemos o Explorer a 120 quilômetros por hora pela Bay Bridge. Uma hora e cinquenta minutos depois, paramos na frente de um rancho estilo anos 1950, meio decadente. Precisávamos ganhar um ponto ali, precisávamos muito.

A casa era grande, mas malcuidada, tinha uma elevação gramada na frente e um quintal cercado nos fundos. O pai de Danko era médico. Lembrei-me disso. Trinta anos atrás aquela talvez fosse uma das casas mais bonitas do quarteirão.

Tirei meus óculos escuros e bati à porta da frente. Demorou para alguém atender, e eu já estava ficando impaciente, para dizer o mínimo.

Finalmente apareceu um senhor idoso, que abriu a porta e espiou desconfiado. Vi o nariz e o queixo pontudo, parecido com a foto de Billy Danko na revista de domingo do *Chronicle*.

– São vocês os idiotas que telefonaram para cá hoje? – Ele ficou lá parado, muito desconfiado. – Claro que são.

– Sou a tenente Lindsay Boxer. E este é o inspetor da Homicídios, Warren Jacobi. Importa-se de nos deixar entrar?

– *Eu me importo*, sim – disse ele, mas abriu a porta de tela assim mesmo. – Não tenho nada a dizer para a polícia sobre o meu filho, a não ser para ouvir seu pedido de desculpas pelo assassinato dele.

Ele nos levou para uma pequena sala de estar nos fundos da casa, passando por corredores bolorentos com a tinta descascada nas paredes. Parecia que ninguém mais morava lá com ele.

– Esperávamos poder fazer algumas perguntas sobre o seu filho – disse Jacobi.

– Então façam. – Danko afundou num sofá com estampa de retalhos. – A melhor hora para fazer perguntas foi trinta anos atrás. William era um bom menino, um *ótimo* menino. Nós o criamos para pensar com a cabeça dele e foi o que ele fez, escolhas conscientes, as escolhas certas, isso ficou provado mais tarde. Perder aquele menino custou-me tudo que eu tinha. Minha mulher... – Ele acenou com a cabeça para um retrato em preto e branco de uma mulher de meia-idade. – Tudo.

– Sentimos pelo que aconteceu. – Sentei na beirada de uma poltrona muito manchada. – Ninguém está aqui para incomodá-lo mais. Tenho certeza de que o senhor está a par do que tem acontecido em San Francisco recentemente. Muita gente morreu por lá.

Danko balançou a cabeça.

– Já passaram trinta anos e vocês não o deixam descansar em paz.

Olhei para Jacobi. Aquilo ia ser difícil. Comecei falando de Jill, que tínhamos descoberto a ligação do pai dela com o ataque à casa da rua Hope. Depois contei que uma das outras vítimas, Lightower, também tinha uma ligação com Berkeley e com o movimento estudantil.

– Não é minha intenção dizer como devem fazer seu trabalho, *inspetores* – sorriu Carl Danko –, mas isso está me parecendo um monte de suposições malucas.

– Seu filho tinha um codinome – disse eu –, August Spies. August Spies é o nome usado pelas pessoas que estão provocando essas mortes.

Carl Danko fungou com desprezo e pegou um cachimbo. Parecia achar tudo aquilo engraçado.

– O senhor conhece alguém que possa estar envolvido? – insisti. – Um dos amigos do Billy? Talvez alguém que tenha feito contato com o senhor recentemente?

– Quem quer que esteja fazendo isso, que Deus o abençoe. – Carl Danko limpou seu cachimbo. – A verdade é que vocês perderam seu tempo vindo até aqui. Não posso ajudá-los em nada. E se pudesse... Espero que entendam de alguma forma que eu posso não estar muito disposto a ajudar a polícia de San Francisco. Agora, por favor, saiam da minha casa.

Jacobi e eu nos levantamos. Dei um passo na direção da porta, rezando para ter uma espécie de epifania antes de chegar até ela. Parei diante da foto da mulher dele. E notei uma foto ao lado dela.

Era um retrato de família.

Alguma coisa me fez focalizar os rostos.

Havia mais um filho na foto.

Mais jovem. Talvez com uns dezesseis anos. A cópia da mãe. Os quatro sorriam, sem nenhuma preocupação, num dia que parecia agradável e ensolarado, no passado distante.

– O senhor tem outro filho. – Dei meia-volta e encarei Danko.

– Charles... – Ele deu de ombros.

Peguei o porta-retrato.

– Talvez devêssemos falar com ele. Ele pode saber de alguma coisa.

– Eu duvido. – Danko olhou fixo para mim. – Ele está morto também.

Capítulo 90

NO MEU EXPLORER DE NOVO, LIGUEI PARA CAPPY.

– Quero que investigue um tal de Charles Danko. Nascido em Sacramento, 1953-54. Possivelmente falecido. É tudo que tenho. E pode abusar das minúcias e detalhes. Se esse cara está morto, quero ver o atestado de óbito que prova o fato.

– Vou cuidar disso – disse Cappy. – Mas agora tenho uma para você. É o George Bengosian, tenente. Você tinha razão, ele de fato fez um curso de admissão à faculdade de medicina numa universidade de Chicago. Mas isso foi *depois* de se transferir aqui de Berkeley. Bengosian estudou aqui em 1969.

– Obrigada, Cappy. Ótimo trabalho. Continue assim.

Então agora tínhamos três, Jill, Lightower e Bengosian, ligados à invasão criminosa da polícia na casa da rua Hope. E o codinome August Spies associado a Billy Danko.

Ainda não sabia o que fazer com isso. Como o velho Danko tinha dito, tudo não passava de um monte de suposições.

Como Jacobi voltou dirigindo, eu acabei cochilando um pouco no carro. Foi o meu primeiro sono de verdade em três dias. Chegamos por volta das seis.

– Caso queira saber – disse Jacobi –, você ronca.

– Ronrono – corrigi. – Eu ronrono.

Antes de ir para a minha sala, eu queria ver Molinari. Subi correndo a escada e entrei sorrateiramente em sua sala. Havia uma reunião em andamento. O que era aquilo?

O chefe Tracchio estava sentado à mesa dele. Assim como Tom Roach, do FBI. E Strickland, encarregado da segurança avançada do G-8.

– Lightower estava lá – anunciei, mal contendo minha animação. – Em Berkeley... Na época da invasão ao esconderijo do BNA. E George Bengosian também. Estavam todos lá.

– Eu sei – disse Molinari.

Capítulo 91

LEVEI APENAS UM SEGUNDO PARA ENTENDER.

– Vocês encontraram o arquivo do FBI sobre o BNA?

– Melhor do que isso – disse Molinari. – Encontramos um dos agentes do FBI que era encarregado da operação na rua Hope.

– William Danko *era* membro de carteirinha do grupo Weathermen. Pode ter certeza disso. Foi visto vigiando a vizinhança da filial em Grumman, que foi alvo de uma explosão em setembro de 1969. O codinome dele, August Spies, foi captado em escuta telefônica das linhas sabidamente utilizadas pelos Weathermen. O garoto não era inocente, Lindsay. Tinha envolvimento com assassinatos.

Molinari empurrou na mesa um bloco todo escrito com a letra dele.

– O FBI tinha começado a segui-lo uns três meses antes da invasão. Havia mais dois envolvidos que faziam parte da célula de Berkeley. O FBI conseguiu cooptar um deles e usá-lo como informante. É impressionante como a ameaça de vinte e cinco anos num presídio federal é capaz de sufocar uma promissora carreira na medicina.

– Bengosian! – exclamei.

Senti uma descarga de adrenalina nas veias. Era a confirmação da minha teoria.

Molinari fez que sim com a cabeça.

– Eles fizeram Bengosian virar casaca, Lindsay. Foi assim que chegaram à casa na rua Hope aquela noite. Bengosian traiu os amigos. Você tinha razão. E tem mais...

– Lightower – disse eu, cheia de expectativas.

– Ele era colega de quarto de Danko – respondeu Molinari. – A universidade reprimia os estudantes ativistas da SDS. Talvez

Lightower tivesse resolvido que era hora de passar um semestre no exterior.

– E um dos agentes do FBI que liderou o ataque, que entrou na casa aquela manhã, foi promovido. Passou vinte anos no Bureau, aposentou-se aqui mesmo em San Francisco. O nome dele é Frank T. Seymour. Esse nome faz lembrar de alguma coisa?

Sim, fazia lembrar de alguma coisa sim, mas não foi nada animador. Apenas uma sensação desagradável.

Frank T. Seymour era um dos que tinham morrido com a explosão do Rincon Center.

Capítulo 92

Já era noite e Michelle gostava da noite. Podia assistir aos *Simpsons*, às reprises de *Friends*. Podia rir um pouco, como antes de tudo aquilo começar, como quando era criança em Eau Claire.

Eles tiveram de abandonar o apartamento de Oakland em que estavam morando nos últimos seis meses. Tinham se mudado para a casa de Julia, em Berkeley.

E não podiam mais sair muito de casa. A situação era tensa demais. Ela às vezes via na TV uma fotografia de Mal, mas os locutores o chamavam de Stephen Hardaway. Robert tinha ido morar com eles também. Agora eram quatro. E talvez Charles Danko acabasse indo para lá também. Diziam que ele já tinha o plano final, o fim do jogo, que Mal garantia que ia deixar todo mundo louco. Era *gigantesco*.

Michelle desligou a TV e desceu para o primeiro andar. Mal estava curvado sobre os fios, mexendo no novo artefato, a última bomba. Ele dizia que tinham um plano para entrar com aquele bebê. O simples fato de estar no mesmo lugar daquela maldita coisa já deixava Michelle apavorada.

Ela chegou por trás dele, sem fazer barulho.

– Mal, quer comer alguma coisa? Posso preparar para você.

– Você pode assistir enquanto eu trabalho, Michelle.

Isso foi mais uma reclamação do que uma resposta. Ele estava soldando um fio vermelho numa perna de mesa de madeira, que Michelle sabia que escondia o detonador.

Ela pôs a mão no ombro dele.

– Preciso conversar com você, Mal. Acho que eu quero dar o fora.

Mal endireitou as costas e levantou a cabeça. Tirou as lentes especiais e afastou o cabelo grudado no rosto suado.

– Você vai dar o fora? – disse Mal, balançando a cabeça como se achasse graça naquilo. – E vai para onde? Pegar um ônibus e voltar para casa? Lá para Deusmelivre? Entrar para a faculdade de Deusmelivre depois de explodir uns garotos na cidade grande?

Os olhos de Michelle se encheram de lágrimas. Sinais reveladores de fraqueza, ela sabia disso. O temido sentimentalismo.

– Pare com isso, Mal.

– Você é uma *assassina* procurada, docinho. A babá bonitinha que explodiu as crianças. Será que já esqueceu?

De repente Michelle viu as coisas mais claras. Muitas coisas. Mesmo que fizessem aquele trabalho, o último, Mal jamais iria embora com ela. Quando fechava os olhos à noite, via os filhos dos Lightower. Sentados à mesa do café da manhã. Depois se arrumando para ir para a escola. Ela sabia que tinha feito coisas terríveis. Por mais que desejasse que fosse diferente, Mal tinha razão, ela não tinha para onde ir. Ela era a babá assassina. E sempre seria.

– Ah, não fique assim – disse Mal, subitamente mais gentil. – Já que está aqui, pode me ajudar, querida. Preciso do seu lindo dedo. Naquele fio. E lembre-se, não há nada com que se preocupar.

Ele ergueu o celular.

– Sem carga, nada de explosão, certo? Nós seremos heróis, Michelle. Vamos salvar o mundo dos bandidos. Nunca mais nos esquecerão.

Capítulo 93

UMA HORA DA MADRUGADA. MAS QUEM CONSEGUIA DORMIR?

Molinari apareceu na nossa sala. Eu assistia às notícias com Paul Chin. Ele olhou para mim e suspirou.

– Charles Danko.

Molinari jogou uma pasta verde na minha frente, na mesa. Tinha escrito INFORMAÇÃO CONFIDENCIAL, FBI.

– Tiveram de procurar muito, nos casos arquivados por falta de provas, para encontrá-lo.

Meu coração acelerou. A pele formigou. Será que isso queria dizer que estávamos prestes a encontrá-lo?

– Ele estudou na universidade de Michigan – disse Molinari. – Preso duas vezes por perturbar a ordem e incitar revolta. Foi pego em Nova York em 1973 por posse ilegal de armas de fogo. Uma casa em que ele morava lá simplesmente explodiu uma tarde. Estava lá e, no minuto seguinte, desapareceu.

– Está parecendo mesmo o nosso menino.

– Estava sendo procurado por causa da explosão de uma bomba no Pentágono em 1972. É perito em explosivos. Depois que aquela casa explodiu pelos ares em Nova York, ele desapareceu. Ninguém sabia se estava no país, ou fora. E não se ouve mais falar de Charles Danko há trinta anos. Não tem ninguém à sua procura.

– Um coelho branco – disse eu.

Molinari mostrou uma velha ficha datada de 1974 e um cartaz de procurado do FBI em branco e preto, enviado por fax. No cartaz havia uma versão um pouco mais velha do rosto de garoto que eu tinha visto na fotografia da família na casa de Danko.

– Aí está o nosso homem – disse Molinari. – Como é que vamos encontrá-lo?

Capítulo 94

– *T*ENENTE!

Escutei uma batida forte na janela da minha sala.

Levantei a cabeça e sentei direito. Meu relógio marcava seis e meia da manhã. Devo ter dormido enquanto esperava Molinari dar mais notícias sobre Danko.

Paul Chin estava à minha porta.

– Tenente, é melhor atender à linha três. *Agora...*

– É o Danko?

Pisquei para despertar.

– Melhor. Temos uma mulher do Wisconsin que acha que a filha está vivendo com Stephen Hardaway. Parece que ela sabe onde a filha está!

Nos segundos que precisei para fazer meu cérebro despertar, Chin voltou para a mesa dele e ligou um gravador. Eu peguei o fone.

– Tenente Lindsay Boxer – disse e pigarreei.

A mulher começou a falar como se tivesse parado no meio de uma frase com Chin, com a voz irritada, talvez sem muita instrução. Do Meio-Oeste.

– Eu sempre falei para ela que alguma coisa nesse cara espertalhão não cheirava bem. Ela disse que ele era muito brilhante. *Brilhante* nada... Ela sempre quis fazer o bem, a minha Michelle. Era fácil se aproveitar dela. Eu disse: "Vá para a universidade estadual. Você pode ser tudo que quiser."

– O nome da sua filha é Michelle? – Peguei uma caneta. – Senhora...?

– Fontieul. Isso mesmo, é Michelle Fontieul.

Escrevi o nome.

– Então conte o que a senhora sabe.

– Eu o vi, sabe? – disse a mulher. – Aquele cara na TV. O que está todo mundo procurando. A minha Michelle está morando com ele.

"Claro que o nome dele não era Stephen. Como foi mesmo que ela o chamou quando falamos ao telefone? Malcolm? Mal. Passaram por aqui de carro, indo para o oeste. Acho que ele era de Portland, ou de Washington. Ele meteu Michelle nessa coisa de 'protestos'. Eu nem entendi o que queria dizer. Eu tentei avisar."

– Tem certeza de que era o mesmo homem que viu na TV? – insisti.

– Tenho certeza. Claro que o cabelo está diferente agora. E ele não tinha barba. Eu sabia...

– Quando foi a última vez que falou com a sua filha, sra. Fontieul? – interrompi.

– Não sei, há talvez três meses. Era sempre *ela* que ligava. Nunca deu seus números de telefone. Mas essa última vez ela parecia meio estranha. Disse que realmente estava fazendo alguma coisa boa, para variar. E, sem mais nem menos, disse que eu a criei bem. Que ela me amava. E eu fiquei pensando, vai ver que ela engravidou.

Tudo aquilo combinava. O que sabíamos sobre Hardaway e a descrição que conseguimos com o dono do KGB Bar.

– Tem algum jeito de contatar sua filha? Um endereço?

– Eu tinha um endereço. Acho que devia ser a casa de alguma amiga. E tenho esse número de caixa postal. Michelle disse que eu sempre podia mandar qualquer coisa para essa caixa postal, se precisasse. Caixa três três três oito. Aos cuidados de Caixas Postais Etc., na rua Broad, Oakland, Califórnia.

Olhei de relance para Chin. Nós dois rabiscávamos no papel ao mesmo tempo. O lugar só ia abrir dali a duas horas. Tínhamos de mandar o FBI falar com ela em Wisconsin. Pegar uma fotografia da filha. Enquanto isso, pedi que desse uma descrição.

– Loura. Olhos azuis. – A mulher hesitou. – Michelle sempre foi bonita. Não sei se estou fazendo a coisa certa. Ela é apenas uma criança, tenente.

Agradeci a ela por ter nos procurado. E disse que faria de tudo para que sua filha fosse bem tratada, se estivesse metida com aquilo, que eu, aliás, não tinha dúvida de que estava.

– Vou passar a senhora para um outro policial, mas, antes, preciso fazer uma última pergunta.

Tive uma ideia de repente, lembrando daquele primeiro dia.

– A sua filha tem algum problema respiratório?

– Ora, tem sim – disse ela e parou de falar um tempo. – Ela sempre teve asma, tenente. Tem sempre uma bombinha com ela desde os dez anos de idade.

Olhei para Chin através do vidro.

– Acho que acabamos de encontrar Wendy Raymore.

Capítulo 95

CINDY THOMAS IA PARA O TRABALHO NO ÔNIBUS RUA MARKET, o mesmo que pegava todas as manhãs, mas aquele dia teve o forte pressentimento de que em breve alguma coisa ia acontecer. August Spies tinha prometido.

A condução estava lotada aquela manhã, só tinha lugar em pé. Só depois de duas paradas, Cindy conseguiu sentar. Pegou seu exemplar do *Chronicle*, como fazia todo dia, e examinou a primeira página. Uma foto do prefeito Fiske, ladeado pelo vice-diretor Molinari e por Tracchio. As reuniões do G-8 ainda iam acontecer. A história dela, sobre a possível ligação com Billy Danko, estava na coluna da direita, na metade de cima.

Uma menina de cabelo bem curtinho tingido de vermelho, de macacão e suéter de lã se aproximou. Cindy levantou a cabeça. Alguma coisa naquela moça parecia familiar. A menina usava três brincos na orelha esquerda e, na cabeça, um barrete com um símbolo da paz dos anos 1960. Bonita, no estilo menor abandonado.

Cindy ficou de olho no caminho, que conhecia só de ver as lojas da rua Market. O homem ao seu lado se levantou na altura da Van Ess.

A menina de macacão se espremeu no assento ao lado de Cindy. Cindy sorriu e virou a página do jornal. Mais artigos sobre a função do G-8. A menina de macacão estava lendo também.

Então ela olhou nos olhos de Cindy.

– Eles não vão parar, sabe?

Cindy sorriu meio desanimada. Não queria saber de conversa antes das oito da manhã. Mas a menina não desgrudou os olhos dela.

– Eles não vão parar, srta. Thomas. *Eu bem que tentei*. Fiz o que você disse, eu tentei.

Cindy ficou paralisada. Tudo dentro dela parou.

Ela examinou bem o rosto da garota. Era mais velha do que parecia antes, devia ter vinte e tantos. Cindy pensou em perguntar como sabia seu nome, mas exatamente naquele instante ficou tudo claro.

Essa era a pessoa com quem vinha conversando na internet. Era a menina que tinha participado do assassinato de Jill. Possivelmente a babá.

– Preste atenção. Eu escapei, eles não sabem que estou aqui. Vai acontecer uma coisa terrível – disse a menina. – Na reunião do G-8. Outra bomba. Ou *pior*. Não sei exatamente onde, mas vai ser grande, o maior ataque de todos. Vai morrer muita gente. São *vocês* que têm de tentar impedir isso.

Todos os músculos do corpo de Cindy se retesaram. Não sabia o que devia fazer. Agarrá-la, gritar, fazer o ônibus parar? Toda a polícia da cidade procurava aquela menina. Mas alguma coisa fez Cindy se controlar.

– Por que está me dizendo isso? – perguntou.

– Porque eu sinto, srta. Thomas. – A menina tocou no braço de Cindy. – Sinto por todos eles, Eric, Caitlin. Aquela advogada, sua amiga. Eu sei que fizemos coisas terríveis... Gostaria de poder desfazê-las. Mas não posso.

– Você tem de se entregar. – Cindy olhou espantada para ela. Depois olhou em volta, com medo de que algum passageiro ouvisse.

– Acabou. Eles sabem quem você é.

– Tenho uma coisa para você.

A garota ignorou o pedido de Cindy. Pôs uma folha de papel dobrada na mão dela.

– Não conheço nenhuma forma de impedir isso agora. A não ser isso. É melhor eu continuar com eles. Para o caso de mudarem os planos.

O ônibus parou perto do Metro Civic Center. Cindy desdobrou a folha que recebeu da moça.

E leu: *Rua Sétima, 722, Berkeley*.

– Ó, meu Deus! – exclamou Cindy.

A menina lhe dera o endereço do esconderijo deles.

De repente a menina se levantou e foi para a saída. A porta de trás do ônibus abriu.

– Você não pode voltar para lá! – berrou Cindy.

A menina virou para trás, mas continuou andando.

– Espere! – gritou Cindy. – Não volte para lá.

A menina parecia espantada e perdida. Hesitou um segundo.

– Sinto muito. – Moveu os lábios num sussurro quase inaudível. – Precisa ser assim.

E desceu correndo do ônibus.

Cindy pulou quando as portas se fecharam, puxou a corda e gritou para o condutor abri-las de novo. Era uma emergência! Quando finalmente saltou na plataforma do ponto, Michelle Fontieul já tinha desaparecido no meio da multidão.

Cindy telefonou para Lindsay.

– Eu sei onde eles estão! Tenho o endereço.

PARTE 5

Capítulo 96

A MAIOR EQUIPE DE ASSALTO DA HISTÓRIA DA CIDADE SE REUNIU em torno da decadente casa branca na rua Sétima, 722, em Berkeley. Grupos da SWAT, contingentes da polícia de Berkeley e de Oakland, agentes federais do FBI e do Departamento Nacional de Segurança.

A área foi inteiramente bloqueada para o trânsito. As casas vizinhas foram evacuadas discretamente, uma por uma. O Esquadrão Antibomba estava a postos. As vans de emergência médica em seus lugares.

Uma van Chevrolet cinza tinha parado na entrada da casa vinte minutos antes. Alguém voltando para casa.

Eu consegui ficar ao lado de Molinari, que falava ao telefone com Washington. Um capitão de Operações Especiais estava no comando da equipe de assalto.

– O que vamos fazer é o seguinte – disse Molinari, abaixado atrás de um carro preto da polícia na barricada, a uns trinta metros da casa. – Vamos ligar para eles uma vez. Dar uma chance de se renderem. Se não se entregarem – inclinou a cabeça para Szerbiak –, fica por sua conta.

O plano era lançar bombas de gás lacrimogêneo para forçar quem estivesse dentro da casa a sair. Se eles saíssem *tranquilos*, isto é, voluntariamente, faríamos com que se deitassem no chão e os prenderíamos.

– E se saírem atirando? – perguntou Joe Szerbiak, vestindo o colete à prova de balas.

Molinari deu de ombros.

– Se saírem *atirando*, teremos de abatê-los.

A incógnita no cerco eram os explosivos. Sabíamos que eles tinham bombas. O ocorrido no Rincon Center dois dias antes estava bem vivo na cabeça de todos.

A equipe de assalto estava pronta. Vários atiradores de elite em pontos estratégicos. A equipe ia se aproximar dentro de uma van blindada, pronta para se posicionar. Cindy Thomas estava conosco. Uma menina lá dentro parecia confiar nela. Michelle. Que podia ser Wendy Raymore, a babá.

Eu estava nervosa e agitada. Queria que aquilo acabasse logo. Sem derramamento de sangue. Que apenas acabasse.

– Vocês acham que eles sabem que estamos aqui? – perguntou Tracchio, observando a casa de trás do capô de um carro de rádio.

– Se não sabem – disse Molinari –, vão saber logo. – Ele olhou para Szerbiak. – Capitão – acrescentou, meneando a cabeça –, pode fazer a ligação.

Capítulo 97

DENTRO DA CASA DA RUA SÉTIMA, 722, TODOS E TUDO ESTAVAM enlouquecidos.

Robert, o veterano de guerra, pegou um rifle automático e estava abaixado diante das janelas da frente, observando a cena lá fora.

– Tem um exército lá fora! Polícia pra todo lado!

Julia berrava e agia feito louca.

– Falei para vocês saírem da minha casa! Eu disse para darem o fora! – Ela olhava para Mal. – *O que nós vamos fazer agora?* O que nós vamos fazer?

Mal parecia calmo. Foi até a janela e espiou por entre as cortinas. Então foi até um outro cômodo e voltou empurrando uma caixa preta num carrinho.

– Provavelmente morrer – respondeu.

O coração de Michelle parecia dar mil batidas por segundo. A qualquer momento homens uniformizados e armados podiam invadir a casa. Uma parte dela estava sob o domínio do medo, outra parte envergonhada. Ela sabia que tinha traído os amigos. Posto um fim em tudo pelo que eles tinham lutado. Mas ela ajudou a matar mulheres e crianças, e agora talvez conseguisse fazer essa matança parar.

De repente, o telefone tocou. Todos viraram ao mesmo tempo, com os olhos fixos no aparelho. Os toques eram como alarmes disparando.

– Atenda – disse Robert para Mal. – Você quer ser o líder. Atenda.

Mal se adiantou. Quatro, cinco toques. Ele finalmente pegou o fone.

Ficou um segundo escutando. A expressão dele não registrou medo, nem surpresa. Até disse seu nome para eles.

– Stephen Hardaway – informou com orgulho.

Então ficou ouvindo um longo tempo.

– Entendi – respondeu.

Ele pôs o fone no lugar, engoliu em seco e olhou em volta.

– Disseram que temos uma única chance. Quem quiser sair é melhor ir agora.

Fez-se um silêncio profundo na sala. Robert na janela, Julia encostada na parede. E Mal finalmente parecia chocado e sem respostas. Michelle queria gritar que tinha provocado aquilo tudo.

– Bem, eles não vão pôr as mãos em mim – disse Robert.

Ele pegou seu rifle automático e ficou de costas para a porta da cozinha, olhando para a van estacionada na entrada da casa.

Robert piscou, uma espécie de adeus silencioso. Então abriu a porta com um tranco e saiu correndo da casa.

A cerca de um metro e meio da van, ergueu o rifle e disparou uma longa rajada na direção da polícia. Dois tiros espocaram. Só dois. Robert parou de repente. Rodopiou com cara de espanto e manchas vermelhas se espalharam pelo seu peito.

– Robert! – berrou Julia.

Ela bateu com a coronha da arma na janela da frente e começou a atirar a esmo. Então foi jogada para trás e parou de se mexer.

De repente, um tubo preto entrou pela janela da frente. Começou a soltar gás. Depois mais outro tubo preto. Uma nuvem ardida e amarga foi enchendo a sala, invadindo os pulmões de Michelle.

– Ah, Mal – gemeu, e olhou para ele.

Mal estava lá parado, sem nenhum sinal de medo agora.

Ele segurava um celular.

– Não vou lá para fora – disse ele.

– Nem eu – disse ela e balançou a cabeça.

– Você é mesmo uma menininha corajosa – disse Mal, sorrindo.

Ela viu quando ele digitou quatro algarismos. Um segundo depois ouviu o primeiro toque. Vindo da pasta.

Ouviu o segundo toque.

O terceiro...

– Lembre-se... – Mal respirou fundo – ... sem carga, nada de explosão. Certo, Michelle?

Capítulo 98

QUANDO A CASA EXPLODIU, NÓS ESTÁVAMOS ABAIXADOS ATRÁS de um carro da polícia, a menos de trinta metros de distância.

A explosão das janelas provocou clarões cor de laranja. Parecia que a casa estava se soltando dos alicerces, subindo, e uma nuvem de fogo arrebentava tudo, levando o telhado junto.

– Abaixem-se! – berrou Molinari. – Todos abaixados!

O impacto nos jogou para trás. Segurei Cindy que estava ao meu lado e caímos juntas. Eu a protegi da força da explosão e da chuva de estilhaços.

Ficamos lá deitadas enquanto uma onda de calor intenso passava sobre nós. Ouvimos alguns gritos, "Puta merda" e "Você está bem?".

Lentamente nos levantamos.

– Ó, meu Deus – gemeu Cindy.

No lugar em que um segundo antes havia uma casa branca de compensado, agora havia apenas fumaça, fogo e uma cratera de paredes destruídas.

– Michelle – murmurou Cindy. – Apareça, Michelle.

Vimos o incêndio crescer quando o vento açoitou as chamas. Ninguém saiu. Ninguém podia ter sobrevivido a uma explosão daquelas.

As sirenes começaram a berrar. Transmissões de rádio histéricas povoaram o ar. Ouvi policiais berrando em seus rádios portáteis: "Temos uma grave explosão na rua Sétima sete dois dois..."

– Talvez ela não estivesse lá dentro. – Cindy balançou a cabeça, ainda olhando fixo para a casa arrasada.

Pus o braço no ombro dela.

– Eles mataram Jill, Cindy.

Mais tarde, depois que os bombeiros reduziram o incêndio a cinzas fumegantes e as equipes médicas percorriam a área etiquetando os restos carbonizados, eu mesma fui dar uma espiada nos escombros.

Será que aquilo tinha acabado? Não havia mais ameaça? Quantos eram na casa? Eu não sabia. Parecia que havia uns quatro, ou cinco. Hardaway devia estar morto. Será que Charles Danko também estava lá dentro? August Spies?

Claire chegou. Eu a encontrei ajoelhada sobre os corpos cobertos, mas as partes estavam praticamente irreconhecíveis de tão queimadas.

– Estou procurando um homem branco – disse a ela – com uns cinquenta anos de idade.

– O melhor que posso dizer é que parece que eles eram quatro – disse Claire. – O homem negro que foi alvejado na entrada, mais três lá dentro. Dois eram mulheres, Lindsay.

Joe Molinari veio falar comigo. Estava dando as informações para Washington sobre o que acabara de acontecer.

– Você está bem? – perguntou ele.

– Ainda não acabou – disse eu, apontando para os montes etiquetados.

– Danko? – Ele sacudiu os ombros. – Os médicos terão de confirmar isso. Em todo caso, a rede dele acabou, a célula não existe mais. E o equipamento explosivo também. O que ele pode fazer agora?

Em meio a toda aquela destruição, avistei algo, um barrete. Era quase um toque de humor. Abaixei e peguei.

– Que a voz do povo seja ouvida – disse eu para Molinari, mostrando o barrete.

Havia um símbolo da paz nele.

Capítulo 99

Charles Danko vagava sem destino pelas ruas de San Francisco, pensando no que acabara de acontecer em Berkeley, nos amigos que tinham morrido pela causa, como mártires, do mesmo modo que acontecera com William, muito tempo atrás.

Seria capaz de matar muita gente agora. Aqui mesmo.

Ele sabia que podia partir para um massacre e que levariam horas para pegá-lo, talvez mais tempo, se pusesse a cabeça para funcionar, se raciocinasse sobre aquilo tudo, se fosse um assassino cuidadoso.

Você está morto, maldito jovem executivo com sua roupa caríssima, de preto sobre preto.

Você também está morta, loura na moda.

Você. E você. Você! Você! Vocês quatro amiguinhos babacas dando risada!

Meu Deus, seria tão fácil descarregar sua raiva agora...

A polícia, o FBI, eles eram patéticos em sua missão de "proteger" as pessoas.

Eles se enganaram em tudo, não foi?

Não entenderam que aquilo podia ser pela justiça e por vingança. Os dois conceitos eram perfeitamente compatíveis. Podiam andar de mãos dadas. Ele seguia os passos do irmão William, honrando seu sonho inspirado que caíra em combate e ao mesmo tempo vingando William. Duas causas eram melhor do que uma. Motivação dupla. Raiva dupla.

Os rostos que passavam por ele, as roupas caras, as lojas absurdas, tudo começou a ficar embaçado... Todos eram culpados. O país inteiro tinha culpa.

Mas eles não entendiam. Por enquanto.

A guerra acontecia bem ali nas suas ruas de ouro... A guerra tinha vindo para ficar.

Ninguém podia fazê-la parar.

Sempre haveria mais soldados.

Afinal, era isso que ele era, apenas um soldado.

Danko parou num telefone público e fez duas ligações.

A primeira para outro soldado.

A segunda para o seu mentor, a pessoa que pensara em tudo, inclusive em como usá-lo.

Charles Danko tinha tomado uma decisão. Amanhã seria um dia de terror.

Nada havia mudado.

Capítulo 100

NO DIA SEGUINTE, AS REUNIÕES DO G-8 IAM COMEÇAR CONFORme os planos originais. Os da linha dura, os durões de Washington quiseram assim. Que fosse, então.

O programa seria iniciado aquela noite, com a recepção na Galeria Rodin do Palácio da Legião de Honra, com vista para a Ponte Golden Gate.

O anfitrião era Eldridge Neal, um dos afro-americanos mais admirados do país, atual vice-presidente dos Estados Unidos. Todos os fardados disponíveis foram convocados para a segurança nas salas e ao longo dos caminhos. Todas as identidades seriam verificadas três vezes, cada lata de lixo e duto de ventilação farejados pelos cães treinados para detectar explosivos.

Mas Danko continuava solto por lá.

E Carl Danko continuava sendo o único elo que eu tinha para chegar ao filho dele.

Voltei de carro para Sacramento enquanto o restante do departamento se preparava para as festividades do G-8. Carl Danko pareceu surpreso de me ver outra vez.

– Pensei que você fosse receber alguma medalha de honra hoje. A matança de jovens parece ser um hábito para o seu pessoal. E então, por que está aqui?

– Seu filho – disse eu.

– Meu filho está *morto*.

Mas Danko suspirou e me deixou entrar. Fui atrás dele até a sala de estar nos fundos. A lareira estava acesa. Ele se ajoelhou e atiçou o fogo, depois sentou numa poltrona.

– Como eu disse antes, o momento para falar de William foi há trinta anos.

– Não é o Billy – disse eu. – É o *Charles*.

Danko hesitou.

– Eu disse para os rapazes do FBI...

– Nós sabemos – interrompi o que ele ia dizendo. – Nós conhecemos a ficha dele, sr. Danko. Sabemos que não está morto.

O velho rosnou.

– Vocês não param, não é? Primeiro o William, agora o Charlie. Vá pegar suas medalhas, tenente. Vocês capturaram seus assassinos. O que a faz pensar que pode entrar aqui e dizer que Charlie está vivo?

– George Bengosian – respondi.

– Quem?

– George Bengosian. A segunda vítima. Ele conheceu Billy em Berkeley. Foi mais do que apenas conhecer, sr. Danko. Foi ele que entregou seu filho.

Danko se remexeu na poltrona.

– O que quer dizer com isso?

– E Frank Seymour? Ele morreu na explosão do Rincon Center outro dia. Seymour era o agente que tinha comandado o assalto que matou seu filho. Charles está por aí. Está matando pessoas inocentes, sr. Danko. Acho que ele enlouqueceu. E tenho a impressão de que o senhor também acha.

O velho respirou fundo. Ficou olhando para o fogo, depois se levantou e foi até uma mesa. Tirou um maço de cartas de uma gaveta. Jogou na minha frente, sobre a mesa de centro.

– Eu não menti. O meu filho *está* morto para mim. Eu o vi uma vez, cinco minutos numa esquina de Seattle, nesses últimos trinta anos. Poucos anos atrás, essas cartas começaram a chegar. Uma vez por ano, perto do meu aniversário.

Meu Deus, eu estava certa o tempo todo. Charles Danko estava vivo...

Peguei as cartas e comecei a examiná-las.

O velho sacudiu os ombros.

– Acho que ele está lecionando em alguma faculdade, ou algo assim.

Examinei os envelopes. Não tinham endereço do remetente. Mas os últimos quatro tinham vindo do norte. Portland, Oregon. Uma era mais recente, de 7 de janeiro, quatro meses atrás.

Portland.

Lembrei-me de uma coisa de repente. Não podia ser coincidência. Stephen Hardaway tinha estudado em Portland. Reed College. Olhei de novo para o velho.

– Diz que ele está dando aulas? Onde?

Ele balançou a cabeça.

– Não sei.

Mas *eu* sabia. De repente eu soube com uma clareza inelutável.

Danko estava em Reed, não estava? Todo aquele tempo ele estava lecionando lá.

Foi assim que Stephen Hardaway e ele se conheceram.

Capítulo 101

Minha ligação foi transferida para Molinari, no Palácio da Legião de Honra. A recepção do vice-presidente ia ter início em menos de duas horas. O G-8 começara.

– Acho que eu sei onde Danko está – gritei no celular. – Está no Reed College. Em Portland. É professor de lá. Joe, foi no Reed que Stephen Hardaway estudou. Tudo se encaixa.

Molinari disse que ia enviar uma equipe do FBI para o local, enquanto eu voltava para a cidade. Eu tinha as luzes piscando e a sirene ligada o tempo todo. Ao sul de Vallejo, não aguentei mais esperar. Peguei o telefone da faculdade.

Eu me identifiquei para uma operadora e fui transferida para o diretor de estudos acadêmicos, um tal Michael Picotte. Os agentes da filial de Portland do FBI estavam chegando quando ele atendeu.

– Precisamos desesperadamente localizar um dos seus professores. Isto é uma emergência – disse eu para o diretor. – Não tenho o nome, nem uma descrição. O nome *verdadeiro* dele é Charles Danko. Deve ter mais ou menos cinquenta anos.

– Da-Danko? – gaguejou Picotte. – Não há ninguém com esse nome aqui na faculdade. Temos alguns professores com essa idade, inclusive eu.

Eu estava ficando cada vez mais exasperada e impaciente.

– Vocês têm fax aí? Um número de fax para me dar?

Liguei o rádio para a Homicídios e falei com Lorraine. Disse a ela que localizasse o cartaz de procurado de Charles Danko do FBI dos anos 1970. Talvez ainda houvesse alguma semelhança. O diretor Picotte me fez esperar enquanto ele recebia o fax.

Eu estava chegando à Bay Bridge. O Aeroporto Internacional de San Francisco ficava apenas a vinte minutos dali. Estava pensando que eu podia embarcar num voo para Portland. Talvez devesse pegar o avião e ir para Reed agora mesmo.

– Muito bem, estou com o fax – disse o diretor, retornando à linha. – É um cartaz de procurado...

– Examine com atenção. Por favor... Reconhece esse rosto?

– Meu Deus... – O diretor engasgou.

– Quem é ele? Preciso de um nome! – berrei ao telefone.

Percebi que Picotte hesitava. Podia estar entregando um colega, até mesmo um amigo.

Saí da ponte para San Francisco e peguei a rua Harrison.

– Diretor Picotte, por favor... Eu preciso de um nome! Há vidas em jogo!

– Stanzer – falou o diretor finalmente. – É parecido com Jeffrey Stanzer. Tenho quase certeza.

Peguei uma caneta e escrevi o nome apressadamente. Jeffrey Stanzer. Stanzer era Danko!

Danko era August Spies. E continuava solto.

– Onde podemos encontrá-lo? Há agentes do FBI aí neste momento. Precisamos do endereço de Stanzer imediatamente.

Picotte hesitou outra vez.

– O professor Stanzer é um membro respeitado da nossa faculdade.

Parei o carro junto ao meio-fio.

– Precisa nos dar um lugar específico onde possamos encontrar Jeffrey Stanzer. Isto é uma investigação de homicídio! Stanzer é um assassino. Ele vai matar outra vez.

O diretor se acalmou.

– Disse que está ligando de San Francisco?

– Isso mesmo.

Depois de uma pausa, o diretor disse:

– Ele está aí com vocês... Jeffrey Stanzer vai se apresentar na reunião do G-8. Acho que a apresentação dele está marcada para hoje.

Meu Deus, Danko vai matar todo mundo lá.

Capítulo 102

CHARLES DANKO PAROU SOB A FORTE ILUMINAÇÃO DIANTE DO Palácio da Legião de Honra e seu corpo estremeceu de nervosismo e antecipação. Aquela era a noite *dele*. Ia se tornar famoso e seu irmão, William, também.

Qualquer um que pensasse que o conhecia ia se surpreender ao vê-lo se apresentando em San Francisco aquela noite. Jeffrey Stanzer tinha passado anos a fio como um recluso da vida acadêmica, evitando cuidadosamente a exposição pública. Escondido da polícia.

Esta noite, porém, faria algo muito mais ousado do que proferir um discurso entediante. Nenhuma teoria ou análise significava qualquer coisa agora. Esta noite ele reescreveria a história.

Todos os policiais de San Francisco estavam à sua procura, de August Spies. E a piada era que iam deixá-lo entrar pela porta da frente!

Danko sentiu um arrepio. Abraçou a pasta com mais força contra o smoking amassado. Dentro da pasta estava seu discurso, uma análise do efeito do capital estrangeiro investido nos mercados de trabalho do Terceiro Mundo. A obra da vida dele, diriam alguns. Mas o que realmente sabiam sobre ele? Nada. Nem mesmo seu nome.

Mais adiante os agentes da segurança, de smoking e vestidos longos, verificavam os bolsos e bolsas de economistas e das mulheres de embaixadores, o tipo de funcionários egocêntricos e deslumbrados que compareciam em massa àquele tipo de evento.

Eu podia matar todos eles, pensou. *E por que não?* Eles vieram para explorar o mundo, para pôr sua impressão digital econômica naqueles que não podiam competir, nem mesmo revidar. Sanguessugas, pensou. *Seres humanos feios e desprezíveis. Todos aqui merecem morrer. Exatamente como Lightower e Bengosian.*

A fila passou por uma reprodução do *Pensador*, de Rodin. Outro tremor de nervosismo percorreu os braços e as pernas de Danko. Finalmente, chegou sua vez de apresentar seu convite VIP para uma mulher atraente de vestido longo preto. Devia ser do FBI. Certamente tinha uma Glock por baixo do vestido. *Garotas com pênis*, pensou Danko.

– Boa-noite, senhor – disse ela e verificou o nome dele numa lista. – Pedimos desculpas por qualquer inconveniência, professor Stanzer, mas temos de passar sua pasta pela segurança.

– Claro. Mas é só o meu discurso – disse Danko.

Ele entregou a pasta como qualquer acadêmico nervoso. Estendeu os braços enquanto um guarda de segurança passava o detector de metais por todo o seu corpo.

O segurança apalpou o paletó do smoking.

– O que é isso? – perguntou.

Danko tirou do bolso um pequeno tubo de plástico. Tinha um rótulo farmacêutico com uma receita feita para ele. O tubo era mais uma obra-prima de Stephen Hardaway. Pobre Stephen. Pobres Julia, Robert e Michelle. Soldados. *Iguais a ele*.

– Para a minha asma – disse Danko.

Ele tossiu um pouco e apontou para o próprio peito.

– Proventil. Sempre preciso disso antes das palestras e discursos. Tenho até um extra.

O guarda examinou o tubo. Aquilo era muito divertido. Stephen e ele tinham aperfeiçoado a bombinha. Quem precisava de armas e bombas, se todo o terror do mundo estava ali na palma da sua mão?

William ficaria orgulhoso!

– Pode entrar, senhor. – O guarda finalmente fez sinal para Danko passar. – Tenha uma boa noite.

– Ah, é o que pretendo.

Capítulo 103

Pisei no acelerador do meu Explorer e passei cantando pneu por um sinal vermelho na Ness, seguindo para a Geary. O Palácio da Legião de Honra era no fim da Lands End. Mesmo sem trânsito nenhum, levaria dez minutos para chegar lá.

Digitei o número de Molinari. O celular dele não estava recebendo ligações.

Tentei ser transferida para o chefe. Um dos seus assistentes informou que ele estava no meio da multidão.

– O vice-presidente está entrando exatamente agora – disse. – Lá está ele.

– *Preste atenção!* – gritei e dei uma guinada para desviar dos carros que abriam caminho para a minha sirene ligada. – Quero que você encontre Tracchio ou Molinari, o primeiro que avistar. Ponha esse telefone na orelha dele. *É caso de emergência nacional*. Não importa com quem eles estejam conversando! Vá! Agora!

Olhei para o relógio no painel. Uma bomba podia explodir a qualquer minuto. E nós só tínhamos um retrato de trinta anos atrás para identificar Charles Danko. Nem eu mesma tinha certeza de poder identificá-lo.

Um minuto passou bem devagar. Então, ouvi uma voz no meu celular. Era Molinari. Até que enfim.

– Joe, por favor, apenas ouça. Charles Danko está aí! Neste momento! Ele usa o nome Jeffrey Stanzer. Vai fazer um discurso na conferência. Estarei aí daqui a uns três minutos. Prenda-o, Joe!

Molinari rapidamente avaliou os prós e os contras de evacuar o Palácio, ou de dar algum tipo de aviso usando o nome de Stanzer. Descartou as duas coisas. Ao primeiro sinal de alarme, o homem podia resolver detonar o que quer que tivesse planejado.

Finalmente embiquei na Trinta e Quatro, entrei no parque e subi a ladeira para o Palácio da Legião de Honra. O parque estava coalhado de manifestantes. Barricadas fechavam os caminhos.

Policiais verificavam as identidades. Abaixei o vidro da janela do carro e mostrei meu distintivo, tocando a buzina sem parar.

Finalmente, consegui manobrar pela estreita pista de limusines e carros da polícia que dava na entrada principal do Palácio. Larguei o Explorer na frente das colunas do portão em arco. Comecei a correr, trombando com muitos federais que falavam em seus rádios e mostrando meu distintivo.

– *Deixem-me passar!*

E acabei conseguindo entrar no prédio principal. Os salões estavam apinhados de gente, de estadistas, dignitários.

Avistei Molinari dando ordens em um rádio portátil. Corri até ele.

– Ele está aqui – confirmou ele. – O nome dele é um dos que constam da lista de convidados. Ele já entrou.

Capítulo 104

HAVIA EMBAIXADORES, MEMBROS DO GOVERNO, LÍDERES EMPRESARIAIS por toda parte, conversando em grupos, bebendo champanhe. A qualquer segundo uma bomba podia explodir ali. O vice-presidente estava sendo levado para um local seguro. Mas Charles Danko podia estar em qualquer lugar. E só Deus sabia o que estava planejando. Nós não tínhamos sequer ideia da sua atual aparência!

Molinari me deu um rádio programado para a frequência dele.

– Estou com o cartaz de procurado. Vou para a esquerda. Mantenha contato comigo, Lindsay. Nada de heroísmos hoje.

Comecei a andar no meio da multidão. Fixei na cabeça uma imagem de Charles Danko trinta anos atrás e transpus para cada rosto que eu via. Lamentei não ter pedido ao diretor da Reed algum tipo de descrição atualizada. Tudo aconteceu rápido demais. E continuava rápido demais.

Onde está você, Danko, seu filho da mãe?

– Estou procurando no salão principal – falei no rádio. – Não o vejo.

– Estou aqui no anexo – respondeu Molinari. – Nada até agora. Mas ele está aqui.

Eu olhava atentamente para cada rosto. Nossa única vantagem era que ele não sabia que nós sabíamos. Alguns federais escoltavam discretamente as pessoas para as saídas. Não podíamos provocar pânico e abrir o jogo.

Mas eu não via Danko em lugar nenhum. Onde é que ele estava? O que planejava esta noite? Tinha de ser muito grande, porque ele se encontrava ali pessoalmente.

– Estou indo para a sala com as esculturas de Rodin – avisei a Molinari.

Havia esculturas grandes e famosas de bronze sobre pedestais de mármore à minha volta e gente bebendo champanhe. Deparei-me com um grupo reunido perto de uma das estátuas.

– O que está acontecendo aqui? – perguntei para uma mulher de vestido preto.

– É o vice-presidente. Deve chegar aqui a qualquer momento.

O vice-presidente fora levado embora, mas ninguém sabia. Essas pessoas ficavam perambulando por ali para serem apresentadas. Será que Danko estava entre elas?

Examinei a fila, cada rosto.

Vi um homem alto, magro, já meio careca. Tinha testa alta. Olhos juntos, pequenos. Estava com a mão no bolso do paletó. Senti um ponto gelado no meio do peito.

Notei a semelhança com o retrato de trinta anos atrás. Havia gente passando, bloqueando a minha visão. Mas não havia erro. Charles Danko era a cara do pai.

Virei para o outro lado e falei no rádio:

– Eu o encontrei! Joe, ele está aqui.

Danko estava na fila para conhecer o vice-presidente. Meu coração batia descompassado. Ele continuava com a mão esquerda no bolso do paletó. Será que segurava alguma espécie de detonador? Como poderia ter entrado com isso?

– Estou aqui no salão dos Rodin. Joe, estou olhando para ele agora.

Molinari disse:

– Fique aí. Estou chegando. Não se arrisque.

De repente Danko olhou para mim. Eu não sabia se tinha me visto na TV nas reportagens sobre a investigação, ou se eu tinha "polícia" escrito na testa. De alguma forma, no entanto, ele sabia. Nossos olhos se encontraram.

Vi Danko sair da fila em que estava. Ele continuou olhando para mim.

Dei um passo em sua direção. Abri meu paletó para pegar minha arma. Havia pelo menos uma dúzia de pessoas bloqueando o meu caminho. Eu precisava passar. Perdi Danko de vista por um segundo. Nada além disso.

Quando uma clareira se abriu novamente, Danko não estava mais lá.

O coelho branco tinha desaparecido de novo.

Capítulo 105

ABRI CAMINHO ATÉ O PONTO EM QUE ELE ESTAVA UM SEGUNDO antes. *Nada!* Examinei o salão.

– Eu o perdi – rosnei no rádio. – Ele deve ter se escondido atrás da multidão. Filho da puta!

Por nenhum motivo válido, eu estava com raiva de mim mesma.

Não via Charles Danko em parte alguma. Todos os homens usavam smokings, todos pareciam iguais. E toda aquela gente estava exposta ao perigo, talvez até à morte.

Abri caminho com meu distintivo por uma barricada e corri por um longo corredor que dava na seção fechada do museu. Ainda nenhum sinal de Danko. Voltei para o salão principal e trombei com Molinari.

– Ele está aqui. Eu sei que está, Joe. É o momento dele.

Molinari assentiu com a cabeça e deu ordem pelo rádio de que ninguém, em circunstância alguma, deixasse o prédio. E eu só pensava que se alguma bomba explodisse ali, com toda aquela gente, seria um desastre completo. Eu morreria também. E Molinari. Seria pior do que o Rincon Center.

Onde foi que você se meteu, Danko?

E então eu o avistei de novo. Pelo menos pensei que sim. Apontei para um homem alto e meio careca. Estava se afastando de nós, abaixado por trás das pessoas.

– É ele!

Eu berrei.

– Danko!

Tirei a minha Glock do coldre de ombro.

– Danko! Pare!

As pessoas se afastaram e pude ver que ele tirava a mão do bolso do paletó. Encarou-me outra vez e então sorriu para mim. Qual era a jogada dele?

– Polícia! – berrou Molinari. – Todos no chão!

Danko tinha alguma coisa na mão. Não dava para saber se era uma arma, ou talvez um detonador.

E então eu vi. Um tubo de plástico. Que merda era aquela? Ele levantou o braço e eu investi. Não tinha escolha.

Segundos depois dei um encontrão em Charles Danko e agarrei-lhe o braço, torcendo para que soltasse o tubo. Segurei a mão dele e tentei desesperadamente arrancar o tubo. Não consegui.

Ouvi Danko gemer de dor e vi quando virou o tubo para mim. Bem no meu rosto.

Molinari estava do outro lado de Danko e também tentava derrubá-lo.

– Afaste-se dele! – gritou para mim.

O tubo girou de novo. Dessa vez para Molinari. Tudo estava acontecendo depressa demais, em poucos segundos.

Agarrei-me ao braço de Danko. Eu tinha um bom apoio. E estava tentando quebrar o braço dele.

Ele virou de frente para mim e nossos olhos se encontraram. Nunca senti tamanho ódio, tanta frieza.

– Filho da puta! – berrei na cara dele. – Lembre-se da Jill!

Naquele segundo, apertei o tubo.

O spray se espalhou no rosto dele. Bem de perto. Danko tossiu e engasgou. Seu rosto ficou distorcido, uma máscara horrorizada. Outros agentes estavam em cima dele agora. E o afastaram de mim.

Danko respirava com dificuldade. Continuava tossindo, como se quisesse cuspir o veneno dos pulmões.

– Acabou – disse eu, ofegante. – Você está acabado. Morto. Você *perdeu*, seu babaca.

Os olhos dele sorriram, meio vidrados. Ele fez sinal para eu chegar mais perto.

– Isso nunca acaba, sua idiota. Há sempre outro soldado.

Foi quando ouvi os tiros e compreendi que eu *era* mesmo uma idiota.

Capítulo 106

Corremos para o pátio, de onde os tiros tinham vindo. Joe Molinari e eu abrimos caminho no meio da multidão. Pessoas gritavam e algumas choravam.

Não vi logo o que tinha acontecido, só um instante depois. E desejei não ter visto.

Eldridge Neal estava caído de costas, com uma mancha vermelha crescendo na camisa branca. Alguém tinha alvejado o vice-presidente dos Estados Unidos. Meu Deus, outra tragédia americana não...

Os agentes do Serviço Secreto tinham imobilizado uma mulher. Ela não podia ter mais de dezoito, dezenove anos. Cabelo crespo, ruivo. Ela berrava para o vice-presidente, arengava sobre bebês vendidos para a escravidão no Sudão, sobre a AIDS que matava milhões na África, sobre os crimes de guerra no Iraque e na Síria. Devia estar esperando Neal lá fora quando o retiraram do salão principal.

De repente, reconheci a garota. Eu a tinha visto antes, na sala de Roger Lemouz. Era a menina que tinha apontado o dedo para mim quando eu disse a ela que saísse. Droga, era apenas uma menina.

Joe Molinari soltou o meu braço e foi socorrer o vice-presidente. A garota foi afastada, aos berros, vociferando. Nesse momento uma ambulância entrou no pátio. Os médicos socorristas pularam do veículo e foram atender o vice-presidente Neal.

Aquilo teria sido planejado por Charles Danko?

Ele sabia que estávamos atrás dele?

Será que foi uma armação? Sabendo que seria o caos se o encontrássemos? O que ele tinha dito? Que há sempre um outro soldado.

O mais assustador era isso. Eu sabia que Danko estava certo.

Capítulo 107

Eu devia ir para o hospital, para ser examinada, mas não fui. Ainda não. Joe Molinari e eu fomos para a delegacia com a garota ruiva. Interrogamos Annette Breiling por algumas horas, e finalmente aquela pessoa capaz de xingar o vice-presidente a sangue-frio deu com a língua nos dentes.

Annette Breiling contou tudo que precisávamos saber e mais, sobre a armação no Palácio da Legião de Honra.

Eram quatro da madrugada quando chegamos a um bairro da elite em Kensington, a segunda cidade depois de Berkeley. Havia pelo menos meia dúzia de viaturas da polícia lá, e todos estavam pesadamente armados. A rua ficava nas montanhas e tinha vista do Reservatório San Pablo. Muito bonita, surpreendentemente luxuosa. Parecia que nada de ruim podia acontecer ali.

– Ele vive bem – disse Molinari, mas foi só isso que comentou informalmente. – Vamos fazer as honras, você e eu.

A porta da frente foi aberta pelo professor Lance Hart de Línguas Clássicas, Roger Lemouz. Usava um robe de toalha e seu cabelo preto encaracolado estava despenteado. Tinha os olhos vidrados e vermelhos, e imaginei se andara bebendo aquela noite, se Lemouz tinha comemorado.

– Madame inspetora – disse ele num sussurro rouco –, está começando a abusar da minha boa vontade. São quatro horas da madrugada. Aqui é a minha casa.

Nem me dei ao trabalho de trocar ofensas com Lemouz, e Molinari tampouco.

– Você está preso por conspirar para cometer assassinato – disse ele e entrou na casa à força.

A mulher e os dois filhos de Lemouz apareceram, entraram na sala de estar atrás dele, infelizmente. O menino não tinha mais de doze anos, a menina era ainda mais nova. Molinari e eu guardamos nossas armas.

– Charles Danko está morto – disse eu a Lemouz. – Uma jovem que você conhece, Annette Breiling, acusou-o do assassinato de Jill Bernhardt e de todos os outros assassinatos, Lemouz. Ela contou que foi você que montou a célula de Stephen Hardaway. Você orientou Julia Marr e Robert Green a participarem da célula. E que você controlava Charles Danko, sabia como manipulá-lo. A raiva dele ficou em banho-maria esses trinta anos, mas você fez Danko pô-la em prática. Ele era sua marionete.

Lemouz riu na minha cara.

– Não conheço nenhuma dessas pessoas. Bem, a srta. Breiling foi aluna minha. Mas ela abandonou a universidade. Isso é um terrível engano, e vou chamar meu advogado agora mesmo, se vocês não saírem.

– Você está preso – disse Joe Molinari, oficializando o óbvio. – Quer ouvir os seus direitos, professor? Faço questão de lê-los para você.

Lemouz sorriu, e foi um sorriso estranho e sinistro.

– Vocês ainda não entenderam, não é? Nenhum dos dois. É por isso que estão condenados. Um dia o seu país inteiro vai desmoronar. E já está acontecendo.

– Por que não explica o que nós não entendemos? – cuspi essas palavras para ele.

Ele fez que sim com a cabeça e virou para a família dele.

– Vocês estão ignorando isso aqui.

O filho dele segurava uma arma, e era óbvio que sabia como usá-la. O olhar do menino era frio como o do pai.

– Eu mato vocês dois – disse ele. – Seria um prazer.

– O exército que está se formando contra vocês é imenso, sua causa é justa. Mulheres, crianças, são muitos soldados, madame inspetora. Pense nisso. A Guerra do Terceiro Mundo... Já começou.

Lemouz andou calmamente até onde estava sua família e tirou a arma da mão do filho. E a manteve apontada para nós. Ele então beijou a mulher, a filha e o filho. Beijos carinhosos e sinceros. A mulher tinha lágrimas nos olhos. Lemouz cochichou alguma coisa para cada um deles.

Ele saiu da sala de estar e depois ouvimos passos, correndo. Uma porta bateu em algum lugar da casa. Como é que ele achava que ia conseguir escapar?

Um disparo ecoou ruidosamente dentro da casa.

Molinari e eu corremos na direção do estampido.

Encontramos Lemouz no quarto. Tinha se matado com um tiro na têmpora direita.

A mulher e os filhos começaram a gemer e chorar na sala.

São muitos soldados, pensei. *Isso não vai parar nunca. Essa Guerra do Terceiro Mundo.*

Capítulo 108

Charles Danko não tinha jogado rícino em mim. Era isso que os médicos diziam, à minha volta, a manhã inteira na unidade de toxicologia na clínica Moffit.

E o vice-presidente não ia morrer. Diziam que estava dois andares abaixo de mim e que já tinha até falado pelo telefone com seu superior, em Washington.

Passei algumas horas com um labirinto de tubos e fios pregados em mim, com monitores lendo meu sangue e fazendo varreduras do meu tórax. Identificaram o conteúdo do tubo de Danko. Era rícino. O suficiente para matar centenas de pessoas, se ele não fosse descoberto. Danko tinha rícino nos pulmões e ia morrer. Não senti pena nenhuma quando soube disso.

Por volta de meio-dia recebi um telefonema do presidente, sim, *do* presidente. Puseram o fone na minha orelha e, meio atordoada, lembro-me de ter ouvido a palavra *heroína* umas seis vezes. O presidente chegou a dizer que queria me agradecer pessoalmente. Brinquei dizendo que talvez fosse melhor esperar o brilho tóxico assentar.

Quando abri os olhos depois de uma soneca, Joe Molinari estava sentado na beirada da cama.

Ele sorriu.

– Oi. Pensei que eu tinha dito nada de heroísmos!

Pisquei e sorri também, um pouco mais grogue do que triunfante, constrangida com os tubos e monitores.

– A boa notícia – disse ele, piscando um olho – é que os médicos dizem que você está bem. Só querem mantê-la aqui mais algumas horas em observação. Há um esquadrão de repórteres à sua espera aí fora.

– E a má notícia? – disse eu com a voz rouca.

– Alguém vai ter de ensinar a você como se vestir para essas sessões fotográficas.

– Andar na última moda – disse eu sorrindo.

Notei que ele carregava uma capa de chuva dobrada no braço e usava o mesmo terno azul-marinho da primeira vez que nos vimos. Era um terno muito bonito e lhe caía muito bem.

– O vice-presidente está se recuperando. Eu volto para Washington esta noite.

A única coisa que eu pude fazer foi menear a cabeça.

– Está bem...

– Não – ele balançou a dele de um lado para o outro e chegou mais perto de mim –, não está tudo bem. Porque não é o que eu quero.

– Nós dois sabíamos que isso ia acontecer – disse eu, procurando ser forte. – Você tem o seu trabalho. Os médicos...

Molinari fez uma careta.

– Você tem coragem suficiente para se atracar com um homem que está segurando um tubo de veneno mortal, mas não está preparada para defender o que quer.

Senti uma lágrima escorrer do canto do olho.

– Não sei o que quero neste momento.

Molinari largou a capa de chuva, chegou mais perto, pôs a mão no meu rosto e secou a lágrima.

– Acho que você precisa de um tempo. Precisa resolver, quando tudo se acalmar, se está pronta para deixar alguém entrar na sua vida. Um relacionamento, Lindsay.

Ele segurou a minha mão.

– O meu nome é *Joe*, Lindsay. Não Molinari, nem vice-diretor. E estou falando aqui de nós dois. Você e eu. E não estou brincando com o fato de você ter se machucado antes. Ou por ter perdido uma grande amiga. Sei que isso será uma decepção, Lindsay, mas você merece ser feliz. Tem esse direito. E você sabe do que estou falando. Pode me chamar de antiquado. – Ele sorriu.

– Antiquado – disse eu, fazendo exatamente aquilo do que ele me acusava, brincando quando devia falar sério.

Tinha alguma coisa presa dentro de mim, como sempre acontecia quando eu tinha de falar o que havia no meu coração.

– Então, com que frequência você vem para esses lados?

– Palestras, conferências sobre segurança... Umas duas crises nacionais somadas...

Dei risada.

– Não conseguimos evitar as piadas, nenhum de nós.

Molinari suspirou.

– Até você já deve saber disso a essa altura: não sou um dos babacas, Lindsay. Isso pode dar certo. O próximo passo é seu. Você tem de tomar a iniciativa de querer tentar.

Ele se levantou e passou a mão no meu cabelo.

– Os médicos garantiram que isso é perfeitamente seguro.

Ele sorriu, debruçou-se em cima de mim e me deu um beijo. Os lábios dele eram macios e os meus estavam rachados e secos daquela noite. Retribuí o beijo, querendo *mostrar* a ele o que eu sentia, sabendo que seria louca de não *dizer* isso e deixar que saísse por aquela porta.

Joe Molinari se endireitou e dobrou a capa de chuva no braço.

– Foi um privilégio e uma honra conhecer você, tenente Boxer.

– Joe – disse eu, meio assustada de vê-lo partir.

– Você sabe onde me encontrar.

Fiquei olhando enquanto ele ia para a porta.

– Nunca se sabe quando uma mulher pode ter uma emergência nacional...

– É – ele deu meia volta e sorriu –, eu sou um cara do tipo emergência nacional.

Capítulo 109

NAQUELA TARDE, MEU MÉDICO CHEGOU E DISSE QUE NÃO HAVIA nada de errado comigo que uma boa taça de vinho não resolvesse.

– Tem até umas pessoas aqui que querem levá-la para casa – disse ele.

Fora do quarto, vi Claire e Cindy espiando.

Elas me levaram para casa em tempo suficiente para eu tomar uma ducha, trocar de roupa e dar um forte abraço em Martha, que eu devia há muito. Depois tive de ir para a delegacia. Parecia que todo mundo queria um pedaço de mim. Combinei de ver as meninas mais tarde, no Susie. Agora era importante nos reunirmos.

Fiz as tomadas para os noticiários nos degraus da entrada do prédio. Tom Brokaw me entrevistou a distância, com um link de vídeo.

Quando contei a história de como tínhamos encontrado Danko e Hardaway, senti um tremor tomando conta de mim e me distanciando enquanto falava. Jill tinha morrido. Molinari tinha ido embora. Não me sentia como uma heroína. O telefone ia tocar, algum outro homicídio ia acontecer e a vida voltaria a ser como sempre foi. Só que dessa vez eu sabia que nada seria como antes.

Quando as meninas chegaram para me buscar, eram quatro e meia. Eu estava fazendo os relatórios. Apesar de Jacobi e Cappy ficarem se vangloriando de terem a melhor tenente da força policial, eu me sentia deprimida. Sozinha e vazia. Pelo menos até as meninas aparecerem.

– Oi – disse Cindy, rodopiando uma bandeirinha mexicana de coquetel na minha cara –, margaritas estão à nossa espera.

Elas me levaram para o Susie, o último lugar em que estivemos com Jill. Na verdade, dois anos antes, foi lá que a recebemos no grupo que estávamos iniciando. Assumimos nossos lugares no cubículo do canto e pedimos uma rodada de margaritas. Contei a elas a terrível luta no Palácio, na véspera, a ligação do presidente, Brokaw hoje e o jornal da noite.

Mas era triste ver só nós três ali. E o conspícuo espaço vazio ao lado de Claire.

Nossos aperitivos chegaram.

– Cortesia da casa, é claro – disse a garçonete, Joanie.

Levantamos os copos, todas procurando sorrir, mas lutando para conter as lágrimas.

– À nossa menina – disse Claire. – Talvez agora ela possa descansar em paz.

– Ela jamais descansará em paz – disse Cindy, dando risada e chorando ao mesmo tempo. – Não faz o gênero dela.

– Tenho certeza de que ela está lá em cima agora – disse eu –, avaliando a hierarquia de quem é mais crítica, nos vendo de lá. Ei, meninas, eu já entendi tudo...

– Então ela está sorrindo – disse Claire.

– À Jill. – Nós três brindamos e batemos os copos.

Era difícil pensar que seria assim a partir de agora. Sentia demais a sua falta, especialmente naquele momento, na nossa mesa, sem ela.

– E aí? – disse Claire pigarreando, olhando para mim. – O que acontece agora?

– Vamos pedir umas costeletas – disse eu –, e vou pedir mais uma dessas. Talvez mais de uma.

– Acho que ela queria dizer como ficam as coisas entre você e o xerife. – Cindy piscou o olho para mim.

– Ele vai voltar para Washington. Esta noite.

– Para sempre? – perguntou Claire, surpresa.

– É onde ficam o equipamento de escuta e os helicópteros luzidios e pretos. – Mexi meu drinque. – Helicóptero Bell, eu acho.

– Ah. – Claire balançou a cabeça e olhou para Cindy. – Você *gosta* desse cara, não gosta, Lindsay?

– Gosto – respondi.

Fiz sinal para Joanie e pedi outra rodada de drinques.

– Não quis dizer *gostar* dele, querida. Perguntei se você gosta *mesmo* dele.

– O que quer que eu faça, Claire? Comece a cantar "Don't he make my brown eyes blue"?

– Não – disse Claire, olhando de novo para Cindy e de volta para mim. – O que nós queremos que você faça, Lindsay, é deixar de lado o que a está impedindo de fazer o que é certo para você, antes que aquele cara entre no avião.

Curvei as costas contra o banco. Engoli em seco.

– É a Jill...

– A Jill?

Respirei fundo e meus olhos arderam com lágrimas repentinas.

– Eu não estava lá com ela, Claire. Na noite em que expulsou Steve de casa.

– Do que é que você está falando? – perguntou Claire. – Você estava em Portland.

– Eu estava com Molinari. Quando voltei para cá, já passava de uma da madrugada. Jill parecia confusa. Eu disse que ia até a casa dela, mas não insisti. E sabe por quê? Porque eu estava toda embevecida com o Joe. Ela tinha acabado de dar um pé no Steve.

– Ela disse que estava bem – falou Cindy. – Você nos contou.

– E isso era bem a Jill, não era? Você a ouviu alguma vez pedir ajuda? Resumindo, eu não estava lá com ela. E não importa se é certo ou errado, não consigo olhar para Joe sem ver Jill, sem escutar a voz dela quando precisava de mim, e fico pensando que, se eu tivesse ido para lá, talvez ela ainda estivesse aqui conosco.

Nenhuma das duas disse nada. Nem uma palavra. Fiquei ali parada, com o maxilar retesado e segurando o choro.

– Vou falar o que eu penso – disse Claire, deslizando os dedos sobre a mesa e segurando minha mão. – Acho que você é inteligente demais, querida, para realmente pensar que aproveitar uma vez na vida tenha feito alguma diferença no que aconteceu com Jill. Você sabe que ela seria a primeira a querer que você fosse feliz também.

– Eu sei disso, Claire – concordei. – Só que não consigo esquecer...

– Bem, é melhor esquecer isso – disse Claire apertando a minha mão –, porque o que acontece é que está apenas tentando se punir. Todo mundo tem o direito de ser feliz, Lindsay. *Até você.*

Sequei uma lágrima com o guardanapo do coquetel.

– Já escutei isso uma vez hoje – disse eu, e não consegui evitar um sorriso.

– É, ora, um brinde a Lindsay Boxer – disse Claire, erguendo o copo. – E vamos esperar que pelo menos uma vez na vida ela ouça, alto e bom som.

Um grito interrompeu nosso brinde, vindo do bar. Todos apontavam para a televisão. Em vez de algum jogo idiota de beisebol, lá estava o meu rosto na tela. Tom Brokaw me fazia perguntas. O pessoal começou a assobiar e a aplaudir.

Lá estava eu no jornal da noite.

Capítulo 110

Joe Molinari bebeu um gole da vodca servido pela comissária de bordo, depois se ajeitou na poltrona do jato do governo. Com alguma sorte, podia dormir todo o trajeto até Washington. Esperava que sim. Não, certamente dormiria e profundamente. Pela primeira vez em dias.

Estaria descansado para fazer o relatório pessoalmente para o diretor da segurança nacional na manhã seguinte. Eldridge Neal ia ficar bom. Tinha relatórios para redigir. Talvez tivesse de se apresentar a um subcomitê do Congresso. Havia uma fúria à solta que merecia a atenção deles. Dessa vez o terror não viera de fora do país.

Molinari recostou no assento confortável. O alcance de toda aquela extraordinária cadeia de eventos ficava claro para ele. Desde aquele domingo, no momento em que foi informado da explosão em San Francisco, até a captura de Danko na briga com Lindsay Boxer, na recepção do G-8 à noite passada. Ele sabia o que tinha de escrever. Os nomes e os detalhes, a sequência dos acontecimentos, o resultado. Ele sabia como explicar tudo, pensou. Exceto uma coisa.

Ela. Molinari fechou os olhos e sentiu uma tristeza enorme.

Como explicar a eletricidade que lhe percorria o corpo toda vez que seus braços roçavam? Ou a sensação que tinha quando olhava para os profundos olhos verdes de Lindsay? Ela era tão durona e forte... e tão suave e vulnerável ao mesmo tempo... Muito parecida com ele. E também era engraçada, quando queria ser, quase sempre.

Ele gostaria de poder fazer aquela coisa super-romântica, como nos filmes, de embarcá-la num avião e levá-la para algum lugar. Ligar para o escritório: *aquela reunião do subcomitê terá de esperar, senhor*. Molinari sentiu um sorriso crescendo.

– A decolagem será daqui a cinco minutos, senhor – informou a comissária de bordo.

– Obrigado – disse ele.

Procure relaxar. Acalme-se. Durma. Ele se concentrou, pensou na sua casa. Já estava vivendo com uma mala havia duas semanas. Talvez não quisesse que terminasse daquele jeito, mas seria bom voltar para casa. Fechou os olhos de novo.

– Senhor – chamou a comissária outra vez.

Um policial fardado tinha entrado no avião. Foi levado até ele.

– Desculpe, senhor – disse o policial. – Algo urgente aconteceu. Disseram que atrasasse a decolagem e o acompanhasse de volta. A polícia deu este número para o senhor ligar.

Uma pontada de preocupação abalou Molinari. Que diabo podia ter acontecido agora? Pegou o pedaço de papel, sua pasta e o celular. Digitou o número, disse para o piloto esperar e desceu do jato com o segurança. Encostou o celular na orelha.

Capítulo 111

MEU CELULAR COMEÇOU A TOCAR ASSIM QUE MOLINARI apareceu perto do portão. Fiquei ali olhando para ele. Ao me ver com o telefone na orelha, ele começou a entender. E esboçou um *enorme* sorriso.

Nunca fiquei tão nervosa em toda a minha vida. E permanecemos assim, a uma distância de uns cinco metros. Ele parou de andar.

– Sou eu a emergência – disse ao telefone. – Preciso da sua ajuda.

Primeiro, Molinari sorriu, depois, se recompôs com aquele olhar sério de vice-diretor.

– Você está com sorte. Eu sou um cara do tipo emergência nacional.

– Eu não tenho uma vida. Tenho uma cadela muito legal. E minhas amigas. E meu trabalho. E sou boa nisso. Mas não tenho vida.

– E o que você quer? – perguntou Molinari, mais perto.

Os olhos dele brilhavam, compreendiam. Refletiam uma alegria que perpassava o caso e o continente que nos separava, a mesma coisa que existia no meu coração.

– Você. Eu quero você. *E* o jatinho.

Ele deu uma risada e, então, parou bem na minha frente.

– Não. – Balancei a cabeça. – Quero só *você*. Não podia deixar que embarcasse naquele avião sem dizer isso. Essa coisa de costa a costa, nós podemos tentar fazer funcionar, se você quiser. Você disse que vem para cá de vez em quando para conferências e para cuidar de crises nacionais ocasionais... E eu vou para lá de vez em quando. Recebi um convite para ficar na Casa Branca recentemente. Você já esteve na Casa Branca, Joe. Nós podemos...

– Psssiu. – Ele encostou o dedo nos meus lábios.

Então se abaixou e me beijou, bem ali na passarela. Estava tão concentrada em me abrir, para variar, que engoli as próprias palavras. Minha coluna se enrijeceu e, meu Deus, era uma sensação tão natural, tão certa, ele me segurar daquele jeito... Agarrei os braços dele e segurei com toda minha força.

Quando nos separamos, Molinari sorriu para mim.

– Então, recebeu um convite para ir à Casa Branca, não é? Sempre imaginei como seria dormir no Quarto Lincoln.

– Continue sonhando.

Sorri, olhando para aqueles olhos azuis. Então dei-lhe o braço e o levei de volta ao terminal.

– Agora, sua mesa no Capitólio, sr. Vice-Diretor, isso sim, parece mais interessante...

Este livro foi impresso na Editora JPA Ltda.,
Av. Brasil, 10.600 – Rio de Janeiro – RJ,
para a Editora Rocco Ltda.